Eckhard Henscheid

DOSTOJEWSKIS GELÄCHTER

Eckhard Henscheid

DOSTOJEWSKIS GELÄCHTER

Die Entdeckung eines Großhumoristen

Piper München Zürich

Mehr über unsere Autoren und Bücher:
www.piper.de

FSC
MIX
Papier
FSC® C083411

ISBN 978-3-492-05623-6

Satz: hanseatenSatz-bremen, Bremen
Gesetzt aus der Adobe Jenson Pro
Druck und Bindung: CPI books GmbH, Leck
Printed in Germany

Inhalt

1. Teil: Korrekturen 9

2. Teil: Erwägungen 71

3. Teil: Bilanzen 153

Hinweis für die Leser 283

»Übrigens waren sie alle etwas unsicher in der Beurteilung ihrer Macht: und ob ihnen denn jetzt auch wirklich alles oder nur manches erlaubt war?«

(Dostojewski, »Der Idiot«)

1. Teil

KORREKTUREN

In seinen Romanen leuchtet er in die tiefsten Abgründe menschl. Seins, stellt aber auch das Heilige in ird. Gestalt und als göttl. Gnade dar.«

So steht im dreibändigen Brockhaus von 2006 über Fjodor Michailowitsch Dostojewski zu lesen, und daran ist aber auch wirklich jedes Wort falsch, Resultat eines sich selbst fortzeugenden Gerüchts im Verbund mit eherner Leseunfähigkeit und vielleicht ja angeborener Lügenboldigkeit in kulturellen Angelegenheiten; in diesem Fall der Lexikonmacherhelden.

~

Dagegen dieses kann man zumindest im deutschen Volk über Dostojewski hören (Radiointerviews für eine thematische Sendung des Bayerischen Rundfunks, März 1974):

»Sehr dunkel, sehr schwer.« »Unerquicklich.« »Heute praktisch unleserliche Romane.« »Diese Russen, ha!« »Wird ja heute kaum mehr gelesen.« »Wurde, glaube ich, auch schon mal verfilmt.« »Ein schwerer Autor.« »Ach Gott, ein sehr schwäärer Autor!«

Und aber ferner dieses kann man in schöner Dekkungsgleichheit von Literaturkurzgeschichten und Klappen- und Beitexten neuerer deutscher Dostojewski-Ausgaben lesen:

»Die ewige Verstrickung der Menschheit in Schuld und Leid.«

»Die menschliche Seele als unendlicher Kampfplatz eines überzeitlichen Mysteriums.«

»Überraschend wie das Leben selber und unfaßbar wie der Alltag für den, der Augen hat.«

»Rein innere Erlebnisse, die dabei stets seiner Seele Heiligstes in Frage stellen.«

»Ein Werk, das mehr wie jedes andere darauf ausgeht, unsere Seele zu unterjochen.«

»Eine Dichterflamme, die rastlos den Himmel sucht.«

»Führt seinen kühnsten Kampf für die Unschuld der menschlichen Seele.«

»Der Dichter ist es selbst, er allein, der für all seine Helden büßt.«

»Eine wahrhaft gotische Demut.«

»Er konnte nicht anders handeln, er mußte seinem Genius folgen.«

»So dreht sich alles bei ihm um die Frage nach dem Dasein Gottes.«

Und schließlich, als bisher unübertroffenes und so schnell nicht mehr einholbares Glanzlicht verschärfter Dostojewski-Ausdeutung:

»Der stille Mann, der hatte Rußland die geistige Einheit gegeben« –

– und daran wiederum, an und in diesem Satz, ist nun wahrlich jedes Wort sogar doppelt falsch.

Dies freilich kann man zum Beispiel wirklich bei Dostojewski in einem seiner fünf großen Romane lesen:

»Das Vorzimmer füllte sich plötzlich mit Menschen, die großen Lärm machten, es redeten und schrien immer einige Personen zugleich; man sprach und lärmte auch auf der Treppe. Der Besuch schien sehr seltsam zu sein. Alle wechselten Blicke; Ganja stürzte in den Salon, es befanden sich aber auch dort schon ein paar Menschen (...) Es war eine äußerst gemischte Gesellschaft, die sich durch völlige Ungeniertheit auszeichnete. Manche kamen im Straßenkostüm, in Mänteln und Pelzen herein. Es war übrigens kein ganz Betrunkener unter ihnen; alle schienen aber sehr angeheitert zu sein. Alle machten beim Eintreten den Eindruck, als verließen sie sich aufeinander. Selbst Rogoshin schritt vorsichtig an der Spitze des Haufens einher, doch er hatte sicher irgendeine Absicht und schien düster gereizt und besorgt. Die übrigen bildeten aber nur einen Chor, oder besser gesagt eine Hilfstruppe (...) es waren noch zwei, drei Herren dabei, die ihm ähnlich sahen und wohl ebenfalls Kaufleute waren; einer der Gäste trug einen halbmilitärischen Überzieher; ein kleiner, außerordentlich dicker Mensch lachte ununterbrochen; ein ungeheuer großer, ebenfalls dicker Herr war sehr düster und schweigsam und schien auf seine Fäuste große Hoffnungen zu setzen. Es war auch noch ein Student der Medizin und ein sehr beweglicher Pole dabei ...«

(Übersetzung: Klara Brauner)

So beginnt eine stark unklare gemischte Geselligkeit im Roman »Der Idiot« (I, 10) aus dem Jahr 1868. Und hier gleich zum Vergleich und zur Ergänzung eine gleichfalls höchst eigenwillige literarische Matinee aus dem nächstfolgenden Großroman »Die Dämonen« von 1871/72; es handelt sich, genauer gesagt, um die wohl wahnwitzigste Matinee, im Zuge eines sogenannten »Fests«, nicht allein der Weltliteratur, sondern grob geschätzt aller Zeiten. Nach zwei äußerst mißglückten Rezitationen nationaler oder immerhin regionaler Würdenträger vor einem Auditorium inzwischen wild gewordener Provinzler, Wichtigmacher und anderer Wichtler kommt es zu einem schwer mehr zu überschauenden Tumult, zur außer Rand und Band geratenen und aber durchaus vergnügten Raserei, sozusagen aller gegen alle:

»Sie wollten sogar hinter ihm herstürzen und ihm nachsetzen. Sie zu beruhigen war unmöglich, wenigstens in diesem Augenblick und – auf einmal schlug die endgültige Katastrophe wie eine Bombe in die Versammlung ein und explodierte in ihrer Mitte: der dritte Vorleser, jener Schauspieler, der immer hinter den Kulissen die Faust geschwungen hatte, kam plötzlich auf die Bühne gelaufen. Er sah vollständig wie ein Verrückter aus. Mit einem breiten, triumphierenden Lächeln voll maßlosen Selbstbewußtseins überschaute er den aufgeregten Saal und schien sich selbst über die Unordnung zu freuen. Es setzte ihn nicht im geringsten in Verlegenheit, daß er in einem solchen Wirrwarr lesen sollte. Er hob die Faust in die Höhe, schwenkte sie wild und drohend über seinem Kopfe und ließ sie dann auf einmal wütend niederfallen, wie wenn er einen Gegner in Grund und Boden schmettere. Ein wütendes Geheul erscholl von allen Seiten; ein betäubendes Beifallsklatschen erdonnerte. Es applaudierte schon fast die Hälfte des Saales. Sie ließen sich ganz harmlos hinreißen: Rußland wurde vor allem Volke öffentlich beschimpft – mußte man da nicht brüllen vor Entzücken?« (III, 1)

Berichtet wird das Ganze von dem zuweilen omnipräsenten und fast andauernd eilfertig herumlaufenden, dann wieder einigermaßen schlampig aus dem Roman verschwindenden Ich-Erzähler Anton Lawrentjewitsch G***w, hier in der Übersetzung von Hermann Röhl. Finden Sie, verehrte Leser, das – komisch?

Der angeblich gesunde Menschenverstand findet nämlich Dostojewski wenig komisch. Kaum ein Wunder, wenn ihm von Herausgebern und Nachwortschreibern und z.T. sogar von Übersetzern seit einhundertzwanzig Jahren Mindersinn eingebleut wird, wie der zum Bucheingang sehr auswahlweise gesammelte. Gut einhundertzwanzig Jahre deutsche Dostojewski-Bekanntschaft waren offensichtlich nicht genug für ein halbwegs sinnvolles Bild von Werk und Autor – im Gegenteil, es wurde wohl im Lauf der Jahrzehnte immer schlimmer und verkehrter. Mit jeder Neuedition vielleicht immer noch danebener. Wenn es vermutlich noch allen Großschriftstellern der sogenannten und schon deshalb als Begriff höchst fragwürdigen Weltliteratur bestimmt war, mißverstanden, fehlgedeutet, falschkatalogisiert zu werden, so gelang das bei Dostojewski ganz besonders gründlich.

Und in Deutschland wohl zumal. Fusioniert mit dem deutschen Wesen konnte der Russe schon ganz besonders genesen.

~

Aber nicht allein in Deutschland; die fehlgehende Legende Dostojewski steht offenbar allseits unerschütterlich: der Heilige, der Tragiker, der Dämon bzw. Dämoniker, der Verbrecher oder zumindest Spielschuldner, der Visionär, der Schreckliche, der Geschlagene, der Prophet, der Gottsucher und zumindest Christusfinder, der Welt- oder zumindest Rußlanderneuerer – die Etikettierungen reichen, wir haben es schon im Auszug vernommen, nicht selten ins verträumt Debile; die Fehlmeinungen und -gemeinplätze über diesen »stillen Mann«, der nicht viel anders als sein fast jederzeit aufgescheuchtes Romanpersonal immerhin z. B. den vielen Briefen nach zu schließen ein ziemlich lautstark-geschwätziger gewesen sein muß. Aber etwa den nämlichen Gerüchten wie ihr Schöpfer sind dann umgekehrt wieder seine Figuren ausgesetzt; derlei (hier sogar doppelte) Falschprojektionen sind ja gängig und in der Lesewelt bis heute noch immer üblich. Literaturwissenschaft und marktkommerzielle Dostojewski-Ausschlachtung bis ultimo reichen sich hier bei der Mythenbildung Hand um Hand – so wie das halt der allgemeinen Kultur- gleich Festrednerideologie noch immer am besten behagt und nützt: Innerlichkeit und nochmals Innerlichkeit, Seele und Metaphysik – und das alles sozusagen objektlos, denn Dostojewski und sein Roman kommen darin oft so gut wie gar nicht vor. Wer unbedingt und wider unseren Abrat wissen will, was exemplarisch krimineller Feuilletonismus, das Karl Kraussche »ganze lumpige Lügenwerk dieses Feuilletonismus«, ist, der lese hier in diesem Zusammenhang den berühmten Dostojewski-Aufsatz von Stefan Zweig nach, den dieser Wiener Schluri (anderes ist kaum vorstellbar) nach einem endlos nächtigen Wirtshausbummel niedergeschmiert haben muß, um (da möchten wir wetten) am späten Vormittag bei einer gleichgesinnten Presse etwas Vorschuß zum weiteren Überleben herauszuschustern: blankes Geschwätz. Der reine Schleim, der gewissenlose Seich, kein einziges Wort wahr. Wir kommen darauf genauer zu sprechen.

Die noch immer waltende und wahrscheinlich immer blinder weiterwütende oder aber mehr beschaulich vor sich hin walkende und watschelnde

Dostojewski-Legende ist, um das zumindest anzudeuten, nicht allein deutsch und westlich. Russische Groß- und Kleinexegeten wie Mereschkowski und Eisenstein und Lunatscharski exegieren und exekutieren streckenweise ähnlich metaphysierend ins Blaue hinein. Soweit zu ahnen, stellte wohl lediglich Michail Bachtin mit seinen »Problemen der Poetik Dostojevskijs« (1929/63; München 1971) eine zumindest im Kern und Ansatz halbwegs hoffnungstragende Ausnahme dar; wir kommen auch auf Bachtins Schriften, die immerhin mal das von ihm sogenannte Karnevaleske Dostojewskis rechtens zentrieren, zu gegebener Zeit zurück.

Wer auch nur halbwegs unbelastet von der offenbar seit Urzeiten vorgelieferten Dostojewski-Imago diesen Autor liest, der wird sich, wenn er nicht geradezu böswillig ist, schwertun, an seinen Büchern nicht doch zuerst einmal, einige Leseanstrengung beiseite, den größten Spaß zu haben. Wer aber lacht, muß sich – im Jahr 2014 wie schon 1914 und darunter hinaus – im klaren sein: Er betritt Neuland, Neuland 133 Jahre nach Dostojewskis Verscheiden. Keines der einschlägigen Lexika und Handbücher reicht ihm, dem Neuleser, bei seiner abenteuernden Expedition helfend die Hand; keine der handelsüblichen Monographien und wohl kaum eine Werkanalyse rückt den Komiker-Humoristen Dostojewski auch nur in die Nähe des Zentrums des Komischen. Mit ein paar schmalen Ausnahmen immerhin; etwa der des fast winzigen Thomas-Mann-Aufsatzes »Dostojewski –

mit Maßen« aus dem Jahr 1948 (ursprünglich: »Die Neue Rundschau«, Sept. 1946):

»Ein Werk, das (…) eine erstaunliche Menge von Mutwillen, phantastischer Komik und ›Lustigkeit des Geistes‹ in sich schließt. Denn unter anderem war dieser Gekreuzigte ein ganz großer Humorist.«

Unter anderem, natürlich. Aber Thomas Mann schwant zumindest, daß hier außerhalb des Gängigen und Üblichen von Romanschreiberei ein besonderer Suigeneris am Wirken war:

»Ein befremdlicher Zeitgenosse muß er schon gewesen sein, dieser Fjodor Michailowitsch.«

Das gleichfalls von Thomas Mann und gleichfalls in dieser 14-Seiten-Schrift statuierte »verbrecherische Heiligenantlitz Dostojewskis« im Verbund mit der »verbrecherischen Neugier seiner Erkenntnis«, sein »verbrecherischer Erkenntnis- und Bekenntnisfuror« wollen hier gar nicht weggeredet werden; nicht hier schon, allerdings hier schon aber mit einem kleinen Fragezeichen ausstaffiert – was immer Thomas Mann da etwas blumig und womöglich unreflektiert kanonkanonisch unter »verbrecherisch« versteht: vermutlich das unterm Vorzeichen und Panier von Christlichkeit Hybride; das den Kausalkonnex von »Schuld und Sühne« (neuerdings im Deutschen eben »Verbrechen und Strafe«) überhöhend subsumiert. Kaum eine Frage sind das intellektuell Monumentale, Komplexe, Monströse, mit Goethes Lieblingsvokabel zu reden »Inkommensurable« des Dostojewskischen Roman- und Lebenswerks. Genau hier aber liegt der Hund begraben, schon ehe er noch munter zu bellen anheben darf – die nicht nur deutsche Ideologie ist nämlich hier begründet und allzeit daheim: jegliches Große gläubig, schon allzu beflissen und möglichst unverzüglich mit dem Ruch des Ernsten, Schweren (»Schwääären«), gar Tragischen und vor allem permanent Existenzbedrohlichen zu besetzen, einzusäumen, ja zu dekorieren; indessen Komik, Humor, Lachen nach immer noch ziemlich eingeschworenen Denkschematismen allzeit etwas Zweitrangiges, irgendwie auch Degoutierliches ist und zu sein hat; etwas, vor dem und angesichts dessen der ewige Kulturträger letztlich doch die Nase rümpft.

Dostojewski, der eigentlich unüberlesbare Komiker, ist hier nur ein – und möglicherweise das gravierendste – Opfer unter vielen. Er steht wohl am Anfang der kleinen Reihe Joyce, Svevo, Kafka, Beckett, der frühe Thomas Bernhard (noch nicht der ostentative Komödienschreiber); Schriftsteller, die den bekannten und geläufigen und berufsmäßigen Kulturtragenden noch immer – auch wenn sich in den letzten Dezennien einiges da und dort gebessert und gemildert und gelockert hat – für nichts weniger als komisch gelten. Und es doch maßgeblich sind. In mancherlei Sehweise dürfte man für einen speziell deutsch-klassischen Bildungs- und Verbildungszusammenhang auch Eckermanns Gespräche mit Goethe aus den Jahren 1836 ff. in diese triste Kalamitätsreihe stellen: Auch hier wird, gegen jede Leseevidenz, wenig gelacht; vielmehr pflichtgemäß geschaudert; oder wenigstens sich gelangweilt.

Erschwerend kommt mittlerweile im Fall Dostojewski hinzu, daß die seit spätestens Nietzsche bereits altbackene Dostojewski-Legende schon je und offenbar crescendo das plane Lesen zuverlässig verhindert hat. Nicht nur dem ohnehin unmündigen Volk, sondern auch den prätendierten Fachleuten und Feuilletonisten gilt dieser Romancier als eine Art Tschaikowski der sechs Sinfonien zusammen, als ein offenbar stets und ständig unter Hochdruck laborierender und explodierender Russenteufel. Das war zwar auch Tschaikowski nicht gerade – aber macht nichts, von Karajan bis zum noch viel wilderen, russischeren Valery Gergiev hat man ihn so verkauft, kam er gut an – warum nicht in einem Aufwasch auch gleich der Mehr-oder-weniger-Zeitgenosse Dostojewski dazu?

Die Sache geht manchmal ins Abenteuerliche. Bei der schon gestreiften Umfrage des Bayerischen Rundfunks in großstädtischen Buchhandlungen war unter besonders schöngeistigen Lesern oder immerhin angeblichen Lesern nicht nur der übliche dostojewskiaffine Meinungsschrott vonwegen »schwäär« und »unverständlich« und »heute nicht mehr aktuell« (!) zu vernehmen. Sondern, noch verblüffender, aus dem Munde einer damals besonders angesehenen Frankfurter Buchhändlerin auch der – heftig von einem zufällig beiwohnenden Buchvertreter beifallbenickte – frappante Befund: Dostojewski, ach herrje, das erinnere sie an diesen bösartigen Kunstschlittschuhlauf-

Olympiasieger, diesen – Oleg Potropopow oder so ähnlich; der da doch immer seine zarte Ehefrau und Partnerin Ludmilla Beludingsda so grausam behandelt habe, mein Gott!

Wahrscheinlich rührte die erstaunliche Meinung daher, daß jener Oleg eventuell manchmal mit seiner Ludmilla zu Tschaikowski-Schicksalsmusik die Pirouetten drehte – und das Ganze sei ja nun wirklich wie der »Pathétique«-Komponist Dostojewski in h-Moll. Oder zumindest der Dirigent in f-Moll enormico passionato.

Nein, komische Schriftsteller, so wurde damals den Fragestellern der schon erwartbare Bescheid, das seien vielmehr z. B. Kishon oder Don Camillo Guareschi. Oder halt dieser Professor Tolkien! Nein, ganz erwartbar war der bedrückende, ja niederschmetternde Quatsch in seiner ganzen gedankenlosen Unbedenklichkeit denn vielleicht ja doch nicht gewesen.

~

Der Unfall wäre in thematisch aufgefächerten Essays, Doktorarbeiten und Monographien literaturhistorischer oder geschmackssoziologischer Art weiter und genauer zu verfolgen: Warum vielleicht auch in Frankreich, Amerika, Italien, ja sogar England, vor allem aber wohl doch in Deutschland Humor (wenn er denn überhaupt diesen Namen verdient) noch immer und in Penetranz ins zweite Wertungsglied verwiesen, ja verrammelt und verramscht wird – beiseite gelassen sei hier erst mal weitgehend die allerdings wirklich unklare und zweischneidige Etymologie und Begriffsgeschichte von »Humor«, unter dem seit dem 18. Jahrhundert wohl tatsächlich jeder versteht, was er dafür hält. In Parenthese sei es angefügt: Mit dem gehaltlich ja nicht ganz unverwandten Begriff der »Satire« steht es seit antiken Römerzeiten ähnlich unklar und diffus und polyvalent.

Mit Humor in Koalition gebracht, leider auch vom davon angetanen Leser Dostojewski, wird immer noch der meist völlig humorferne Dickens, ein (wohl auch ernstlich nicht mehr gar zuviel gelesener) Klassiker, bei dem das Humoristische ohne jede akute Brisanz sogleich und vollends ins Harmonische, Gemütvolle aufweicht – in verschärfter Sehweise: ins Gegenteil von Humor. Als Humorist taxiert sieht sich hin und wieder der späte Wilhelm Raabe, dessen Qualitäten aber mehr woanders liegen. Als Humorist kursiert noch immer und allzeit und sozusagen blindgebucht – und dies nun freilich in einer unauflösbaren Melange aus Rechtmäßigkeit und Unfug und wohl auch mehr dem allgemeinen Ondit der Volkshochschule nach – Gottfried Keller; ausgerechnet aber da, wo er wirklich einer war, in den bösen, bösartigen Momenten seiner Novellen, gleichwohl kaum.

Humor ist in den heutigen Meinungs- und Meinungsverteilerköpfen offenbar wie zu Biedermeiers zeitlosen Zeiten wesentlich Idylle, harmlose Lebensverschönerung, Schmunzeln auf dem fontaneisch besagten und göttlich prästabilierten »Goldgrund«, in windstillen Gehöften zu Hause. Und er muß wohl vor allem »versöhnlich« sein, ohne daß je zuvor ein Kampf stattgefunden hätte, stattfinden dürfte! Denn: Eigentlich darf man niemand verletzen, so steht es im Dekalog und dann noch bei Hölderlin und Wilhelm Busch sowieso (bei dem aber in Wahrheit gerade nicht!) – mit einem möglichst rundumschlagenden Wort: Humor ist die gottgewollte Harmonie der ewigen Biedermänner und Banausen und bis vor kurzem der Kishon-Leser. Und umgekehrt werden gigantische humoristische Kunstleistungen, Sprachleistungen, Denkleistungen unfehlbar ins Mysteriöse, Schwääre abgetötet, in eine schwelende Hirnbeduseltheit; in ein Niemandsland, in dem noch keiner war, das aber gleichwohl von der Aura aus Bierernst und Würde und eben schon unmenschlicher Lachverweigerung durchdrungen ist – und schwärt. Das Leben wird unschädlich gemacht. Es darf nicht gelacht, es muß geschaudert werden.

Zumindest auf dem Papier. Und beim allerdings hierzulande nicht mehr allzu tätigen Dostojewski-Ausdeutungs-Hochstift. Zu Händen Friedrich Theodor Sinnhuber, i. A. Deuterke nach Diktat verreist, Urlaubsvertretung: Grübelwitz.

Zu vermuten sind hinter der verfahrenen Situation, hinter dem vielleicht ja ewigen Trauerspiel mit dem Humor im wesentlichen zwei Motive, sofern man nicht evolutionsgeschichtlich uns auferlegte progressive Zerebralzersetzung als Drittes zuläßt: sich selbst fortzeugender Unverstand als das essentielle, integrale innere Hauptgesetz von Poesie und Literatur. Und seitens der diversen Betreiber: auf Kommerz spekulierende Täuschung der nicht allein vom Kapitalismus erhofften Endabnehmer. Beides – und eventuell auch das Dritte – geht sehr eng zusammen, ist im Einzelfall oft nicht mehr auseinanderzuhalten. Abseits des begrabenen Hundes beißt sich die Katze in den Schwanz: Weil kein Bewußtsein von, kein rezeptives Vermögen für Komik unter breiten Leserschichten herrscht, deshalb verhökert man Komik schlicht und glattwegs als – Metaphysik. Und Dostojewski dürfte der eminenteste Fall einer solchen halb intendierten, halb intuitiven Manipulation sein. Andersrum: Man muß ihn erst lesen lernen; man muß ihn heute erst wieder lesen lernen; wenn man ihn denn je halbwegs richtig zu lesen verstand.

~

Obschon der Münchner Piper Verlag, der als eines von mehreren Häusern den deutschen Dostojewski bestimmend betreut, sich einst, 1968, dahin entschied, drei kleinere Romane des Schriftstellers als »humoristische« zu veröffentlichen, wohl um den potentiellen Lesern Unterscheidungen erleichternd zu bieten, sei noch einmal akzentuiert, daß dies Dostojewski-Buch hier sich ganz überwiegend, beinahe ausschließlich auf die fünf großen Romane bezieht, also auf »Schuld und Sühne« (jetzt »Verbrechen und Strafe«), »Der Idiot«, »Die Dämonen«, »Der Jüngling«, »Die Brüder Karamasoff« – als nämlich auch und mindestens im selben Maß »humoristische«. Obwohl es diese fünf offenbar nicht sein sollen.

Die Eigenart des Dostojewskischen Humors liegt tatsächlich, um es nochmals zu sagen, in seiner Evidenz, die ebenso augenscheinlich nicht nur verblüfft, sondern auch verblendet. Darin liegt aber auch weithin reichend das waltende Unverständnis begründet. Den Feinsinnigen ist dieser Humor, diese Komik zu grob und kunstlos – den ohnehin blinden Tauben zu leise. Dabei ist au fond alles ganz simpel. Dostojewskis augenfälligste humoristische Domäne (und, um es gleich vorwegzunehmen, auch romanliche Problematik) ist der Realismus des Geredes, des Draufloslaberns und Salbaderns, des, mit Thomas Mann und seinem Aufsatz zu sprechen, »verkommenen Schwatzens« seines repräsentativen Romanpersonals; ein Schwatzen und Gackern, das zu den allergrößten Verwirrungen und – ein Strukturgesetz aller dieser Romane – immer wieder ins vollkommene Chaos inkliniert und drängt. Daß dieses oft (selbst für heutige und scheint's allesgewöhnte Ohren) unglaubliche Gewäsch (Hat es Dostojewski meist am Schreibtisch erfunden? Trieb er sich ununterbrochen in Kneipen und Hinterzimmern rum? War es eine ihm quasi angeborene ewige Nebenstimme in seinem Innern?) – daß dieses monströse Gerede in Verbindung mit den häufig verwegensten und abstrusesten szenischen Konstellationen zum Formprinzip, ja darüber hinaus über lange Strecken auch zum Inhalt, zum Gehalt dieser Großprosa hochwuchert: es liegt nach der unvoreingenommenen Lektüre auch nur eines halben dieser Dostojewskischen Dickromane auf der Hand; es kann aber einen Experten wie den (sogar sehr guten) »Karamasoff«-Übersetzer Karl Nötzel nicht davon abschrecken, es als – man höre und reiße die Augen auf – »entbehrliche und teilweise bedauerliche Abschnitte« der betreffenden Romane zu qualifizieren; und zwar »handelt es sich dabei meist nur um Schrullen des Autors«.

Gottseidank hat Dostojewski gerade ihnen und ihren Versuchungen und sonstigen Sirenenstimmen nachgegeben; wenn auch, soweit hat auch Nötzel ein klein bißchen recht, füglich nur in ca. 97 Prozent der fraglichen Fälle.

Das menschelnd-humane, das am Ende hochgradig fiebrige Gerede, das man vielleicht mit Sigmund Freud als einen ersten literarischen Niederschlag der von ihm so benannten »modernen Nervosität« ausdeuten darf: als das, sagen wir, um 1850 mehr oder minder kollektive Krankenbild von Neurosen, Psychoneurosen und Hysterien, sozusagen (und etwas sträflich allgemein subsumiert) der späten Kulturstufen (des modernen Europa inklusive Rußland-West). Wenn man eine solche moderne Nervosität einmal als Vorwegnahme Freuds kausal etwas sehr kühn unterstellt: Dostojewski, für (den allerdings wenig belesenen und oft nur spektakulär sprücheklopfenden) Nietzsche bekanntlich der »tiefste Psychologe der Weltliteratur«, wäre ihr, der Nervosität, poetischer

Pionier. Und wohl ihr seither konkurrenzlos unübertroffener Meister – da könnten die späteren Modernen und Expressionistiker und Avantgardisten und Inneren-Monolog-Konstrukteure etc. pp. diesbezüglich nicht mithalten.

Vielleicht seinen exaltiertesten Ausdruck findet das modern-nervöse Gerede in der sehr seltsamen Unterhaltung des vom Erzähler so genannten »alten Possenreißers« Fjedor Pawlowitsch Karamasoff mit dem schon allzu geheimnisumwitterten Greis Sosima im Kloster. Unter der Erzählung von allerlei Schwänken sowie einer unsäglich dümmlichen und ungereimten und »pikanten« Anekdote über Diderot löchert der noch gar nicht so greise Vater mit elendem Geseire über die Unsterblichkeit, Schillers Karl Moor und insgesamt mit der »Kraft der Karamasoffschen Niedrigkeit« (I, 5) seine klösterlichen Gastgeber; und es verpaßt der Vater Karamasoff im Beisein seines darüber »förmlich erbebenden« Sohnes Alescha dabei dem leitenden Starez unterderhand und nacheinander zwölf verschiedene Anreden, als Eckpunkte wahrlich, so die Kapitelüberschrift, »einer nicht angebrachten Zusammenkunft« (II, 1 ff.):

»Geheiligter Greis«
»Euer Ehrwürden« (zweimal)
»Großer Greis«
»Erhabener Greis«
»Gesegneter Vater«
»Heiligstes Wesen«
»Mein Lehrer, du«

»Gesegneter Mann«
»Sie, mein Engel«
»Ehrenwerter Vater«
»Gesegnetster aller Menschen«
»Göttlicher und heiliger Greis«
(Übersetzung: Karl Nötzel)

– und dies alles, wohlgemerkt in einer unentwirrbaren Mixtur aus wirklicher Pietät, Ranküne, völliger Indifferenz und ungebührlicher Quatschlust, während der fromme Sohn Alescha »dem Weinen nahe ist«, aus einem vom Dichter Dostojewski ja fraglos geteilten Mutwillen auch – vor allem aber aus dem dunklen und nicht zu bändigenden Drang eines leicht sadistischen Neurotikers heraus, als »Ich, der Niederträchtigste von allen« Verwirrung zu stiften, das Chaos, ja das Inferno eigenmächtig, in höchsteigener Regie aufblitzen zu lassen – in einer mit der des Verfassers kongruierenden Vis comica: Der ganze Quatsch findet ja nicht zuletzt an einem heiligen Orte statt!

Das vollkommene Seitenstück dieser humoristisch meisterlich erdachten und ausgeführten Episode: die sogenannte »Beichte eines feurigen Herzens«, nämlich des seines Vaters sehr würdigen Karamasoff-Sohns Mitja, gerichtet an (der Arme, schon wieder muß er da zuhören) den Bruder Alescha, ein zwischen heiligmäßiger Ekstase und bodenloser Banalität, Friedrich Schiller und finsterem Schwachsinn gelagerter und bis ins Unerträgliche gesteigerter Sermon über 20 Textseiten und durch annähernd sämtliche Tonlagen der Vox humana hindurch; und dessen erstes von drei Kapiteln mit Mitjas dankenswertem Hinweis schließt:

»Höre denn, und jetzt zur Sache selber …«

Und natürlich ist diese Beichte alles andere als im klassischen Sinn feurig wie die eines vorhin unfreiwillig schon gestreiften Karl Moor; sondern in extenso bescheuert und verblasen wie das Gelabere eines Halbbetrunkenen. Und Dostojewski wußte, wie und wovon er da so feurig faseln ließ. »All das hämmert auch in meinem Kopf und läßt mir keine Ruhe«, teilt er zum Beispiel am 22. August 1865 der reichlich unselig umworbenen damaligen Gefährtin Polina Suslowa aus Wiesbaden mit – nicht allein aus extremer Geldnot muß es zumindest in diesen Tagen in Dostojewskis Hirn chaotisch ad infinitum zugegangen sein – hochverwirrt und das wohl ungespielt – fast ärger noch als in den Schädeln seiner erbarmungswürdigsten Romangestalten. Zu denen Dimitri Karamasoff insgesamt noch nicht einmal zählt.

Aus dem wahrhaft dämonisch wirren Kapitel »Das Fest« der »Dämonen« war schon ein bißchen zu lesen. Wieder zehrt Komik, gründet sich das Lachen aus der losen, undisziplinierten und vom Autor – scheinbar oder auch wirklich – unzensierten Reihung von belanglosem Gerede und Klatsch und Tratsch – die Dämonie der blanken Wörter ist wohl keineswegs eine Entdeckung erst des 20. Jahrhunderts. Zurück bleibt am Ende dieser aberwitzigen, obwohl hochambitionierten und sogar langfristig subskribierten, schließlich total in die Binsen gesteuerten »literarischen« Matinee eine gewisse Benommenheit, höhere Benebeltheit – auch beim Leser! Was freilich nach gängigen Begriffsschemata selten den Rückschluß abermals auf Komik und Humor nahelegt. Als ob es da nicht gewisse Parallelen in des Lesers eigener häuslicher Wirklichkeit gäbe. Wo ja auch die Auflösung einer Spannung, die benebelte Erinnerung an eine soeben noch tosende Wirklichkeit so etwas wie höhere Heiterkeit bewerkstelligen kann, ja sollte.

Die literarische Kategorie des Geredes, des Gewäsches bei Dostojewski hat vor einem halben Jahrhundert Rudolf Hartung schön beschrieben, zumindest kurzcharakterisiert:

»Katarakte, in denen die Vernunft zerstiebt und etwas aufblitzt, was mit dem Wahnsinn und dem Fieber verwandt ist.«

Die hemmungslose Geschwätzigkeit großer Teile des repräsentativen Dostojewski-Personals – ausgerechnet dieser angeblich so »stillen« und »russischen Seelen« – und meist auch ihres Erzählers: sie mutet Hartung an wie ein Orgasmus. In solchen Ergüssen vielleicht ja zumindest parasexueller Art verdopple sich die meist ekstatisch-eruptive Erzählerprosa. Simultan und paradox fungiert dieses ewige Gerede aber auch als etwas unendlich Nivellierendes, Allesgleichmacherisches, als Ausdruck jener allgemeinen und dem Leben wohl fest eingeschriebenen »flachen Unbedeutenheit«, in welche sich ja schon der Goethe-

Faust (I, V. 1861) mit Hilfe des Mephistopheles und mit ja durchaus frohen Gefühlen stürzte. Wiederum daraus speist sich ein Gutteil von Dostojewskis Lachenergien. Die Figuren wissen meist ganz gut, daß sie Unsinn, Flachsinn schwätzen – und reden und reden und gackern doch halb desperat, halb frohgemut weiter – meist auch zu unserer Erheiterung; als ob sie das wüßten. Zugrunde liegt einer solchen Leidenschaft oder eben Manie der Drang nach Niedrigkeit, ein vielleicht urzeitlich-urmenschlicher, aber von der Moderne erst literarisch (wieder-)entdeckter Drang – einer, von dem etwa Mitja Karamasoff herzzerreißend und aber wiederum extrem banal lamentiert; die »Wollust« an Niedrigkeit, eine von Dostojewskis literarisch-psychologischen Entdeckungen; oder doch Wiederentdeckungen – bei Shakespeare zumindest gibt es natürlich alles auch schon mal; aber höchstens in Spuren auf einem Nebengeleise. »Niedrigkeit«: das meint sowohl den bereits bestehenden Zustand als auch den ehernen Willen, ihn fortzupflanzen, zu massieren, ihn zu verewigen. Am häufigsten tritt das Ganze auf als der schon fanatische, lebenssinnversprechende Wunsch vieler Romanfiguren, Unordnung zu produzieren und eskalieren zu lassen:

»Die Absicht war klar«, heißt es z.B. von Liputin, einem der nichtsnutzigsten Besucher der »Dämonen«-Matinee, einem dummfrechen Radaubruder, der sich nach einem gleichfalls unerwünschten und zudem betrunkenen Hauptmann a.D. kurz sogar zum Redner bzw. Rezitator außer der Reihe aufschwingt, »es sollte so bald wie möglich alles in Unordnung gebracht werden«. (III, 1)

Der Effekt ist – Freude, zum Teil maßlose Freude. Beinahe unzählig die Partien in den Romanen, da ein Maximum an Unordnung den Gipfel des Glücks darstellt. Es geschieht dies in der Regel bei den nie genug zu rühmenden, auch für heutige Party- und Session-Anstrengungen noch sehr vorbildlichen (wir kommen in einem Extrakapitelchen darauf zurück) und notorisch und wiederum freudvoll scheiternden Dostojewskischen Festen; in allergrößtem Stil in den »Dämonen«, auch schon in »Schuld und Sühne« und vor allem im »Idioten«, wo die bis zum Gehtnichtmehr hochgesteigerten »Faxen« – so wird es einmal in der Übersetzung von Klara Brauner genannt – die Beteiligten »fast wahnsinnig vor Freude« aufschreien lassen; oder fast alle zumindest »voll Begeisterung sind« und immerzu »ganz außer sich vor Freude geraten«. Oder wie Rogoshin (I, 10) sich so grund- wie »fassungslos vor Freude« fühlen. Oder zumindest herumlärmen und es sich einbilden. Zu ihrem Genuß:

»Überall ist Wirrwarr und Chaos, gnädige Frau«, erkennt Lebedews Neffe, einer der Hauptstreiter der »Idioten«-Bagage, und macht davon schleunigst Mitteilung, ausnahmsweise »sehr betroffen« (II, 9); und alle sind's soweit gerade deshalb recht zufrieden.

Die zumeist unverbrämte Freude am Skandal, am Niedrigen und Dummen und ebendarum besonders An- und Aufregenden und auch letztlich Lustigen – »alle Anwesenden lachten«, heißt es bei Dostojewski in den Romanen gewiß 195mal: Das Dümmliche und Dumme, es kriegt im Zuge solcher Selbsterheiterung eine Art Veredelung, etwas Groteskes, auch Bedrohliches – Dostojewski befindet sich hier wohl in der Tradition E.T.A. Hoffmanns, der, wie bekannt, zeitweilig einer seiner Lieblingsschriftsteller war. Der krankhafte Genuß am Schwadronieren und Krachmachen kommt auch bei diesem deutschen Romantiker schon in nuce vor – nicht freilich so exzessiv programmatisch wie beim Russen:

»Er stirbt ja schon, hält aber immer noch Reden!«

So ruft die aber auch nicht viel anders geartete Lisaweta Prokofjewna im »Idiot«-Roman (II, 9) aus. Und nicht viel anders steht es offenbar mit beider Schöpfer, dem Dichter Dostojewski, wenn dieser schon halbtot z.B. am 28. April 1871 aus Wiesbaden einen endlosen und wahrlich schwer erträglichen Tiradensermon an seine Frau, den »Engel« Anna, nach Rußland und in die Welt schickt. Und wiederum Sermon, ja Geschwätz, inklusive eines rhetorisch offenbar bewährten Bekenntnisses zur eigenen Niedrigkeit, ist Dimitri Karamasoffs »Beichte eines feurigen Herzens«, Pseudobeichte »fast in Ekstase« und aber »durchaus nicht im Rausche«, kulminierend mit einem damals wohl schon allzu bekannten Schiller-Zitat samt dessen Weiterführung:

»Wollust ward dem Wurm gegeben – Ich, Bruder, bin auch gerade dieser selbige Wurm, und das ist auch über mich ganz im besonderen gesagt«. (II, 3)

Und nachdem aber auch ein späterer Papst Benedikt in seinen frühen Schriften schon Gott selbst zum »Wurm« werden läßt (»Einführung in das Christentum«, 1968, S. 319), rundet sich hier ganz ohne Zweifel ein katholisch-orthodox-asiatisch-römischer Denk- und Problemkreis.

Anders vielleicht als auf dem Petersplatz wird aber bei Dostojewski immer wieder gerade für Dümmstes und Allerdümmstes Beifall geklatscht. Die Welt als auch diesbezügliches Irrenhaus – der alte literarische Topos findet sich bei ihm besonders kunstvoll und wahrhaft alles bisherige Maß übersteigend konstruiert und regeneriert. Die in Varianten immer wieder bewährte und ergiebige Technik: In eine bereits ziemlich mächtig rotierende Verwirrung, ein unklares Fest etwa, marschiert aus heiterem Himmel ein Trupp womöglich betrunkener Unbekannter ein, das Durcheinander und Übereinander möglichst bis zum Exzeß voranzutreiben. Betrunkenheit wird überhaupt, mehr als in wohl aller vordostojewskischen Epik, strukturbildend, buchstäblich und metaphorisch-symbolisch; so sehr, daß Dostojewski mehrfach in schöner Hinterhältigkeit die (vorne schon erwähnte) Ausnahme zu konstatieren sich genötigt sieht:

»Es war übrigens kein ganz Betrunkener unter ihnen« (»Der Idiot«, I, 10), und manche andere Male).

Komik gedeiht in vielen Fällen – der Teufel, aber auch der Wurm Gott steckt im Detail – aus der Einzelbeobachtung und relativ geduldigen -beschreibung der oftmals hinreißenden Dostojewskischen Statisten: etwa jenes »Herrn mit den Fäusten«, gleichfalls aus dem »Idioten« (I, 10), der Rogoshins unheimlichem Gefolge angehört, der permanent unheilverkündend im Hintergrund der Szene herumsteht, ohne doch jemals zum – handgreiflichen? intellektuellen? – Einsatz zu kommen.

Die gleichfalls schon ältere humoristische Technik der Digression, des scheinbar planlosen Abweichens von der offenbar oder vermeintlich zielgerichteten Erzählhandlung, eine Errungenschaft von und seit Laurence Sterne, findet bei Dostojewski manchmal eine besonders schöne Prägung durch die erst einmal recht verwirrende Einführung eines völlig Entlegenen, Heterogenen in eine bereits ziemlich abwegige Geschichte. Vielleicht das verblüffendste Beispiel: das wahrhaft hintergründige Auftauchen eines höchst ominösen Igels im letzten Viertel des »Idiot«-Romans – eines Igels, von dem und von dessen Funktion niemand Genaues weiß; der aber gleichwohl mächtig zielstrebig in eine bereits hochdramatisch zugespitzte Liebesaffäre krabbelt:

»Ihre (Lisawetas) Unruhe hatte ihren Gipfel erreicht; die Hauptursache alles dessen war aber dieser Igel. Was bedeutete der Igel? Was war das für ein Übereinkommen? Was sollte damit angedeutet werden? Was war das für ein Zeichen? Was für eine Mitteilung? Der arme Iwan Feodorowitsch verdarb die ganze Sache durch seine Antwort. Seiner Ansicht nach war das überhaupt kein Zeichen, der Igel war eben ›einfach ein Igel und sonst nichts, er bedeutete außerdem höchstens Freundschaft, Vergebung der Beleidigungen und Versöhnung‹.« (IV, 5)

Die vom Auftauchen des planen oder metarealsymbolischen Igels besonders beunruhigte, ja sogar »betroffene« Lisaweta Prokofjewna, eine der Hauptgestalten des Romans, ist eigentlich eine dezidiert moderne Frauensperson, etwas wie eine Femme confuse, gebildet teilweise nach Dostojewskis recht zweischneidigen Erfahrungen mit der frühemanzipierten Polina Suslowa – aber so modern nun auch wieder nicht, und auch nicht besonders aufgeklärt. Sondern wieder mehr »moderne Nervöse« und damit zum Beispiel zur pathischen Eigenberauschung neigend und deshalb kurzzeitig einem Igel mental angehörig. Manchmal muß Dostojewski aber auch selber nicht mehr ganz konsistent im Kopf gewesen sein – zu unser aller Nutzen, ja Heil; da streift sein Erzählwerk die exponierten Zonen des Somnambulen und Halluzinatorischen, des reinen Nonsens auch. Und erfüllt doch auf seine Art lediglich die klassische Jean Paulsche Humorbestimmung, die Brechung einer unendlichen Idee – Liebe, Glück, usw. – mit einem unwahrscheinlich Endlichen – hier eben einem: Igel.

Daß Dostojewskis Erzählprosa wahrscheinlich unter dem permanenten Vorzeichen von Komik, einer überlagernden Groß-, ja Gigantokomik zu lesen sei, geht übrigens u.v.a. schon meist aus den Rahmentexten hervor, z.B. dem komplett verqueren und lächerlichen und gewissermaßen irreführenden zweieinhalb Seiten langen Vorwort »von Seiten des Autors« (von wessen denn sonst?) zu den »Brüdern Karamasoff«. Nach einer überaus munteren Leserbegrüßung, durchaus ungeeignet, diesen Leser auf ein Buch einzustimmen, »in dem sich alles um die Frage nach dem Dasein Gottes dreht«, wie der Experten- oder zumindest Klappentexter-Triefsinn es möchte, schließt diese Vorrede nach allerlei schönen Krämpfen und Windungen und albernen Verwahrungen mehr romantechnischer Art mit der recht überraschenden Mitteilung als Eingeständnis:

»Im übrigen freue ich mich sogar dessen, daß mein Roman ganz von selber in zwei Erzählungen auseinanderfiel, ›bei wesentlicher Einheit des Ganzen‹. Wenn der Leser sich mit der ersten Erzählung bekannt gemacht hat, wird er schon selber entscheiden: Lohnt es sich für ihn, an die zweite heranzugehen? Natürlich ist niemand durch irgend etwas gebunden. Man kann das Buch schon nach den ersten zwei Seiten der ersten Erzählung aus der Hand legen, um es nicht mehr aufzuschlagen. Es gibt aber nun einmal so delikate Leser, die durchaus bis zu Ende lesen wollen …« (Übersetzung: Karl Nötzel)

Und nach solchen seltsamen und ambiguischen und aber vor allem überaus wichtigtuerischen Platitüden schlußendlich:

»Nun, das ist auch mein ganzes Vorwort. Ich bin

durchaus damit einverstanden, daß es unnötig ist; da es aber schon einmal geschrieben ward, so möge es auch stehen bleiben. Und nun zur Sache!«

Dostojewskis Humor ist flächig, in die Breite und ins Hintergründige angelegt, er lebt zu ca. 51 Prozent vom zitierenden Gewäsch, mit dem der Dichter die vielberufenen Lachmuskeln fast nach Belieben zu aktivieren vermag, manchmal auch allzu selbstverständlich mit diesem seinem ad libitum zur Verfügung stehenden Vermögen kalkuliert. Seltener lebt dieser Humor von Lakonie, pointierter Ironie; und auch diese beiden kommen nicht allzu schulmäßig ironisch des Wegs, sondern mehr quasi en passant, beinahe unfreiwillig. Wenn auch in schönster Ausprägung, wie in jener schon einmal gewürdigten Eröffnung Mitjas hinsichtlich der Frage nach dem oben tangierten Dasein Gottes: »Siehst du, Alescha, ein russischer Mensch zu sein ist an sich schon nicht gerade eine geistreiche Sache« – auf die wir später zitatlich breiter und sehr gerne zurückkommen.

Gerne, wenn auch leider nicht allzu häufig, vertraut Dostojewski kleinen Choc-Effekten. So in einer der wohl bedeppertsten Stellen der soweit bekannten Weltliteratur, wenn der Erzähler des vierten der großen Romane, »Der Jüngling«, das 5. Kapitel so eröffnet (Übersetzung: E.K. Rahsin):

»Meine Idee: ein Rothschild zu werden. Ich fordere den Leser auf, ernst und ruhig zu bleiben.«

Es geht, wie praktisch immer, ums fehlende Geld oder zumindest die Idee davon, die Geldplanung –

wie bei Dostojewski zumeist um 1865 ff. auch und zumal in seiner Zeit in Deutschland; und wie der Dichter (im Brief an seine Ehefrau Anna aus Homburg vom 18. Mai 1867) ist auch der »Jüngling« vor allem deswegen allzeit »mit den Nerven herunter«.

Aber gerade deshalb auch z. T. sehr wach.

Zuweilen gleitet die Überschärfe des realistischen Blicks, des kerzengeraden Blicks auf die Realität des Lebens, unmittelbar über ins Lachhaft-Traumhafte. So zum Beispiel, wenn bei den irren Vorbereitungen zur »Dämonen«-Welterweckungsmatinee schon frühzeitig »Toaste« ins Auge gefaßt werden, und die aber sollen »in Gestalt von Korrespondenzen in die hauptstädtischen Zeitungen übergehen, die höchste Behörde entzücken und verzaubern« (III, 1) –

– wer dächte nicht an Franz Kafka und seine seltsam zwielichtige Prozeß- und Schloßwelt; in der die Herrschenden und Gerichtsitzenden ja nun nicht nur immer erbarmungslos, sondern auch manchmal sehr transigent und gefühlvoll und notfalls sogar gnadenreich sein können. Und, so wie alle, der menschlichen Entzückungen und Verzauberungen bedürfen.

~

Solche pointierte, quasi surrealistische Komik ist bei Dostojewski Ausnahme, auch die kunstreich anspielungsvolle. Es gibt aber immer wieder sogar verschwenderisch eingesprenkelte Kleinstzellen des Komischen; formal ganz bescheidene und doch unerhört ertragreiche Techniken wie die Verwendung von scheinbar sogar gedankenlosen Floskeln wie »irgend«, »irgendwie«, »sogar«, »übrigens«; es war, wie schon gewürdigt, »übrigens kein ganz Betrunkener unter ihnen« –

– das wird den Leser doppelt freuen. Aus gesundheitspolitischen Gründen der Sorge um Rußland einst und auch heute; und aus ästhetischen: Es sind dies hier wie dort allübliche Bindewort-Floskeln von einer mehr verschwiegenen, seriöse Sachverhalte verdünnenden oder auch stantepede veralbernden Hintergründigkeit, Boshaftigkeit.

Doch immer wieder und vor allem anderen vertraut Dostojewskis Humoristik der niederschmetternden Kraft des unendlichen Geredes, gewissermaßen als prosaischer Seitenzweig der etwa gleichzeitig von Richard Wagner erfundenen und entwickelten »unendlichen Melodie« – die kann man allerdings auch aus manchen Dostojewskischen Mono- und Dialogen unschwer herauserlauschen. Aus den Stimmen des Alltags und des schon allzu häufigen Suffs, der Gouverneurinnen und der aber nur sehr angeblichen Gottsucher und entlassenen, ebenfalls angeblichen Hauptmänner und suizidgeneigten Teetrinker. Unter- und Oberstimmen aus dem Volke, dem Pöbel, aus Kreisen der Revolutionäre und anarchistischen Slawophilen – nicht immer so schön anzuhören wie die unendlichen Melodien Wagners; aber übrigens sogar irgendwie genauso ewigkeitlich.

Manchmal überzieht Dostojewski ein bißchen,

wohl je nach Tagesform. Wie in Franz Bleis Notiz »Der Bahr« laufen manche Figuren des Dichters dann wirklich Gefahr, »sich totzureden«, sich lebend auf die Bahre zu legen – dies nicht aus Gründen ihrer Hochform, sondern weil sie, wie viele Mitarbeiter an unser aller Alltag, damit halt einfach doch nur noch langweilen. Selten immerhin langweilt das endlose Gerede und Geschmarre bei Dostojewski; vor allem nicht, wenn es in kunstvollen szenischen Konfigurationen auftritt.

Das schon sehr alte Komödienschema vom betrogenen Betrüger, nicht erst seit Shakespeare bewährt, im Verbund mit dem verwandten vom entlarvten Großmaul, findet eine besonders schöne und lachhafte Regeneration beim abermaligen Blick in den »Idioten«-Salon (I, 8 ff.). Es dreht sich um eine lange und im Kern so eitle wie erzdumme Geschichte. Ein General a. D. Ardalion Alexandrowitsch Iwolgin, ein schon vorher als einigermaßen obskur vorgestellter Schnarchsack wenig militärischer Artung, berichtet mit großem Pomp eine vermeintlich des Beifalls sichere Geschichte, nämlich wie ihm einmal im Eisenbahncoupé der neueröffneten »-sker Bahn« das Rauchen untersagt wurde – die Folge: »eine dumme Geschichte«, wie der ums Erzählen ersuchte General bereits vorab vollkommen zu Recht unterstreicht. Iwolgins vorgebliche Feindinnen: zwei Damen, die ein Bologneserhündchen bei sich führen – und ansonsten absolut gegen das Rauchen in der Bahn sind. Er aber, der General, habe ganz souverän weitergeschmaucht. Die Folgen waren noch nicht im geringsten absehbar. Der General muß aber erst noch ein bißchen weiter ausholen, um Effekt zu machen:

»›In allen anderen Beziehungen lebe ich wie ein Philosoph, gehe spazieren, spiele wie ein Bourgeois in meinem Café Dame und lese die ›Indépendance‹. Mit Jepaschin bin ich nach der Begebenheit in der Eisenbahn vor drei Jahren, bei der ein Bologneserhündchen eine gewisse Rolle spielte, ganz auseinandergekommen.‹

›Ein Bologneserhündchen! Was war denn das für eine Geschichte?‹ fragte Nastasia Filippowna mit besonderer Neugierde. ›Ein Bologneserhündchen? Und in der Eisenbahn! ...‹ sagte sie und schien sich auf etwas zu besinnen.

›Oh, das ist eine dumme Geschichte, es lohnt gar nicht, sie zu erzählen: es war wegen der Gouvernante Mrs. Smith ... es ist aber wirklich gar nicht wert, daß man es wiederholt.‹

›Erzählen Sie es bitte!‹ rief Nastasia Filippowna fröhlich aus.

›Auch ich habe es noch nicht gehört!‹ bemerkte Ferdystschenko.

›C'est du nouveau.‹

›Es ist eine dumme Geschichte, die man mit zwei Worten erzählen kann‹, begann der General selbstzufrieden. ›Vor fast zwei Jahren wurde die neue -sker Bahn eröffnet, ich hatte damals sehr wichtige Geschäfte bezüglich meiner Pensionierung zu erledigen und löste mir ein Billett erster Klasse: ich steige ein, setze mich hin und rauche. Das heißt, ich fahre fort zu rauchen, ich hatte schon vorher geraucht. Ich befand mich allein in dem Abteil. Es war weder verboten noch erlaubt zu rauchen; es ist also wie gewöhnlich halb erlaubt; es hängt von der Person ab. Das Fenster ist geöffnet. Plötzlich steigen zwei Damen mit einem Bologneserhündchen ein und setzen sich gerade gegenüber hin. Die eine ist höchst elegant; die zweite trägt ein bescheideneres schwarzes Seidenkleid. Sie sind nicht häßlich, schauen hochmütig drein und sprechen Englisch. Ich geniere mich natürlich nicht und rauche weiter. Ich dachte sogar daran aufzuhören, da aber das Fenster offen war, wandte ich mich ab und rauchte weiter. Das kleine Bologneserhündchen, das wirklich etwas Seltenes war, lag auf den Knien der hellblauen Dame. Es trug ein silbernes Halsband mit einer Devise darauf. Ich bleibe ruhig sitzen. Ich bemerke nur, daß die Damen sich natürlich über meine Zigarre zu ärgern scheinen. Die eine starrt mich durch ihr Schildpattlorgnon an. Ich rühre mich noch immer nicht, denn sie äußern sich ja auch nicht! Sie könnten doch etwas sagen, mich warnen oder bitten, wozu haben denn die Menschen den Mund! Sie schweigen aber …

Plötzlich reißt mir die Blaue, als wäre sie ganz von Sinnen, die Zigarre aus der Hand und wirft sie zum Fenster hinaus. Der Zug rast nur so dahin, und ich schaue sie wie geistesabwesend an. Es war eine ganz wilde Frau, etwas, das sich gar nicht bändigen ließ; sie war übrigens üppig, blond, groß und sogar etwas rotbackig, ihre Augen funkelten mich nur so an. Ich näherte mich, ohne ein Wort zu sagen, mit der größten und selbst übertriebensten Höflichkeit dem Bologneserhündchen, nahm es mit zwei Fingern vorsichtig rückwärts beim Kopf und schleuderte es der Zigarre nach zum Fenster hinaus! Es konnte nur noch aufquietschen. Der Zug raste weiter.‹

›Sie sind ein herzloser Mensch!‹ rief Nastasia Filippowna lachend und wie ein kleines Mädchen in die Hände klatschend aus.

›Bravo, bravo!‹ schrie Ferdystschenko. Auch Ptizyn, dem das Erscheinen des Generals äußerst unangenehm war, lächelte ein wenig; selbst Kolja lachte und schrie ›Bravo!‹

›Und ich war im Recht, ich war tausendmal im Recht‹, fuhr der triumphierende General eifrig fort, ›denn wenn in der Bahn das Rauchen verboten ist, so das Mitführen von Hunden noch viel mehr.‹«

Und leider aber wird der General a. D. Iwolgin seiner – hier noch leicht verkürzt wiedergegebenen – Glanzgeschichte doch schon bald nicht mehr recht froh, im Gegenteil. Nach einigem Hin und Wider etlicher Mitquatscher, ob denn seine, Iwolgins, Tat wirklich mutig und edel oder vielleicht doch mehr zu verurteilen sei im Sinne einer humanen Tierpolitik, kommt es zum fast schon erahnbaren Eklat:

»›Erlauben Sie mal, wie ist denn das möglich‹, fragte plötzlich Nastasia Filippowna. ›Ich habe vor fünf oder sechs Tagen in der ›Indépendance‹ – ich lese immer die ›Indépendance‹ – genau dieselbe Geschichte gelesen. Aber aufs Haar dieselbe! Die Begebenheit hat sich im Waggon einer rheinischen Bahn zwischen einem Franzosen und einer Engländerin zugetragen. Die Zigarre wurde genau ebenso aus der Hand gerissen, das Bologneserhündchen wurde zum Fenster hinausgeworfen. Selbst das Kleid …‹

Der General wurde furchtbar rot, auch Kolja errötete und preßte sich den Kopf mit den Händen.

›Ich versichere Ihnen‹, murmelte der General, ›daß auch mir dasselbe passierte …‹«

Der Rest ist Schweigen – oder auch nicht. Dostojewski hat das alte komische und vor allem Komödien- und Bühnenklischee vom bestraften Großmaul und vom ertappten Lügner, von der bestraften Vorwitzigkeit bis hin zu deren hemmungsloser Schamferne in eine moderne, sozusagen existentiell-menschliche Dimension einmünden lassen; und dieser im Kurzroman »Eine peinliche Geschichte« (wir kommen darauf breit zurück) leitprogrammatischen Ausdruck verliehen: in die Peinlichkeit. Peinlichkeit jenseits der schon älteren Formationen als Danebenbenehmen, als gesellschaftliches Ungeschick samt Blamage, dieses wiederum als mittelbare Folge der modernen sozialen Vermischungen, der Verwischung der Trennlinien hoch-tief, kultiviertbarbarisch usw. Von dieser schon älteren Peinlichkeit schwärmt natürlich auch die in Dostojewskis Roman aus; macht aber daraus als die verzwickteste, modernste, avancierteste Form von Komik eine Art unentrinnbares Stigma des damals wie heute jüngeren Menschengeschlechts. Bei Franz Kafka (auch darauf wollen wir genauer zurückkommen) kondensiert sich das sozusagen universell-allgegenwärtige Bewußtsein von Peinlichkeit zu jener Scham als Condition humaine, welche noch ihr Opfer Josef K. zu überleben scheint.

Zurück: Unendliches Gerede und aberwitzig Szenisch-Dramatisches – zu Recht sind Dostojewskis Romane in die Nähe des Dramas gerückt worden. Die Dramaturgie ist dabei ziemlich konstant: Es gibt da einmal vielerlei komische Situationen, »nicht angebrachte Zusammenkünfte« à la Vater Karamasoff–Greis Sosima. Die Varianten sind meist ganz simpel-komödiantisch, jedoch oftmals ineinander verschränkt: Da werden zwei grundverschiedene Menschen bzw. Menschen in grundverschiedenen Situationen miteinander konfrontiert. Das nämliche erweitert: Zwei grundverschiedene Menschengruppen stoßen mehr oder weniger unverhofft aufeinander – etwa, wie vorgeführt, Rogoshin mit seiner angetrunkenen und auch sonst soziologisch unklaren Mannschaft in Nastassja Filippownas Salon. Oder etwa die prätentiöse und dabei mehr eingebildete Bildungs-Society und der unqualifizierte und zudem unverhältnismäßig aufgeregte, ja (aus wiederum unklaren

Gründen) richtiggehend exaltierte Pöbel, das »Gesindel«, der »Kehricht«, die »Rotznasen«, der »Dämonen«-Matinee. Weitere Variante: Ein Mensch verhält sich zur Situation total inadäquat; etwa der General Iwolgin, dem in Gesellschaft zum Zweck des Prunkens nichts Dümmeres als eine dabei auch noch endlose Lügengeschichte einfällt. Oder der gleichfalls schon gewürdigte »alte Possenreißer« Karamasoff beim »heiligen Greis«, der ihm freilich nichts weniger als heilig ist; sondern nur sehr genehmer Resonanzboden seiner, des Vaters Karamasoff, durchaus angekränkelten Späße.

Eine ganz besondere Konstellation: der Polizeibeamte Porfirij Petrowitsch beim Verhör des noch nicht ganz erklärten und überführten Mörders Raskolnikoff:

Seit der Antike, auch seit Shakespeare und Ben Jonson, sind Recht, Rechtsprechung, auch Rechtsmanipulation im engeren und weiteren Sinn Stoff und Futter von Literatur, zumal der Komödie; und, von Dickens bis Kafka, besonders des wie auch immer spezifizierten humoristischen Romans. Humor entfaltet sich da auf dem Fundus der alten Typenkomodie, den Späßen der Commedia dell'arte – allein, je näher es an die Moderne, die jüngere Gegenwart, heranrückt, desto weniger kennt die Komödie resp. der Roman mehr genau die Scheidung vom Tugendhaften und Lasterhaften – und also dem Humor, der Satire auch, dem prangermäßig Ausgesetzten. Sondern Recht und Rechtsprechung führen vielmehr entschieden nur noch die Ungereimtheiten des Lebens selber vor; die Unfähigkeit des Justitiellen, hier noch zu unterscheiden; beim Kampf nämlich aller gegen alle sozusagen. Statt um Wahrheitsfindung geht es wohl auch in den sehr endlosen Vernehmungsszenen von »Schuld und Sühne« (»Verbrechen und Strafe«) offenbar um ganz anderes: um Konfusion und um Irritation, die sich im Vorgang der Vernehmung steigern zur verkehrten Welt, zum in sich hermetischen Narrenhaus.

»Der psychologische Rechenschaftsbericht eines Verbrechens«, so nennt Dostojewski im September 1865 im Brief an den Verleger Michail N. Katkow aus Wiesbaden seinen fast fertigen Roman, und Thomas Mann redet gar vom »größten Kriminalroman aller Zeiten« (!). Zweifel an beiden Charakterisierungen sind überaus erlaubt; ja Zweifel, ob es ihm in diesem ersten der großen Romane überhaupt so sehr ums Verbrechen und seine Sühnung ging. Und nicht vielmehr und insgeheim um ganz anderes. Zum Beispiel um romanlich ungewohnte, nämlich moderne Absurdität. Denn offenbar immer weniger ist es dem Vernehmungsbeamten um Wahrheitsfindung zu tun, sondern die unklare Vernehmung (sehr kafkanah in einer Art »Holzverschlag«) und ihr endlos ausschweifender Begleitsermon entwickeln als eine Art Pseudodialog mit Raskolnikoff immer spürbarer einen eigentümlichen Reiz von Schwerverträglichkeit – kaum mehr erträglich für Raskolnikoff wie für den Leser. Und werweiß sogar auch für

Porfirij Petrowitsch; dem seine eigenen Tiraden und Finten und Faxen und halb listigen, halb bewußtlosen »Flausen im Kopf« ja auch vielleicht schon bald weh tun:

»Porfirij Petrowitsch kniff die Augen zusammen und zwinkerte Raskolnikoff zu. Ein Ausdruck von pfiffiger Vergnügtheit lief über sein Gesicht, und dann brach er plötzlich in ein nervöses, gar nicht endenwollendes Lachen aus, das seinen ganzen Körper in wackelnde und wiegende Bewegung brachte, und sah Raskolnikoff dabei unentwegt in die Augen. Der lachte jetzt ebenfalls (...) Raskolnikoff sagte immer noch nichts und hörte Porfirijs inhaltsloses und konfuses Geschwätz ernst und finster an. ›Will er wirklich mit seinem dummen Geschwätz meine Aufmerksamkeit ablenken?‹

›Ich kann Ihnen leider keinen Kaffee anbieten, hier ist nicht der Ort dazu, aber warum soll man nicht fünf Minuten mit einem lieben Besuch zusammensitzen?‹ plauderte Porfirij unermüdlich. ›Und wissen Sie, alle diese dienstlichen Obliegenheiten (...) Ja also, Väterchen Rodion Romanowitsch, diese Verhöre machen einen manchmal noch viel wirrer im Kopf als den Inquisiten (...) Da haben Sie etwas durchaus Zutreffendes und Scharfsinniges gesagt, Väterchen.‹ Raskolnikoff hatte nicht die flüchtigste Bemerkung dieser Art gemacht.« (Übersetzung: Werner Bergengruen)

Bis zu den Polizei- und Gerichtsvernehmungen von Kafka und Heino Jaeger ist da kaum mehr ein winziger Schritt: Die Obrigkeit, die Justiz, sie sind einerseits gnadenlos; aber andererseits auch wieder voll der Huld, zumindest von erstaunlicher Zivilität und Gastfreundschaft. Immer wieder wird der durchaus schon des Mordes verdächtige Raskolnikoff vom Vernehmungsbeamten »in aufgeräumter Stimmung« als »Väterchen« und einmal sogar schon gänzlich disproportioniert als »Täubchen« angeredet und umschmeichelt – wenn auch, selbstverständlich, meist nicht ohne Tücke. Dann aber auch wieder wie Stimmen aus einer außerirdischen, sehr fernen und beinahe schon prästabiliert harmonischen Welt.

Interessant wäre natürlich zu erfahren, ob sich Dostojewski bei diesem seinem Polizeikapitel mehr auf seine Absurditätsphantasie verließ oder sich vielmehr auf aktuelle und genau beobachtete Präzedenzfälle aus dem russischen und St. Petersburger Gerichts- und Polizeialltag stützen durfte – ganz so unmenschlich könnte dann nämlich das Zarenreich um 1850 auch wieder nicht gewesen sein.

Forciert immerhin wird solche und verwandte Komik/Humoristik der Disproportion (von Erwartung und Erfüllung, von Amt und Würdelosigkeit usw.) gelegentlich durch Dostojewskis ausführliche Beschreibung eines der an der Sache Beteiligten – etwa in einer abwegigen Szene aus »Schuld und Sühne«: die Konfusion mit der Tünche und den beiden Tapezierern. (II, 6) Komisch sind in zweiter synchroner Bewegung die Figuren durch ihre Rede und ihr scheinbar abstruses Verhalten; wobei fast gleichgültig ist, ob Komik sich freiwillig-tückisch äußert wie beim alten Possenreißer Karamasoff – oder mehr und zumindest halb unfreiwillig wie etwa bei seinem noch konfuseren Sohn Mitja.

Bereits im ersten und vielleicht sogar besten, dem konsistentesten seiner Dickromane, in »Schuld und Sühne«, dominiert, auch lang schon vor der Porfirij-Szene, Dostojewskis niemals vergessenes und auch immer zuverlässig funktionierendes Zentralmotiv des Geredes, des »Wortgeriesels«:

»Ein Irrsinn wurde da zusammengeredet!« berichtet Rasumichin verwirrt in einer ohnehin verwirrenden Episode. »Man macht sich ja gar keinen Begriff davon, was der Mensch schließlich alles zusammenfaseln kann!« (II, 7)

Und, nicht zu vergessen, schon in diesem Roman weiß jener Rasumichin seinem Freund Rodja Raskolnikoff von einer starken Dämonie, zumindest Ambivalenz zu berichten:

»Ich habe ein bißchen viel Alkohol in mir, aber das hat nichts zu sagen ...« (ebd.)

Aber ehe wir – Autor und Leser – hier uns schon selber einen verdienten Schluck genehmigen: Einer vorerst letzten, noch kaum gestreiften Gattung und Dimension von Komik bei Dostojewski soll hier noch zumindest im Vorübergehen gedacht werden: der Kunst des Ominösen, des Ominosierens, des Mystifizierens auch – neben der Entdeckung und Ausleuchtung von Peinlichkeit vielleicht sogar Dostojewskis originärste und neuartigste Leistung. Mystifikation: Im Kleinen bewirken dies jene verwegenen Einfälle wie der Igel oder auch das Bologneserhündchen, das beim Eisenbahn-Fenstersturz nur noch aufquietschen kann und uns derart unsere Anteilnahme entlockt. Beim folgenden Werk, den »Dämonen«, dem mittleren der drei Großromane, trägt und formiert dies Unerklärlich-Ominöse wohl gar die Romanstruktur, bezeichnet eine neue, zumindest neuartige Romanspezies – und sorgt fürs etwas unheimliche Lesepläsier. Da ist also das ganze Buch hindurch permanent aus unterschiedlichsten Mündern von der Erneuerung des russischen Volks, von Gott, von Liberalen und sozialistischen Revolutionären respektive »Nihilisten« und »Atheisten« die Rede, aber im nächsten Moment beißt ein Revolutionär dem anderen bloß ins Ohr. Da wird eine großartige Matinee veranstaltet, aber keine Seele weiß, warum eigentlich. Da ist der Ingenieur Kirillow, dem es angeblich andauernd um Gott, um einen etwas verwässerten Nietzsche, um seine eigene Göttlichkeit und die daraus zu folgernde Notwendigkeit des Selbstmords zu tun ist; der ihn auch im Zuge einer wahrhaft »mühevollen Nacht« (Kapitelüberschrift) ankündigt und ihrerseits unklare Zeugen dafür bestellt – »aber zum Teufel, es ist ja kein Schuß zu hören!« schimpft Pjotr Stepanowitsch Werchowenskij, der Sohn Stepans und wohl ärgste und zwielichtigste und manchmal »ganz grün vor Bosheit« (III, 6) herumoperierende Unhold des personenreichlichen Romans.

Und dann wird es noch bedrängter und bedrükkender; und abermals vor allem peinlich:

»An der den Fenstern gegenüberliegenden Wand stand rechts von der Tür ein Schrank. Rechts von diesem Schrank, in der von der Wand und dem Schrank gebildeten Nische, stand Kirillow, und zwar stand er in ganz sonderbarer Weise da: regungslos, gerade aufgerichtet, mit den Händen an der Hosennaht, mit erhobenem Kopfe, den Hinterkopf fest gegen die Wand gedrückt, ganz in der Nische, anscheinend in der Absicht, sich ganz zu verbergen und unsichtbar zu machen. Nach allen Anzeichen hatte er sich da versteckt; und doch schien dies nicht recht glaublich: Peter Stepanowitsch stand der Nische etwas schräg gegenüber und konnte nur die hervorragenden Teile der Gestalt sehen. Er konnte sich noch immer nicht dazu entschließen, weiter nach links zu treten, um den ganzen Kirillow zu erkennen und das Rätsel zu lösen. Das Herz begann ihm heftig zu schlagen ... Und auf einmal bemächtigte sich seiner eine vollständige Wut: er riß sich von seinem Platze los, schrie auf und stürzte, mit den Füßen aufstampfend, zu der furchtbaren Stelle hin. Aber als er nahe herangekommen war, blieb er wieder wie angeschmiedet stehen und wurde von noch größerem Schrecken gepackt. Ganz besonders überraschte es ihn, daß die Gestalt trotz seines Schreies und seines wütenden Ansprunges sich gar nicht bewegte, sich nicht rührte, auch nicht mit einem Gliede, gerade als ob sie versteinert oder aus Wachs wäre. Die Blässe des Gesichtes war unnatürlich; die völlig starren schwarzen Augen blickten nach irgendeinem Punkte in weiter Entfernung. Peter Stepanowitsch fuhr mit dem Lichte von oben nach unten und wieder nach oben, indem er so dieses Gesicht von allen Punkten beleuchtete und betrachtete. Plötzlich bemerkte er, daß Kirillow, obgleich er irgendwohin geradeaus blickte, ihn doch von der Seite sah und vielleicht sogar beobachtete.«

So, und jetzt wird alles noch ominöser, bestürzender, aber auch kläglicher:

»Da geschah etwas so Ungeheuerliches und mit solcher Schnelligkeit, daß Peter Stepanowitsch später nicht imstande war, Ordnung in seine Erinnerungen hineinzubringen. Kaum hatte er Kirillow berührt, als dieser schnell den Kopf niederbeugte und mit dem Kopfe selbst ihm das Licht aus der Hand schlug (...) In demselben Augenblick fühlte er einen furchtbaren Schmerz im kleinen Finger seiner linken Hand. Er schrie auf und erinnerte sich später nur, daß er ganz außer sich Kirillow, der ihn angefallen hatte und ihn in den Finger biß, dreimal aus voller Kraft mit dem Revolver auf den Kopf schlug. Endlich riß er ihm den Finger aus den Zähnen und stürzte nun, im Dunkeln den Weg suchend, Hals über Kopf davon, um aus dem Hause hinauszulaufen. Hinter ihm erscholl aus dem Zimmer ein furchtbares Geschrei: ›Sogleich, sogleich, sogleich, sogleich …!‹ Wohl zehnmal. Aber er lief weiter und war schon auf den Flur gelangt, als ein lauter Schuß ertönte.« (III, 6)

Wie aus Mutwillen hatte sich der Ingenieur doch noch erschossen.

»Der Leichnam Kirillows lag mit den Füßen der rechten Zimmerecke zu. Der Schuß war in die rechte Schläfe erfolgt, und die Kugel war oben links wieder herausgegangen, nachdem sie den Schädel durchschlagen hatte.«

Kolportage-Effekte? Horror? Hintertreppe, nicht viel anders als beim von Dostojewski immer wieder als Witzfigur vorgeführten Romantrivialisten Paul de Kock? Höherer Humor? Von Kirillows speziellem Fall halbwegs abgesehen: »Dämonen«-Leser, die sich nicht im Verlauf des 800-Seiten-Romans mehrfach, vielfach etwas verstört an den Kopf fassen – wie Peter Stepanowitsch an den des Ingenieurs – und sich fragen, was denn da eigentlich genaugenommen geschieht in aller Nebulosität und Undurchschaubarkeit, denen ist wohl etwas Wesentliches entgangen: Dostojewskis souveräne, wenn auch manchmal etwas platt gebastelte Verwirrstrategie, mit ihrer Tendenz, ihrer Sprungbereitschaft ins Metaphysische. Alles ist eitel. Und auch komisch? Natürlich, auch komisch.

~

Fjodor Michailowitsch Dostojewskis Komik resp. Humor in Augenschein zu nehmen, seine spezielle Artung aufzuspüren und möglichst auf den brauchbaren Begriff zu bringen bedeutet keinen Rückfall in schlechte-alte formalistische Interpretation; in das, was man zuzeiten, vor allem in wilden deutschen Anarchistenjahren hundert Jahre nach Dostojewskis »Dämonen«-Anarchisten, als obsolete bourgeoise Literaturwissenschaft verstand und jeweils möglichst eilig diskreditierte. Man muß auch darauf bestehen, daß Humor/Komik – und Humor könnte man hier als den übergeordneten Sammel- und Bezugspunkt der vereinzelten Komik verstehen – dieser Epik keineswegs peripher oder eben gar zufällig sind. Sondern, nahezu eine Binsenwahrheit, die entscheidenden Vermittler von Themen und Inhalten – die »Schmiere«, etwas volkstümlich gesagt. Dessen also, was man offenbar ziemlich totaliter zu Unrecht als Gott- und Erlösungs- und Russensuche und weiß der St. Zweig zu mystifizieren, nein, schnöd zu suggerieren sich voller autosuggestiver Inbrunst angemaßt, ja angewöhnt hat; was man zuerst aber einmal besser unter anderen Konditionen aufsuchen sollte: eventuell unter psychologischen, sozialgeschichtlichen, kulturgeschichtlichen und ggfs. auch politischen Gesichtspunkten – vor allem aber auch doch wieder unter ästhetischen, im Zusammenhang der speziellen und durchaus auch zweischneidigen Ästhetik Dostojewskis.

Das Pathologische der Epoche ist das eine, die Pathographie, wie es Freud und seine Gefolgsleute nennen – die poetische Erfassung und Zentrierung des individuell und sozial Abnormalen –, das andere. Das Aufspüren und Enträtseln des arteigentümlich dostojewskieignen Komischen könnte ein drittes sein. Kafka hat in einer kurzen Tagebuchnotiz vom 20. Dezember 1914 einen mittelgroßen Anlauf genommen:

»Maxens (Brods) Einwand gegen Dostojewski, daß er zuviel geistig Kranke auftreten läßt. Vollständig unrichtig. Es sind nicht geistig Kranke. Die Krankheitsbezeichnung ist nichts als ein Charakterisierungsmittel, und zwar ein sehr zartes und sehr ergiebiges. Man muß zum Beispiel einer Person nur immer mit größter Hartnäckigkeit nachsagen, daß sie einfältig und idiotisch ist, und sie wird, wenn sie Dostojewskischen Kern in sich hat, förmlich zu ihren Höchstleistungen aufgestachelt. Seine Charakterisierungen haben in dieser Hinsicht etwa die Bedeutung wie Schimpfworte unter Freunden. Sagen sie einander ›du bist ein Dummkopf‹, so meinen sie nicht, daß der andere ein wirklicher Dummkopf ist und sie sich durch diese Freundschaft entwürdigt haben, sondern es liegt darin meistens, wenn es nicht bloß Scherz ist, aber selbst dann, eine unendliche Mischung von Ansichten. So ist zum Beispiel der Karamasowsche Vater durchaus kein Narr, sondern ein kluger, fast Iwan ebenbürtiger, allerdings böser Mann und viel klüger jedenfalls als beispielsweise sein vom Erzähler unangefochtener Vetter oder Neffe, der sich ihm gegenüber so erhaben fühlt.«

Allenfalls, so wäre Kafka in Frageform zu ergänzen, ist halt sehr die Frage, ob einer wirklich »klug« ist, wenn die »Bosheit sein Hauptpläsier« vorstellt, mit dem genialen Kurzbefund von Wilhelm Busch zu sprechen. Gleich, ob Dostojewski hier sozusagen planvoll einen problematischen, negativen, sadistisch-masochistischen Menschen »darstellen« wollte – oder ob dieser im Schreibvorgang selber sozusagen unversehens zu jener Hochform an Tückekraft auflief.

Das zumindest dem Anschein und der Gewohnheitsbezeichnung nach Abnormale – so oder so ist es bei Dostojewski, wohl erstmals in der irdischen Literaturgeschichte, das Normale, Allgemeine, Alltägliche. Der Dichter hat diese offenbar moderne Form von Narrheit, Danebenheit immer wieder formuliert; am nachdrücklichsten vielleicht im »Idioten«, dem er in den Mund legt:

»Die Menschen hatten damals eine Idee, jetzt sind sie aber nervöser, sensitiver, entwickelter, sie haben zwei-drei Ideen auf einmal.« (III, 4)

Als Nachteil, gewissermaßen als Erbsünde der Entbarbarisierung; der vielleicht erstmals von Norbert Elias 1969 im Ausschnitt systematisch vorgestellten Kalamität, die er als den »Prozeß der Zivilisation« mit allen sozio- und psychogenetischen Folgen benennt.

Zwei-drei Ideen – wenn nicht viel mehr bei Dostojewski. Es dürfte wahr sein, dies könnte der Zentralisationspunkt seines vielteiligen Romanwerks sein. Hier mündet wohl und kristallisiert sich, was als Verwirrung, allseitige Verstörung, als Erniedrigung und Selbsterniedrigung an den Texten zu beobachten ist. Man könnte etwas salopp hochrechnen: Keineswegs geht es mehr um Gott, sondern um das Viele. Allzuviele. Ein Stichwort für die daraus folgende Romantypik heißt: Nivellierung. Nämlich der alten und humanen und humanistischen sogenannten Werte, die das spätere 19. Jahrhundert unter dem vielfältigen Wandel fast aller Verhältnisse hat erfahren müssen.

»Ich rede wohl allerlei dummes Zeug durcheinander«, vermutet zu Recht ein altgewordener Humanist Stepan Trofimowitsch – dummes Zeug noch übers biologisch auferlegte Vorgreisentum hinaus und anläßlich seiner makabren und tödlichen »letzten Wanderung« im »Dämonen«-Roman (III, 7). Von einem Bauern auf dieser Wanderung aufgegriffen, auf einen Wagen hinaufgezogen und dort auf den Sack gesetzt, sieht und fühlt sich der arme Exhauslehrer Stepan all diese späten Lebensstunden über »einem Wirbelsturm von Gedanken« ausgeliefert und zudem der ihm schmerzhaften »Empfindung, daß er furchtbar zerstreut sei. Dieses Bewußtsein seiner krankhaften Denkschwäche ward ihm in einzelnen Augenblicken sehr peinlich und sogar kränkend.«

Sozusagen symbolisch, jenseits der ihm wie allen auferlegten Conditio humana. Die ihn dann auch noch rührend französisch plappern und z.B. sagen läßt: »Je suis malade tout à fait, mais ce n'est pas trop mauvais d'être malade.« Bzw. »Je n'ai rien contre l'Evangile …«

»Das ist lauter dummes Zeug«, befindet Stepans langjährige Freundfeindin und Gutsbesitzerin Warwara Petrowna Stawrogina, wie Stepan den erlauchtesten Gestalten der Weltliteratur zuzurechnen, am Ende des Buchs summarisch und wiederum auch ihrerseits quasisymbolisch. Das »dumme Zeug«, die Vielfalt und Orientierungsschwäche der »Ideen« in dieser Sozietät von – wir fassen hier vorwegnehmend so manches zusammen – menschheitsgeschichtlichen Greisen (als solche wähnt sie z.B. Walter Benjamin) – das dumme Zeug, was diese geschwätzige und dabei »furchtbar zerstreute« sogenannte russische Seele daherredet, kümmerlich oder auch durchaus eindrucksvoll, wie in Spuren noch der General Iwolgin daherschwafelt und wohl entsprechend auch daherlebt: das wäre der Ort, von dem aus allenfalls nach allem Höheren, der Wiederkehr des Paradieses, dem Goldenen Zeitalter und anderen angeblichen Visionen Dostojewskis zu recherchieren wäre. Von hier aus ist ja aber auch schon mal, nebenbei, der Unsinn zurückzuweisen, und auch er stand immer wieder mal druckreif zu lesen: Diese Romane schlössen unmittelbar an die griechische Tragödie an; in jedem literarischen Kaffeekränzchen ist, wenn es gut geht, zu erfahren, daß antike Tragödie wesentlich gerade durch die Einfalt der Idee und mithin des sich schürzenden tragischen Konflikts ausgewiesen ist.

Hier jedoch ist, mit Hofmannsthals Ariadne zu seufzen, »nichts rein, hier kommt alles zu allem«, ist alles zerstreut. Humor meint bzw. thematisiert seiner eventuell menschheitsgeschichtlichen, ja wohl sogar evolutionskausalisierten Bestimmung nach das Zerstreute, er faßt das Zerstreute, das Zerstreute wird unterm Blick des Naiven, des Realisten, humoristisch.

Daß von den Konstrukteuren des offiziellen Dostojewski-Bilds dieser eigentlich schlichte Zusammenhang nach wie vor hartnäckig ignoriert wird, zugunsten einer ganz und gar verfälschten auch schon mal sogenannten Dostojewski-Ikone – und wenig spricht ausgerechnet heute für einen Wandel, für einen Einsturz des dümmlich-blasierten Konstrukts: das stellt nicht nur eine Groß- und Energietat von Banausie dar. Es hat schon etwas dostojewskinah Sadomasochistisches an sich, sich selbst und den Leuten den Spaß beim Lesen zu verderben.

Der Dichter und Romancier Fjodor Michailowitsch Dostojewski hat auch, von vielleicht der Ausnahme Kafka abgesehen, keine irgend nennenswerte Tradition, von Kontinuität, von Gefolgschaft geschaffen. In Rußland wohl nicht – in Deutschland am allerwenigsten. Viel zu wenige Autoren haben von ihm gelernt, und wo es keine Schüler bzw. Nachfahren gibt, wird offenbar auch der Altmeister leicht vergessen. Sogar und zumal dann, wenn er besonders viele dicke Bücher hinterlassen hat. Die haben ja nicht nur etwas Imponierendes, sondern auch Entmutigendes.

Dostojewski hat heute kein Publikum; und wenn: meist das falsche. Wie wohl schon eh und je. Und hier frappant verwandt dem auch falsch und immer zur Unzeit gelesenen Nietzsche. Der ähnlich von Spätpubertierenden immer mehr oder minder falsch gelesen wurde. Und noch verkehrter und unsinniger ereilte es wohl Dostojewski. Den ja Achtzehnjährige bei der Erstlektüre einfach nicht sinnig lesen und packen können!

Der Fall ist fatal – und multispektral – und humoristisch. In gewisser Weise ist dieser angebliche Jahrhundertschriftsteller und vorgebliche Weltliteraturrepräsentant das erste Opfer jener Malaise, über die auch manche fortschrittlicheren unter den gegenwärtigen Autoren klagen: Wer volkstümlich-realistisch-humoristisch (möglichst in Personalunion) schreibt, der wird vom Volke nicht gelesen. So will es der Weltgeist. Aber schade ist es schon darum. Allein – werweiß ist ja der Weltgeist noch immer nicht an aller Tage Abend eingetrudelt.

~

Ganz augenscheinlich, ja offenkundig steht Dostojewskis Epik quer zum »konsensfähigen Humor« (Christian Maintz), dem Humor von Cervantes über Sterne und Jean Paul und Busch bis, jedenfalls dem Anschein nach, inzwischen auch Bernstein, Gernhardt und Waechter. Es dreht sich um den und scheitert schon alles am Begriff selber; einem gewissermaßen reflektierten einerseits und einem entschieden inferioren Humorbegriff andererseits. Und in der Folge einer entsprechenden wenig vergnüglichen Humorpraxis. Übrigens nicht allein in Deutschland; der englische Romanhumor des 19. Jahrhunderts ist alles in allem kaum weniger albern.

Nachwirkend fatal hat Theodor Fontane im Zusammenhang mit Gottfried Kellers humoristischer Erzählprosa vom »Goldgrund« gesprochen, auf dem alle Antinomien siedelten und sich gewissermaßen in höhere Harmonie auflösten – obschon gerade seine, Fontanes, eigene Humoristik sich selten so harmlos darstellt. Das etwa gleich fatale Platitüdenwort vonwegen »unter Tränen lächeln« hat nicht nur ganze Generationen von Feuilletonisten und Schleimern ernährt, sondern es findet sich auch noch bei Sigmund Freud (»Der Witz und seine Beziehung zum Unbewußten«) – dick programmatisch brummt es nicht zuletzt durch die alte und neue Mozart-Huldigerei. Daß Adornos Aversion gegen »Humor«, schon gegen das Wort Humor, als das Barbarische, »abstoßender als alles Abstoßende«, mit jener Mozart-Assoziation zusammenhängen möchte, läge auf der Hand, meinte dieser Denker selbst nicht noch eherner die eiserne Korrelation: Humor = Krach = Bierzelt.

Zu welcher verbotenen Gleichung den Adorno allerdings keiner gezwungen hat.

Dostojewski kommt in Text und Register theoretischer Wälzer wie »Wandel und Institution des Komischen« (2013) nicht oder so gut wie nicht vor. Mit der Ausnahme von Bernd Eilerts großem »Hausbuch der literarischen Hochkomik« von 1987 taucht der Name des vielleicht allzu bärtigen Russen auch wohl in so gut wie keiner Anthologie des Komischen und Humoristischen auf; schon gar nicht der Dostojewski der fünf großen Romane – allenfalls hat man, wie erwähnt, ein paar kleinere wie »Onkelchens Traum« als »humoristische« begriffen und verlagsstrategisch annonciert. Auch kaum ein Traktat, keine historisierende oder theoretische Schrift faßt bisher Dostojewski als Humoristen auch nur oberflächlich ins Auge.

Der verunglückte oder verschrumpelte Humorbegriff zeigt seine Krallen. »Des Chaos wunderlicher Sohn« (Faust über Mephisto) in der Epik, der Dichter Dostojewski, ausgerechnet er hat mit seiner hochkomischen Romansphäre fast immer »flacher Unbedeutenheit« (seinerseits Mephisto) in den höheren Auskennerkreisen wohl nichts zu suchen.

Das ist und bleibt verwunderlich, ja zum Kopfschütteln.

~

»Vorübergehend kam manchmal auch noch ein wißbegieriger alter Herr, aber der starb.«

Diese wichtige Mitteilung findet sich in der atemberaubenden Vorrede von Dostojewskis »Dämonen«-Roman (I, 1), sie steht im Zusammenhang der ersten Skizzierung eines ominös-unheilvollen Schwätzer-»Clubs« einer russischen Provinzstadt um 1850 ff. – und sie gibt Anlaß zu allergrößter Nachdenklichkeit. Stepan Trofimowitsch, Gaganow, Schatow, Liputin, der Erzähler selber: sie alle werden in aller Breite und Verkommenheit vorgestellt; so kunstreich geschwätzig, wie sie selber daherquatschen; sogar das im Club klavierspielende und Stimmen imitierende »Jüdchen« Ljamschin kriegt zwei Dutzend höchst farbiger Zeilen ab. War also über den alten wißbegierigen Herrn wirklich nicht mehr mitzuteilen als nur dieser eine Satz? Warum mußte er fünf Sekunden nach seinem glorreichen Auftauchen wieder aus dem Roman verschwinden? War außer seinem Alter und seiner Wißbegierde von ihm nichts der Überlieferung wert? Dachte ihn sich der Erzähler (bzw. Dostojewski) nur mal eben kurz aus, um noch etwas Kolorit draufzulegen?

Kaum. Ich denke, der alte Mann steht im Roman genauso gut und schlecht da, wie er war. Er kam in den Club, um Wissenswertes und/oder Tratsch zu erlauschen – selber machte er den Mund dabei kaum je auf; sein Organ war das vom Alter geschwächte, aber noch passable Ohr. Oder aber: Er kam, um selber mit irgendwelchen Themen auf den Putz zu hauen – aber die übrigen plärrenden Provinzpolitiker ließen ihn einfach nicht. Ergo sah er sich gezwungen, den passionierten Lauscher und Interessierten zu mimen. Oder er geriet, wie sein ganzes Leben lang, durch ein

Mißverständnis in den ganz und gar falschen Club – fügte sich aber ins Fatum und lauschte hingegeben, ja hingegossen auch noch diesem liederlichen Tratsch. All diese Grundvarianten nebst Verzweigungen läßt Dostojewskis Satz auf eine fast wunderbare Weise offen. Darin gründet seine Größe – und die des alten Herrn, den wir uns auch als einen sehr putzigen vorzustellen haben, ehe er dann so rasch und glanzlos stirbt.

Um zwar nicht einmal in die Annalen des Clubs einzugehen, aber doch in den »Dämonen«-Roman. Dostojewski als der wohl unerreichte Virtuose der Planung und Ausgestaltung der konzentrischen Ringe eines Romans hat ihn für wert befunden: nicht als Mann des Kernpersonals, nicht als Nebenfigur, nicht einmal als Statisten; aber als – kaum mehr als ein Hauch – einen Kleinstkomparsen, als Sternschnuppe im personalen Milchstraßennebel des Werks. Dieser Greis hat es zwar nicht weit gebracht, nämlich nur zum raschen und schmählichen Verglühen und Tod (einem wahrscheinlich längst hochüberfälligen) – aber doch zur Präsenz. Denn: »Die Präsenz ist gefordert.« (Polt/Müller, »Die Ordnungskraft«) Präsenz für alle Zeiten. Dank Alter, Wißgier und Mobilität als Antriebskraft. Sich zum Gang in den Club hochzurappeln. Nicht immer, aber »manchmal«. Und das können die wenigsten von sich behaupten.

Der Autor dieser Zeilen hier legte sofort 500 Euro auf den Tisch, in diesem Club bzw. Roman dergestalt oder auch nur in einem Nebensatz-Partikelchen einzutreffen und vorzukommen. Dem alten Herrn aber widerfuhr Gerechtigkeit. Nämlich winziger, aber neidenswerter Weltruhm. Eineinhalb Zeilen im eventuell größten und vermutlich komischsten, nämlich wahnwitzigsten aller Romane. Herzlichen Glückwunsch!

~

Kein Zweifel, daß der Dichter Dostojewski mehr als genug ragende romanliche »Hauptgestalten« geschaffen hat (und kaum weniger Gestaltinnen, vorzüglich mehr oder minder hysterische und scherereienfreudige Frauenzimmer). Zuweilen noch interessanter können seine Miniaturen sein.

Zum Beispiel auch, knapp nach dem alten Herrn, das im Club, »bei den Unsrigen«, zwischen den politischen Willenserklärungen und den div. Champagnersüffeleien unermüdlich das Klavier behämmernde »Jüdchen« Ljamschin (»Beamter«), irgendwie ein moralischer Fixposten inmitten des Gerangels aus verblassenden Altliberalen und »diesem ganzen neuen Gesindel« von Sozialisten und Anarchisten und gar »Fourieristen« (II, 1) und weißderhimmelwas im Namen der »gemeinsamen Sache«. (I, 1)

~

Was allerdings die zum Bucheingang besagte und von der einschlägigen Fachliteratur vielbequakelte russische bzw. Dostojewskische Suche nach Gott und dem

Göttlichen betrifft, so gibt Iwan Karamasoff im betreffenden Roman (V, 3) schon einmal dies zu bedenken und zum besten:

»Siehst du, Alescha, ein russischer Mensch zu sein ist an sich schon nicht gerade eine geistreiche Sache. Nun sprich denn, womit wollen wir anfangen, gib es selber an. Mit Gott? Gibt es wohl Gott? (…) Ich gestehe demütig ein, daß ich keinerlei Fähigkeiten besitze, solche Fragen zu entscheiden (…) Ich erkenne also Gott an, und das nicht nur gerne! Noch mehr: ich erkenne auch ›Seine‹ Allwissenheit an (…) Absichtlich habe ich dieses Gespräch mit dir so dumm als möglich begonnen (…) Erstens einmal, um zu beweisen, daß ich ein Russe bin: die russischen Gespräche über diese Gegenstände werden ja immer so dumm als möglich geführt. Zweitens aber: je dümmer man beginnt, um so näher ist man der Sache selber.«

Gott lohne Rußland! Für speziell diese im Originaltext noch etwas breiter elaborierte Annäherung an die theologisch, ja mystisch vertiefte göttliche Gnade. Vor dem Hintergrund der aber freilich noch immer nicht so ganz gesicherten Gottesexistenz.

2. Teil

ERWÄGUNGEN

So geht's in Tat und Wahrheit zu im Roman »Schuld und Sühne« (»Verbrechen und Strafe«) von 1866:

»Rasumichins Wohnung fand er ohne Schwierigkeiten; im Potschinkowschen Hause kannte man den neuen Mieter schon, und der Hausknecht zeigte ihm ohne weiteres den Weg. Bereits auf halber Höhe der Treppe hörte Raskolnikow den Lärm und das lebhafte Stimmendurcheinander einer größeren Gesellschaft. Die Tür zum Treppenhaus stand sperrangelweit offen, und man hörte Schreien und Disputieren. Rasumichins Zimmer war recht geräumig, und die Gesellschaft bestand aus fünfzehn Personen. Raskolnikow blieb im Vorzimmer stehen. Hier machten sich die beiden Dienstmädchen der Wirtsleute hinter einer spanischen Wand mit zwei großen Samowars zu schaffen, mit Flaschen, Tellern und Schüsseln, mit Piroggen und allerlei anderen Eßwaren. Raskolnikow schickte eins der Mädchen hinein, um Rasumichin zu holen, der ganz begeistert angelaufen kam. Man sah es ihm auf den ersten Blick an, daß er bereits allerhand getrunken hatte; es war dieses Mal unverkennbar, obwohl Rasumichin eigentlich nie richtig betrunken wurde.« (II, 7)

Aber dann:

»›Ja, was glauben Sie wohl?‹ – Rasumichin schrie jetzt noch lauter. ›Sie glauben wohl, ich rege mich darüber auf, daß diese Leute so viel Unsinn zusammenfaseln? Dummes Zeug! Ich habe es durchaus gern, wenn Unsinn zusammengefaselt wird!

Diese Art von Gefasel ist doch das einzige Privileg, das der Mensch vor allen übrigen organischen Wesen hat. Und schließlich führt auch dies Gefasel am Ende zur Wahrheit! Und eben darum, weil ich lauter Unsinn zusammenfasele, eben darum bin ich ein Mensch. Man ist zu keiner einzigen Wahrheit durchgedrungen, ohne vorher vierzehnmal oder sogar hundertvierzehnmal Unsinn gefaselt zu haben, und wenn dieser Unsinn nur auf eigene, auf persönliche Art und Weise zustande kommt, dann ist dieses Gefasel schließlich noch aller Ehren wert. Aber wir bringen es ja nicht einmal fertig, mit unserem eigenen Verstande und nach unserer eigenen Fasson Unsinn zu faseln, das ist beinahe besser, als nach fremder Manier die Wahrheit zu sagen; im ersten Fall ist man doch noch ein Mensch, aber im zweiten nur ein Vogel, der das Nachplappern gelernt hat! Die Wahrheit läuft einem nicht weg, aber wie leicht kann man sich das Leben verpfuschen! Dafür gibt es genug Beispiele. Na, was sind wir jetzt eigentlich? Wir alle, wir alle ohne Ausnahme, wir sitzen noch in der ersten Vorbereitungsklasse des Gymnasiums, was die Wissenschaft, die Entwicklung, Denken, Erfindungen, Ideale, Zukunftshoffnungen, Liberalismus, Urteilskraft, Erfahrung und überhaupt alles, alles, alles, alles, alles angeht! Wir haben Geschmack daran gefunden, uns mit dem Verstand anderer Leute zu begnügen, daran haben wir uns schon recht hübsch gewöhnt! Nicht wahr? Ist es nicht so, wie ich sage?‹ schrie Rasumichin und schüttelte und drückte dabei die Hände beider Damen. ›Nicht wahr?‹

›Gewiß, gewiß ... obwohl ich nicht mit allem einverstanden bin, was Sie da sagen‹, meinte Awdotja Romanowna ernsthaft und schrie im gleichen Augenblick auf, so kräftig hatte er jetzt ihre Hand gedrückt.

›Gewiß? Gewiß, haben Sie gesagt? Ja, wenn Sie das gesagt haben‹, schrie er enthusiastisch, ›dann sind Sie ... dann sind Sie der Inbegriff alles Guten, alles Reinen, alles Vernünftigen und Vollkommenen! Geben Sie mir Ihre Hand, geben Sie mir ... und geben Sie mir auch Ihre Hand, ich möchte Ihnen hier die Hände küssen, jetzt, sofort, auf den Knien!‹

Und mitten auf dem Trottoir fiel er auf die Knie. Zum Glück war die Straße im Augenblick völlig menschenleer.« (III, 1)

200 Seiten später geht es um eine Leichenfeier, und zwar um einen Leichenschmaus für den verunfallten Schluckspecht Marmeladow, um ein jämmerliches und lausiges und vor allem auch »ganz unsinniges Leichenmahl«:

»Eine große Menge verschiedener Weinsorten gab es nun freilich nicht, auch keinen Madeira. Da hatte Lushin übertrieben, indessen gab es Wein. Schnaps, Rum und Portwein waren reichlich zur Stelle, wenn auch von den schlechtesten Sorten. An warmen Gerichten gab es außer dem bei Totenmahlen üblichen Reisbrei und den Fladen noch zwei oder drei Speisen (...) ferner waren gleich zwei Samowars aufgestellt worden, für den Tee und Punsch. Die Besorgungen hatte Katerina Iwanowna selbst gemacht, und zwar mit Hilfe eines kümmerlichen kleinen Polen, der Gott weiß warum bei Frau Lippewechsel wohnte und sich sofort Katerina Iwanowna zu allen Besorgungen zur Verfügung gestellt hatte. Den ganzen Tag vor der Beerdigung und den ganzen Vormittag des Beerdigungstages über war er in größter Hast und mit hängender Zunge herumgelaufen, anscheinend ganz besonders bemüht, die Aufmerksamkeit der anderen auf diese Hast und dieses Hängenlassen der Zunge zu lenken. Alle paar Minuten stürzte er wegen belangloser Kleinigkeiten zu Katerina Iwanowna, rannte ihr sogar bei ihren Einkäufen nach und redete sie unentwegt ›Frau Starost‹ an, da er ihr doch irgendeinen polnischen Beamtentitel glaubte geben zu müssen.« (V, 2)

Wie später dann auch im »Idioten«: Die Polen konnte Dostojewski, wie alle Russen dieser Zeit, wohl schon mal gleich gar nicht leiden; ihnen geht es fast immer an den Kragen – aber immerhin werden oft schöne Komparsen draus, Kleinzeug als notwendiges Romanfutter:

»Außerdem hatte sich noch ein betrunkener Oberleutnant a.D. eingefunden, der in Wirklichkeit beim Heeresproviantamt angestellt gewesen war; er lachte unschicklich und laut und war – ›stellen Sie sich vor!‹ – ohne Weste! Ein anderer setzte sich ohne alle Umstände an den Tisch, ohne Katerina Iwanowna überhaupt zu grüßen, und schließlich stellte sich noch eine Persönlichkeit ein, die in Ermanglung anderer Kleidungsstücke in einen Schlafrock gehüllt war. Das ging dann aber doch zu weit, und es gelang denn auch den Bemühungen Amalia Iwanownas und des Polen, den Mann im Schlafrock wieder zu entfernen. Der kleine Pole hatte übrigens noch zwei andere Polen mitgebracht …« (ebd.)

Das tun die Polen gern und oft, und so geht's eben meistens her in Dostojewskis Roman »Schuld und Sühne« – und weil's aber vorhin schon so schön war, hier nochmals als Zuckerl, was der Droemer-Knaur Verlag in seinem Klappentext zum gleichen Roman zu sagen hat:

»›Schuld und Sühne‹ ist der erste der fünf großen Romane Dostojewskis, in denen er in unerbittlicher, selbstquälerisch bohrender Weise das Ausgeliefertsein des Menschen an die dämonischen Kräfte bloßlegt und sein Ringen um die Erlösung der Seelen darstellt. Gott wohnt im Menschen, aber dieser wird zugleich von satanischen Mächten angefallen, und er hat diese Kämpfe in sich auszutragen. Der Student

Rodion Raskolnikoff begeht einen doppelten Raubmord, um die eigene Mutter und Schwester vor Not zu retten. Er wähnt sich ein Herrscher, ›aber er muß begreifen‹, wie Mereschkowski urteilt, ›daß er sich geirrt hat, daß er kein Prinzip ist, sondern nur eine alte Frau getötet hat, daß er die äußerste Grenze nicht überschritten hat, nur überschreiten wollte‹. Unter dieser Erkenntnis bricht er zusammen, nimmt den Weg der Sühne auf sich. Sonja, das Straßenmädchen, spendet ihm den Trost der Bibel. Sie geht mit ihm nach Sibirien. Wird die Sühne angenommen? In besonders starkem Maße zeigt der gewaltige Roman in seinen Monologen und Dialogen die nahezu zersetzende Seelenzergliederung des Dichters, zugleich die russisch-östliche Mystik seines Weltbildes.«

Man darf sich nicht wundern, daß unterm Voreindruck solcher romanüberwölbenden Klappentexte zurechnungsfähigere Leser eher von Dostojewski abgeschreckt wurden, vor ihm zurückschrecken mußten. Das Mereschkowski-Zitat inklusive: Es ist wiederum praktisch jedes Wort geschwindelt, gelogen, ja von einer im Sinne Dostojewskis sündhaften Lügenverschweißeltheit; von einem mehr oder weniger automatisch vor sich hin lügenden Verlags- und Feuilletonistenhirn kurz vor Feierabend aufs Papier geschwurbelt. Gelogen – oder, vielleicht doch etwas christlich-nachsichtiger gerügt: in der Manier und im Stile von Stepan Trofimowitschs Lebenslegende weitgehend zusammengeträumt; werweiß auch nach dem Modus von Rasumichins eben gehörtem Plädoyer für diese fortschrittliche Moderne: zusammengefaselt.

~

Nicht alles, naturgemäß, ist in »Schuld und Sühne« von der durch verwirrte Studenten und verirrte Polen und betrunkene Oberleutnante im Schlafrock a.D. betriebenen rasanten Krawall- und Chaoskomik, wie sie Dostojewski schon früh und manchmal auch im Übermaß exzessiv werden läßt. Natürlich nicht. Was aber die zweite Szene der abermaligen und annähernd wiederum endlosen Unterredung zwischen Raskolnikoff und dem Vernehmungsbeamten Porfirij Petrowitsch im Polizeigebäude wegen des ungeklärten Doppelmords betrifft, so weiß der Dichter uns doch weit darüber hinaus (so wie später der »Jüngling« seine Leser) bei der Lektüre beinahe buchstäblich vom Sitz hochzureißen. Nach dem ganzen erneut halb blasiert-dümmlichen, halb heimtückisch-verschlagenen Vernehmungsgerede, nach dem wirren und ja auch den Mörder beinahe einschläfernden Sermon Porfirijs wähnt sich Raskolnikoff schon wiederum aus dem Schneider – da aber wird es auf einmal wieder überaus bedrohlich, ja unvermutet eisig ernst:

»Raskolnikoff zitterte am ganzen Leibe, es war, als habe ihn ein Dolchstoß getroffen.

›Also … wer hat … wer hat denn den Mord begangen?‹ fragte er, unvermögend, diese Frage zu unterdrücken. Fast hätte ihm die Stimme versagt.

Porfirij Petrowitsch lehnte sich auf seinem Stuhle mit einer brüsken Bewegung zurück, als sei er über diese überraschende Frage ganz erstaunt.

›Was heißt das: wer den Mord begangen hat?‹ antwortete er, als wolle er seinen Ohren nicht trauen. ›Na, Sie haben doch den Mord begangen, Rodion Romanytsch! Sie sind es gewesen‹, setzte er fast flüsternd, aber mit unerschütterlicher Überzeugtheit hinzu.

Raskolnikoff sprang vom Sofa auf, blieb einige Sekunden stehen und setzte sich dann wieder, ohne ein Wort zu sagen. Plötzlich liefen kleine krampfähnliche Zuckungen über sein ganzes Gesicht.

›Ihre Lippe zittert wieder wie damals‹, murmelte Porfirij Petrowitsch nicht ohne Teilnahme. ›Es scheint, Sie haben mich nicht ganz verstanden, Rodion Romanytsch‹, begann er nach einer kurzen Pause, ›darum sind Sie jetzt so frappiert. Aber ich bin ja gerade deswegen gekommen, um alles offen auszusprechen und die Sache endlich ins klare zu bringen.‹

›Ich bin es nicht gewesen‹, flüsterte Raskolnikoff wie ein ängstliches kleines Kind, das auf frischer Tat ertappt worden ist.

›Doch, ja doch, Sie sind es gewesen, Rodion Romanytsch, Sie und niemand anders‹, flüsterte Porfirij streng und sicher. Beide schwiegen sie, und dieses Schweigen dauerte merkwürdig lange, vielleicht zehn Minuten.« (VI, 2)

Es ist, als ob gerade aus der vorgetäuschten Harmlosigkeit, der Inadäquanz dieser neuerlich seltsamen Dialogwendung innerhalb des Raskolnikoff folternden »Katz- und Mausspiels« (IV, 5) eines dabei »immer aufgeräumter« werdenden und »vor Vergnügen unaufhörlich kichernden« Polizeibeamten ein Wahnsinnsfunke überspringe. Etwas wie das eigentliche Todesurteil. Jenseits des plan juristischen. Ob das noch zum Lachen reizen kann, ob man das noch lachhaft, in einem überwölbenden Sinn als humoristisch empfinden kann?

Vielleicht je nach Seelenlage des Lesers, auch nach seiner Tagesform?

Zuweilen vertraut die Erzählkunst Dostojewskis nachtmahrischen Zuständen; nicht viel anders als die der von ihm geschätzten Schwarzromantik E.T.A. Hoffmanns, in der manchmal aller gewohnte Sinn wie zerstäubt, um der eigentlichen, höheren Sinnhaftigkeit Platz zu machen. Aber eigentlich, wenn überhaupt wo, kommt derlei erst in Kafkas auch thematisch verwandten Fügungen ähnlich zum Wiedereinsatz. In der Alptraumkomik etwa des »Amerika«-Romans – oder in der verhauten Quasivorvernehmung des angeklagten Josef K. und im Verbund mit dem Onkel Karl beim kranken Advokaten Huld; der aber schon garantiert nichts Huldvolles für ihn tun kann. Zumal der Angeklagte und eigentlich schon Verhaftete auch noch bei dieser Gelegenheit durch Leni sexuell abgelenkt wird; und so nicht nur den eigenen, sondern, laut Onkel, auch den »vollständigen Zusammenbruch« Hulds noch »beschleunige«, ja dessen Tod.

So weit, so spukhaft inversiv, wollte es Dostojewski mit seinem Raskolnikoff und Porfirij Petrowitsch nun freilich doch nicht treiben lassen.

~

Stellt der Vernehmungsbeamte Porfirij Petrowitsch nebenbei auch so etwas vor wie – die »russische Seele«? Die seit ca. 285 Jahren und noch immer unnachgiebig beunkte russische Seele?

Einer, der eine haben sollte, Oleg Jurjew (»Zwanzig Facetten der russischen Natur«, Frankfurt 2008), hält nicht gar zu viel von ihr:

»Die russische Seele, verzeihen Sie mir den Ausdruck (...) die ›russische Seele‹ ist, wer hätte das erwartet, ›romantisch‹, ›melancholisch‹, ›leidenschaftlich‹, ›geduldig‹, vor allem aber ›geheimnisvoll‹ und ›extrem‹ (...) Ich bin in jenem Land aufgewachsen, und ich kann in meinen Erinnerungen keine einzige reale, nicht-literarische Person aufstöbern, die für den Besitz der vollständigen ›russischen Seele‹ in Frage käme.« (S. 48)

Und speziell bei Dostojewski?

»Nach seiner Rückkehr nach Petersburg (1859) führte Dostojewski das Leben eines Literaten, immer an der Schwelle zum Schuldturm, später das eines berühmten Autors. Er arbeitete schwer, gesundheitlich wurde er immer angeschlagener, kurzum: die einzige Seele, die er gut kannte, war seine eigene leidenschaftliche, melancholische, krankhaft romantische, aber auf keinen Fall geduldige Persönlichkeit, die er auf die Protagonisten seiner Bücher verteilte (…) All das läßt vermuten, daß die ›russische Seele‹, wie sie heute als allgemeingebräuchliches Bild im Westen ebenso wie in Rußland existiert, die Seele eines einzigen, und zwar sehr untypischen Russen ist: die Fjodor Dostojewskis.« (S. 50)

Andererseits wird es so sein, daß der Russe vielleicht gar keine Seele hat, ja für sie wohl auch gar keine Voraussetzungen mitbringt; nämlich schon im Vorfeld scheitert:

»Siehst du, Alescha«, belehrt, wie schon erwähnt, Iwan Karamasoff im dicksten Dostojewski-Roman (V, 3) und im Zuge einer längeren Salbaderei über Gott und die Unsterblichkeit und den Sozialismus sowie übers eigene Volk den jüngeren und etwas naiven Bruder, »siehst du, Alescha, ein russischer Mensch zu sein ist an sich schon nicht gerade eine geistreiche Sache.«

Und mit der russischen Seele wird es also nicht viel besser ausschauen.

Aber, nimmt man das schöne Iwan-Wort in seiner ganzen Überraschungskraft zum Maßstab, mit dem Humor: steht es also immerhin nicht so schlecht.

~

Was jedoch ist andererseits »der russische Mensch«? Erhellendes dazu findet sich auch weiterhin besonders viel in Dostojewskis letztem, im »Karamasoff«-Roman von 1879/80:

»Was aber Rußland anbetrifft«, so belehrt z.B. Vater Fjodor Pawlowitsch Karamasoff noch lang nach seinen einfältigen Späßen mit dem Kloster-Starez uns diesbezüglich (III, 8), »so ist das eine einzige Schweinerei. Mein Freund, wenn du wüßtest, wie ich Rußland hasse (...) Alles das ist eine Schweinerei.« (Übersetzung: Karl Nötzel)

Vielleicht ist ja aber trotzdem der alte Possenreißer Karamasoff selber der exemplarische sogenannte russische Mensch: »Er goß einen Kognak hinter die Binde – und das war schon ein völlig überflüssiges Gläschen.« (ebd.)

Schon zwei Seiten vorher hatte der Alte »auf dem Gipfel seines Vergnügens« herumgelärmt und sogar »gequietscht« und sich dabei auch noch selbst gedeutet; nämlich: »Der ganze russische Mensch hat sich hier offenbart!«

Ergänzend dazu heißt es gut 700 Buchseiten später (XII, 1): »Die Empfindung der Niedrigkeit ist jenen zügellosen und maßlosen Naturen ebenso notwendig wie auch das Gefühl des höchsten Edelmutes!«

Von dem allerdings der alte Karamasoff wenig, ja gar nichts hat. Sondern im zwanghaften Lärmen und Späßemachen fast L'art pour l'art ist er der Weltmeister der Weltliteratur, schon ohne jeden Hauch eines Edelmuts. Die Folge:

»Unsere russische Leidenschaftlichkeit setzt in solchen Fällen nicht nur uns, sondern ganz Europa in Staunen« (Der Idiot, IV, 7, übersetzt von Klara Brauner) – und zwar bis zum heutigen Tag. Und womöglich ganz gezielt:

»Die Hauptsache aber ist der Umstand, daß man alles am deutlichsten und schnellsten an einer russischen Seele erkennt.« (ebd., II, 4) Zum Beispiel und vor allem dies:

»Ein Russe kann so leicht Atheist werden, leichter als alle anderen Völker auf der ganzen Welt.« (ebd.)

Ein großer Christus- oder sogar Gottsucher, als den ihn die Legende bis zum heutigen Tag unrüttelbar beleumdet, ist er also auch kaum, »der russische Mensch«, einzeln nicht und nicht als Volksstamm; geschweige denn ein verläßlicher Sozialrevolutionär oder ein genuiner oder gar ein genialer Anarchist oder dergleichen – dieser Kinderglauben wird in Dostojewskis großen Romanen sozusagen immerfort dementiert. Offenbar ist der russische Mensch mehr so ein umtriebig polyvalenter Universaliker oder halt einfach ein Wurstel. So daß ein heutiger Russe, der schon angeführte Oleg Jurjew (S. 54), im Zusammenhang mit Dostojewski und darüber hinaus zu schlechter Letzt zu bilanzieren sich genötigt sieht: »Im Prinzip ist Rußland nichts Besonderes.«

Beziehungsweise vielleicht eben doch: »Meiner Ansicht nach ist Rußland ein Spiel der Natur, nichts weiter!« So der allerdings wie stets halb oder ganz betrunkene Hauptmann Lebjadkin im »Dämonen«-Roman von 1870/71 (I, 5, übersetzt von Hermann Röhl), nämlich als ein besonderes Naturschauspiel »brüllend« und mithin überaus »offen, geradezu in echt russischer Art von Herzen«. (ebd.)

In mancherlei Weise hat der Dichter Dostojewski also durchaus zum altbewährten Russenstereotyp beigetragen, es bestätigt, vielleicht entscheidend begründet. Werweiß sogar, um uns, z.B. uns Deutsche, als Lesepublikum einzufangen, uns in unseren Vorurteilen zu bestätigen, uns für dumm zu verkaufen. Und wir sind es nicht einmal unzufrieden, weil wir ja folglich den Russen wie probat für ein bißchen dümmlich halten dürfen.

So und so, zusammenraffend läßt sich mit einem gewissen Dergatschoff sagen (und so nämlich steht es im »Jüngling«-Roman von 1875), »daß das russische Volk ein Volk zweiten Ranges sei.

›Dritten Ranges!‹ rief jemand dazwischen.«

~

Allerdings scheint die Sache dann noch etwas diffiziler, ja heikler, denn:

»Überdies ist Rußland ein zu großes Rätsel, als daß wir allein, ohne die Deutschen, es lösen könnten«, so eröffnet schon zu Beginn des »Dämonen«-Romans (I, 1) Stepan Trofimowitsch – er muß es wissen, er hatte einst in jungen Jahren »eine glänzende Dissertation« über die politische und »hanseatische« (sic!) Bedeutung der deutschen Stadt Hanau verfaßt und dann auch auf irgendeinem Universitätskatheder verteidigt. Und Stepan konkludiert damit sozusagen eine ganze Reihe von romanlich mehr oder minder ernsthaft thematisierten deutsch-russischen Bezüglichkeiten, von »Schuld und Sühne« über den »Jüngling« und den »Idioten« bis eben zu Hanau und den »Dämonen«. Die Kaiserin Katharina die Große (reg. 1762–96) war sich wohl kaum darüber im klaren, daß sie mit ihrer Verwandlung von deutschen Schwaben zu Wolgadeutschen im Jahr 1763 noch hundert Jahre später die russische Epik stark befruchten sollte. Oder eben belasten.

~

Und doch bedarf auch dieser Befund einer Ergänzung, einer Korrektur, einer Differenzierung. Schatow, ein Student, wägt in den »Dämonen« (II, 7) weiter ab und gibt diese eherne Antithese zu bedenken:

»Ein Atheist kann nicht Russe sein.«

Einerseits. Andererseits:

»Ein Atheist hört sofort auf, Russe zu sein.« Nachdem er's vorher offenbar war. Die Sache bleibt ewig unaufgelöst und widersprüchlich. Und ergo, so empört sich ein bißchen unglaubwürdig Stepan Trofimowitsch, die schönste, bestrickendste Gestalt des Romans, »wie im Fieber«: »Ah, die Russen müßten zum Besten der Menschheit wie schädliche Parasiten ausgerottet werden.«

Und wiederum vermutlich deshalb konnte der Gardeoffizier a.D. Artemi Petrowitsch Gaganow allzeit »die russische Geschichte nicht leiden, und hielt überhaupt das russische Wesen zu einem großen Teil für unwürdig«. (II, 3)

Zum Beispiel auch den turgenjewähnlichen Dichter bzw. Dichterdarsteller Semjon Jegorowitsch Karmasinow, wie der (II, 11) »mit dem Ausdruck der reinsten Freude dem Besucher sein Gesicht nähert, um sich mit ihm zu küssen – eine charakteristische Gewohnheit der Russen, wenn sie bereits sehr berühmt sind«.

Weil nämlich: »Rußland auf der ganzen Welt jetzt dasjenige Land ist, wo man alles Beliebige tun kann, ohne den geringsten Widerstand zu finden«, so seinerseits kennerisch Karmasinow. Ergo: »An den russischen Gott glaube ich überhaupt nicht mehr.« Denn: »Der russische Gott retiriert schon vor dem Fusel.« (II, 8) Die direkte Folge: »Im allgemeinen belustigt den Russen jede skandalöse Affäre ganz außerordentlich.« (III, 1)

Dabei, schreit ein Schauspieler beim so zügig wie empörend aus dem Leim gehenden »Fest«, früher, da »stand Rußland in den Augen der Staats- und Geheimräte als ein Ideal da!« Jetzt ist alles anders: »Da es unmöglich ist, Russe zu sein, bin ich Slawophile geworden.« (III, 5) Aha, deswegen. Denn, so beobachtet am Ende seiner Lebenswanderung Stepan Trofimowitsch, »es kommen mir jetzt außerordentlich viele Gedanken. Sehen Sie, das ist genau wie unser Rußland.« (III, 7)

Genau. So geht's zu, in den Köpfen seiner Figuren,

wenn schon nicht dem ihres Verfassers. Es ist beim Russen, wie bei Thomas Bernhard, wohl immer »alles in allen Köpfen«.

Und das – soll nicht komisch, zum Lachen sein?

~

Daß Dostojewski das Thema Russen – Deutsche nicht lediglich in der konfus-bescheuerten und lachhaften Manier seines Romanpersonals behandelt wissen wollte, ist jederzeit und fast allerorten seinen nicht wenigen einschlägigen Artikeln, Aufsätzen und Miniaturen zu entnehmen. Zum Beispiel in der Zeitschrift »Die Zeit«, welche der noch nicht arrivierte Schriftsteller nach 1861 gemeinsam mit seinem Bruder Michail herausgab:

»Ja, wir glauben, daß die russische Nation eine ungewöhnliche Erscheinung in der Geschichte der ganzen Menschheit ist. Der Charakter des russischen Volkes hat so wenig Ähnlichkeit mit dem Charakter aller europäischen Völker unserer Zeit, daß ihn die Europäer bis heute nicht begreifen.«

Kein Wunder, denn allzu präzis und einleuchtend wird auch Dostojewski kaum bei dem, was er in diesen Schriften meist »die russische Idee« nannte, die wohl insgesamt mit seiner Idee einer Erneuerung der slawischen Denktradition zusammenhängt. (siehe z.B. Karla Hielscher, »Dostojewski in Deutschland«, Frankfurt 1999, S. 12 ff.) Der Dichter Dostojewski, bei der Erstbegegnung mit seinem Kollegen Alexander Herzen in London 1862 »ein etwas wirrer, aber sehr lieber Mensch«, ist einer, der nach Herzens Eindruck »mit Enthusiasmus an das russische Volk glaubt«; und seither ergo nicht mehr so sehr an Europa als das »Land der heiligen Wunder«, sondern mehr oder weniger gläubig an die Gedichtzeile des slawophilen Poeten Alexander Chomjakow: »Erwache, schlafender Osten!« (s. Hielscher, S. 13 ff.)

Das im Selbstverlag erschienene »Tagebuch eines Schriftstellers«, z. T. kongruent mit den Artikeln aus der von ihm geleiteten Wochenschrift »Der Staatsbürger« (1873/74), enthält seitens Dostojewskis wieder viel von der »slawischen Idee«, dem »russischen Volk«, der »russischen Seele«; die Rede ist erneut vom »russischen Menschen«, z. B. mit dem Appell, gerichtet gegen die Legenden vom angeblich »den Lastern ergebenen Volk«:

»Richtet das russische Volk nicht nach seinen Fehlern und Lastern, sondern beurteilt es nach seinen großen und heiligen Idealen, nach denen es in seinem Schmutze lechzt.« (München 1963, S. 136)

Ob das so ganz ernst gemeint ist? Oder dies:

»Es gibt in unserem Volk nicht nur Schurken und Verbrecher, sondern auch Heilige, die uns voranleuchten und unser Dunkel erhellen.« (ebd.)

Sowie anschließend, und jetzt doch wieder etwas mehr dem Dunkel verhaftet:

»Ich glaube tief und fest, daß es bei uns keinen Schurken gibt, der nicht wüßte, daß er schlecht und gemein ist.«

Das dürfte dem russischen Volk damals stark geholfen haben, diese Beobachtung, zumal »es bei anderen Völkern anders ist«. Und es sollte, ab Juli 1876, jenseits aller leidigen russischen »Selbstberauschung« (S. 437) eben zum »neuen Menschen«, dem eigentlichen »russischen Menschen« führen – erhaben, weit jenseits des damaligen Gerüchts von russischen »Barbaren, die sich in Europa herumtreiben«.

Könnte es sein, daß zwischen Romansermon und Publizistik bei Dostojewski doch kein so gar großer Unterschied ist? Sollte sich am Ende herausstellen, daß der Dichter seine eigenen Visionen und Analysen hinsichtlich der »russischen Idee« und dgl. nicht immer so ganz seriös gemeint hat? Sondern schlußendlich nur so wie manche seiner Romanfiguren ein bißchen unverantwortlich und unbehelligt herumschwadroniert? Was aber die alte und spezielle Großproblematik und -dialektik angeht, so stellt der »Staatsbürger«-Herausgeber schon 1873 glasklar fest:

»Der betrunkene Russe ist vielleicht gemeiner als der betrunkene Deutsche, doch ist dieser zweifellos dümmer und komischer als der Russe.« Denn: »Die Deutschen sind ein vornehmlich selbstzufriedenes, auf sich stolzes Volk. Im betrunkenen Deutschen pflegen nun diese Grundzüge des Volkscharakters an Ausgeprägtheit proportional dem Quantum des getrunkenen Bieres zuzunehmen.« (Tagebuch, S. 50)

Und beim Russen nicht? Sondern im Gegenteil? Ob er das mit dem Quantum der Deutschen alles

1862 in Berlin? Wiesbaden? Köln? festgestellt hat? Oder spätestens erst 1867 in Baden-Baden?

Der zeit seiner ersten Deutschlandreisen nur mangelhaft mit Deutschkenntnissen ausgerüstete Russendichter war trotz aller Schiller- und Heine-Anhänglichkeit von deren Land jedenfalls nicht gar zu überzeugt. Sondern, zumindest manchen seiner theoretisierenden Auslassungen nach zu schließen, schon mehr von der moralischen Überlegenheit Rußlands und mithin seiner kommenden Weltmission; und umgekehrt hatte das Deutsche und das gesamte Europäische wohl was »Babylonisches«:

»Sie spüren, daß es großer, in Jahrhunderten gereifter geistiger Gegenwehr und Verneinung bedarf, um standzuhalten, um nicht dem Eindruck zu erliegen, um nicht vor dem Faktum das Haupt zu beugen und Baal anzubeten, das heißt, um nicht das Bestehende als das Ideal zu betrachten.« (Dostojewski in Deutschland, S. 14)

Menemenetekel? So könnte beinahe auch der Hauptmann Lebjadkin dahergeschwallt haben. Genug, die Grenzlinien zwischen fiktiven Romanfiguren und ernsthafter Publizistik sind offenbar bei Dostojewski immer recht schwer zu ziehen bzw. zu finden.

Auch in des Dichters umfänglicher Korrespondenz gerät man häufig ins Schleudern: »Was für eine Dummheit in diesem Volk steckt.« (7.2.1875) »Dabei liegt im Volke unsere ganze Rettung (doch dies ist ein langes Thema).« (18.4.1878) Und Dostojewskis

Wechsel zwischen Ernst und Unernst dazu. Bzw. es ist halt »alles ganz schrecklich, ich kann einfach keine Briefe schreiben«. (an Ch.D.Altschewskaja, 9.4.1876)

Dafür aber zügigste »Winteraufzeichnungen über Sommereindrücke« (1863), und darin z.B. dies, »daß man sich an den Deutschen erst einmal gewöhnen muß und daß er, solange man noch nicht an ihn gewöhnt ist, in großen Massen schwer zu ertragen ist«. (s. Hielscher, S. 18)

Und wo er recht hat, hat er recht, der Russe.

Nochmals: Wieweit nimmt Dostojewski seine Publizistik, seine Essayistik, seine politischen Analysen und Botschaften wirklich ernst? Als von anderer Qualität als das Romangeschwätz? Na ja, alle Fragen brauchen hier ja auch nicht gleich beantwortet zu werden.

~

Wiesbaden kommt noch einigermaßen ungeschmäht weg. Aber in Homburg ist zwar »der Park großartig«, aber das Wetter »plötzlich kalt, geradezu seltsam kalt« für den 23.Mai, dann wieder »windig, trübe und sehr kalt«, so daß dem Dichter »gegen Abend plötzlich die Zähne weh« tun. Baden-Baden ist unter anderem und inmitten der »schönen bläulich schimmernden Berge« des Schwarzwalds »verflucht« (zweimal) und »eine Hölle« inmitten der trotzdem gernbesuchten »Baden-Badenserei«.

Dresden ist »schrecklich leer und traurig«, das Leben dort »langweilig« und »unerträglich«, »die Professoren brüsten sich«, und das ganze Volk aber ist »unglaublich ungebildet, dumm, stumpfsinnig, mit den allerniedrigsten Interessen«, indessen die Theater »niedrig und gemein« sind. Bad Ems schließlich ist der Reihe nach »scheußlich«, »gräßlich«, »hochgradig saures Zeug« (der Wein), erzeugend »Schwermut und Langeweile«, »zermürbend«, »unerträglich« (dreimal), »traurig«, »abscheulich, miserabel«, »ekelhaft«, »höchst langweilig«, »am allerschlimmsten«, kurzum »stocklangweilig« und letztlich sogar »stinklangweilig«.

Und dies ständig inmitten »unerträglicher«, »häßlicher« und »niederträchtiger« Deutscher, nämlich »Gauner und Betrüger« oder genauer gesagt »alles Flegel und Gecken« bzw. noch exakter: »unwahrscheinlich hochnäsige, affektierte, dreiste und grobe Visagen«.

»Das sind also meine Erlebnisse.« (an die Ehefrau, die zweite, Anna Grigorjewna am 11. August 1879)

Hin und wieder kommt den kurenden und dabei sehr frugal gehaltenen Dostojewski bei solcher etwas einseitigen Erlebnisfülle zwar auch die Lust an, komplementär »Rußland zu beleidigen« (28. August 1867), und die Russen dazu (so wie es im »Dämonen«-Roman gleich mehrfach als Fest-Klimax passiert), also z.B. »unsere russischen vornehmen Schlampen« in Bad Ems, und überhaupt diese Russen, »die sich im Ausland herumtreiben: Hohlheit,

Leere, Müßiggang und Selbstgefälligkeiten in jeder erdenklichen Beziehung«. (10. Juli 1874) Einmal ist Dostojewski sogar neugierig zu erfahren, »was man im Ausland über Rußland schreibt« (1. Juni 1867) – aber dann macht Deutschland halt doch wieder das Rennen in Schäbigkeit und Windigkeit und Schlawinerei – sie sind halt (letzter Anlauf) »häßlich, wie die Deutschen« (Dostojewski laut Annas Tagebuch vom 5. August 1967) allein nur sein können, »ein grobes, ungehobeltes Volk« (13. Juni 1874), diese Berliner, die Badener, und die Bad Emser im besonderen, und das Ganze in Brief und Tagebuch gut 5247mal. Wilhelm Heinrich Riehls kurz vorher, 1857, erschienene »Naturgeschichte des deutschen Volks« hätte jedenfalls im häufig deutschlandaufhältigen Russen Dostojewski den denkbar mißgünstigsten Korrespondenten gehabt.

~

Beziehungsweise den manchmal auch schwankendsten. Einer der letzten Meinungsbeiträge des Dichters fürs »Tagebuch eines Schriftstellers« (Juli–August 1876) kulminiert recht überraschend in einem schweren Lob des deutschen Beamten im Vergleich zum dumm-eitlen russischen – und auch in den themabezüglichen Romanen geht es allzeit etwas unstet zu:

Beleidigt »Schuld und Sühne« (1866) ein »deutsches Wurstweib, du verdammtes preußiges Lattengestell«; schimpft der »Jüngling« (1875) auf die »widerwärtigste Unordnung« als die »Weltanschauung der deutschen Wirtin«; so preist der »Idiot« (1868) bereits ein »Beamtenrecht nach dem besten deutschen Muster«. Bei den Deutschen bedient sich »Der Jüngling« mit einem gewaltigen an Goethes »Faust« anknüpfenden hochalbernen Opernplan; wie auch Stepan Trofimowitsch mit seiner fortschreibenden Theaterparaphrase sogar des anspruchsvollen zweiten »Faust«-Teils. Und, um es zu wiederholen, es betraf einst seine »glänzende Dissertation« nicht zufällig die im Entstehen begriffene politische und hanseatische Bedeutung ausgerechnet der Stadt Hanau zwischen 1413 und 1428, genau.

An das in zwei Romanen Dostojewskis thematisch aufgegriffene aus Deutschland eingeführte Kartenspiel »Schaf(s)kopf« wird an anderer Stelle dieses Buchs gebührend erinnert – also summa summarum läuft doch letzten Endes alles auf eine Unio mystica als Coincidentia di tutti frutti aller höheren Humanität hinaus. Denn, wie gesagt, hier in leicht abweichender Übersetzung:

»Rußland ist ein zu großes Rätsel, als daß wir es allein, ohne die Deutschen, lösen könnten.«

~

Humor, darin frappant ähnlich der begrifflich und semantisch nahestehenden Satire, ist ein so hoffnungslos unterschiedlich und meist sehr beliebig verwandter Begriff und Gegenstand der Menschen- wie der

Literaturgeschichte, daß wir eigentlich gut daran täten, dieses vorabklärende Kapitel hier schon möglichst rasch und klammheimlich wieder zu verlassen – freilich dann doch erst einmal vom Ehrgeiz nach einer gewissen Sondierung ausreichend beseelt.

Ziemlich gleich, ob man den älteren wie den aktuellen Humorbegriff mehr vom Lateinischen (also: Feuchtigkeit) ableitet oder mehr vom Gegenteil des Trockenen und Englischen (gute Laune, Witz u.ä.); gleich, ob man, etymologisch gewiß inkorrekt, mit dem Humor mehr auch das Humane oder das Hominide oder gar, noch inkorrekter, das Humushaft-Erdbodenständige assoziativ fusioniert (denn wo die Begriffsgeschichte so wackelt, ist letzten Endes wenn nicht alles, so doch sehr vieles erlaubt):

Nachdem unter Humor vom Bierzeltbesucher und Blasmusikfreund bis zum Theodor W. Adorno praktisch eh jeder was anderes versteht und z.T. liebt, z.T. haßt; nämlich das, was ihm halt ohne weitere Prüfung und also auch ohne Strafsanktion gerade dazu so einfällt, weder vom alten Brockhaus noch von einem neueren Duden, noch wenigstens vom PEN-Club abgesichert: deshalb müssen wir hier nolensvolens den mehr umgekehrten, freilich steinigeren Weg beschreiten und unseren, also letztlich halt meinen, eigenen Humorbegriff ins buchöffentliche Rampenlicht stellen – und, um dabei nicht an freihändiger Logik vorab vollends zu zerschellen, uns zur Klärung und Verständigung am besten erst einmal auf ein paar wenige Leitfiguren kaprizieren; solche, die kraft ihrer

Werke und Taten so einen hier gemeinten Humorbegriff wenigstens ein wenig befestigter machen, wenn schon nicht derart ein für allemal festlegen und definieren. Es könnten dies erst mal mehr in die Tüte gesprochen z.B. die Namen sein: Rabelais, Fischart, Sterne, Gottfried Keller, Wilhelm Busch, Friedrich Theodor Vischer, Gogol, Ludwig Thoma, Jaroslav Hašek, Oskar Panizza auch, Robert Walser, Robert Gernhardt, P.G. Wodehouse, Karl Valentin und – eben Dostojewski.

Nicht aber, um dies Mißverständnis als Mißgriff möglichst gleich oder wenigstens halb auszuschließen, der bloß langweilig-akademische Cervantes, wie schon erwähnt Dickens, auch nicht unbedingt Jane Austen, Balzacs Trollatische Geschichten vor dem korrespondierenden Hintergrund von Boccaccio, nicht Thomas Mann und schon gleich gar nicht E. Kishon und Konsorten.

Eher noch Paul Celan. Nein, der aber auch nicht.

Ist die Lage derart wenigstens stichwortartig um ein Kleines vorabgeklärt, dann sind wir im Grundsätzlichen und Methodischen natürlich trotzdem noch nicht viel weiter (abgesehen davon, daß hier noch Lebende und erst knapp Verstorbene tunlichst ausgeklammert bleiben). Sofern wir aber sozusagen aufs Geratewohl und methodisch reziprok Dostojewski als Humoristen nicht nur statuieren, sondern als neueres Leitparadigma von Humor beherzigen, dann –

Nochmals anders: Mit wem könnte er, Dostojewski, dann allenfalls verwandt oder sonstwie verschwägert sein, als Ziehsohn oder als Schwippenkel oder zumindest als Urahn? Oder auch als – seinem, des Russen, Vorbild?

Dostojewski selbst nennt Charles Dickens als bevorzugte Lektüre, Laurence Sterne scheint's nicht. Es wäre auch ziemlich verwunderlich, wenn dies Leitexemplar eines modernen, erst auf seine Form gekommenen Humors als eine Art Wegweiser direkt zu Dostojewski führte. Mit Sternes teilt Dostojewskis Humor so gut wie nichts. Die Idee, einen Roman, »Tristram Shandy«, als mehr oder weniger pränatal homunkuloide Ich-Erzählung des mehr oder weniger autobiographischen Autors beginnen und den Helden erst Ende des 3. Bands geboren werden zu lassen und die Handlung zwischen 1718 und 1713 zeitlich scheint's wahllos hin und her hüpfen zu machen, sie in lauter shandysierend sich verheddernden »Digressionen« fortzuentwickeln, bis hin zur Handlungslosigkeit bzw. zur fehlenden Handlungsstringenz im Sinne von Chronologie: dieser damals noch überaus neuartige literarische »sense of humour« wäre Dostojewski nicht einmal im Alptraum in seinem »verfluchten Baden« (28. August 1867) gekommen. Gleichfalls das Sternesche Form- und Sprachverspielte, das dem Erzählkonsens meist Gegenläufige bis hin zum modernen Nonsens, lag ihm, der wie alle Russen von Puschkin herrührte, offensichtlich so gar nicht; hat in seiner journalistischen wie Romanprosa kaum etwelche Spuren von Ähnlichkeit. Nein, mit Sterne eint

Dostojewski wirklich nicht gar viel, außer einer gewissen Neigung der Ich-Erzähler und vor allem der Figuren zur erwähnten und fast immer komischen Digression. Sie ist allerdings bei Dostojewski manchmal weniger poetische Methode als zumeist Schlamperei.

Häufig jedenfalls, leider allzu häufig.

Älteren und etwas dümmlichen Literaturgeschichten nach zu schließen, rührt Laurence Sterne seinerseits von Cervantes her und dessen exemplarischem Humor. Gottseidank teilt Dostojewski mit dem noch weniger, wenig namentlich mit dem »Don Quichotte«, einem der langweiligsten und lachfernsten und humorfreiesten Bücher überhaupt, das aber heute noch laut einer global repräsentativen Ranking-Umfrage unter international tätigen Autoren und Literaturprofessoren anno 2002 als das »beste« (!) aller bisher verzapften Bücher der gesamten Literaturgeschichte gelten und damit die Hirne von sämtlichen prospektiven Neulesern bis ins übernächste Jahrtausend weiter verdüstern darf. Es ist der Fall schon hoffnungslos.

Vieles ist eine Sache und Folge der Begriffe. Es gibt keine Gesetzestafel und auch keinen Gesetzentwurf der Regierung den Humor betreffend, und also auch keine Literaturpolizei, welche da besonders rabiate Verfehlungen und Verbotsübertretungen ahnden könnte. Darum geht hier auch künftig alles drunter und drüber. Sofern Humor, im Deutschen zumal, vornehmlich mit Gemütlichkeit, Gutmütigkeit, Geselligkeit, auch und immer noch Bierzelt und Faschingsnarrentreiben assoziiert und koaliert wird, ist ein Fjodor Michailowitsch Dostojewski selbstverständlich nicht im geringsten »Humorist« und »humoristisch«. Bei den noch immer führenden Jean Paulschen Humorassoziationen »Herzensgabe« bzw. »Herzensbegabung« ist er es ganz bestimmt auch nicht; schon viel mehr ist es der Franke Jean Paul selber; mit dessen landläufig bekanntem Humor in Praxis wie Theorie der jüngere Russe aber auch so gut wie nichts im Sinn hat; er kannte Jean Paul Richter, anders als Goethe und Schiller und E.T.A. Hoffmann, wohl auch gar nicht.

Auch im Jahre 1 nach dem Jean Paulschen Geburtstagsjubiläumsgewirke von 2013 ist Haupt- und Beweisparadigma und -parameter noch immer der schmale Roman-Appendix (bzw. die Einlage der »Unsichtbaren Loge«) namens »Leben des vergnügten Schulmeisterlein Maria Wuz in Auenthal« (1793), untertitelt »Eine Art Idylle«; und streng geurteilt finden sich allein in diesem Titel vier Kardinalfehler wider eine halbwegs moderne und aufgeweckte Humorzurüstung: »vergnügt« verrät viel zuviel die leserlenkende Stoßrichtung, das »-lein« nach dem auch schon ausreichend schrulligen Schulmeister ist nun wirklich des schlafmützig Humorbeifallseinverständigen und infantil Lächelheischenden zu arg; desgleichen die allzu aufdringlich lustige »Maria«; und »Wuz« sowieso und besonders witzlos – hätte der Verfasser dies stillvergnügte Leben nun noch statt nach Auenthal nach Wutzlhofen bei Regensburg verlegt, käme man sogar mühelos auf fünf Sündenfälle gegen den Geist des zurechnungsfähigeren Humoristischen.

Es ist dies Humoristische jedoch im Deutschen und zumal in der deutschen Literatur selten zurechnungsfähig; sondern fast immer kindisch; infantil und offenkundig notwendig inferior. Es wird meist mit dem Wörtchen »schmunzeln« begleitet, Jean Paul hat leider selber das damals noch passable, noch nicht inflationierte und so gar nichts mehr bedeutende »köstlich« auf seine Schriften hin angewandt – mit und unter ihm wird seither noch die allergrößte und schmachvollste Geistesschwäche und Absenz substituiert und subsumiert; und in den aktuellen Feuilletons nimmt der »köstlich«-Dreck sogar wieder zu.

Den Brief vom 10. Januar 1806 an Thieriot unterfertigt Jean Paul selber und kaum ironisch als »Ihr alter trefflicher köstlicher Richter« – tatsächlich scheint sich dies trefflich Köstlich-Humoristische seit ca. 1790 von den Romanen und vorzüglich von den darin dominierenden Namen herzuschreiben, Orts- und vor allem Personennamen, von »Quintus Fixlein« und »Schmelzle« und »Katzenberger« und (der Gipfel) »Siebenkäs« oder eben »Wuz«; das Ganze und keineswegs Zufällige hat etwas zumindest genügsam Biederes, leicht oder schon schwer Zurückgebliebenes und darum halt unwiderstehlich Schmunzelnmachendes und erbärmlich Geschmacksverderberisches. Humorbegrifflich geht es dann noch mehr kreuz und quer, wenn Jean Paul für seine eigene Humorprosa die Kategorie mit »meine Ironien«

(Brief vom 15. Oktober 1809) wechselt und aber auch die »Satyre« (4. April 1782) für sich reklamiert und den Leser derart fast immerzu fehlwegweist. Dabei ist Jean Pauls epische Domäne, sein jedenfalls in den besten Jahren Unvergleichliches, wohl gegen die eigene Einschätzung und die seiner lautstärksten Behuldiger, weder das eine noch das andere; sondern die verbale und metaphorische Beschwörung eines Naturmagischen, parareligiös Zauberischen, Epiphanischen der Welt –

– nein, zum Humor fehlt diesem oberfränkischen Schwärmer und allzu unverbrüchlichen Biertrinker alle Akutheit, alle akute Brisanz und Brillanz; nein, größere diesbezügliche Kluften als die zwischen dem preußischen Bayern und dem so häufig deutschlandaufhältigen Russen sind insofern nicht denkbar. Die Vorliebe für den einen schließt eigentlich die für den anderen schon vorbegrifflich aus. Vielleicht liegt es ja doch letzten Endes an der vorschulmäßig-propädeutischen, an der genetischen Zurüstung eines jeglichen Lesers, sich für den einen oder den anderen Humor zu entscheiden.

Der Humortheoretiker Jean Paul rückt Dostojewski vergleichsweise etwas näher. Obschon sein vor allem von Sterne, Fielding, Pope, Rabelais, Voltaire (!) sowie von den Antiken herrührender Begriff von Humor nach den Maßstäben etwa eines Dostojewski, auch schon Gogol und Gontscharow, eines Kafka oder Italo Svevo oder gar späterer Neuerer gleichfalls stark im Altmodisch-Altfränkisch-Altväterlichen haftenbleibt. Lichtenbergs Wort von der singulären Jean Paulschen »Verbindung von Witz, Phantasie und Empfindung« aus dem Jahr 1798 hat noch für die dickleibig theoretisierende oder besser: spintisierende »Vorschule der Ästhetik« von 1804 seine Richtigkeit – und die »Vorschule« bezieht ihre Argumente umgekehrt auch überwiegend pro domo aus dem zu dieser Zeit schon ziemlich komplett vorliegenden Jean Paulschen Romanwerk. Sowie den damals aktuellen deutschen Leitliniengebern.

Es gibt begriffliche Reibungen und Interferenzen und also Mühen. Tatsächlich bezieht sich die »Vorschule« selber mehr auf den »Witz« bzw. auf die »Notwendigkeit deutscher witzigen Kultur« (IX. Programm) als auf die »humoristische Poesie« (VII. Programm) und den »epischen Humor« (VIII. Programm). Zentral fungiert insgesamt der Begriff des Witzes in seiner damals ungleich umfassenderen Bedeutung von Aufklärung, Schnelligkeit, Tadel, Reflexion und eben Gewitztheit; bei Jean Paul freilich auch in seiner Engführung mit der allbekannten »vernichtenden oder unendlichen Idee des Humors« (Paragraph 33); und von diesem kaum sinnvoll auseinanderzuhalten. Und gerade an dieser »Vernichtung« gemessen, dem Sicherfreuen an »Widersprüchen und an Unmöglichkeiten« (ebd.) erweist sich Jean Pauls eigene praktizierte Humoristik, erweist sich vornehmlich das bis heute als Herzstück des deutschen Humors gehandelte »Schulmeisterlein Wuz« als unerträglich harmlos, verkauzt, treudeutsch, eigentlich exemplarisch gegenhumoristisch.

Auch gemessen an Jean Pauls selbeigenen Ansprüchen; z.T. sehr bekannt gewordenen: »Der Humor als das umgekehrte Erhabene. Es gibt für ihn keine einzelne Torheit, keine Toren, sondern nur Torheit und eine tolle Welt«. (Paragraph 32) Davon ist beim Dichter Jean Paul aber nicht eben viel zu spüren – das klingt eher nach Sterne, aber auch schon nach der Moderne von Dostojewski und darüber hinaus. Die beinahe populär gewordene Definition der »Vorschule«: »Das Lächerliche besteht in der plötzlichen Auflösung der Erwartung von etwas Ernsten in ein lächerliches Nichts« (Paragraph 26), zurückgehend auf Aristoteles und Kant, ebenso wie es Schillers arg banausischen Tadel vonwegen dem »Herunterziehen des Gegenstandes« durch komische Poesie aufgreift; was Jean Paul zu Recht retourtadelt. Gegen solche und ähnliche theoretische Spekulationen wäre weniger einzuwenden, wenn ihr bei Jean Paul und anderen ambitioniertere Praxis gefolgt wäre. Ist ihr aber kaum. Seltsam, daß beides, die Erwartung und das lächerliche Nichts, so gut wie gar nicht vorkommt.

»Der Humor als das umgekehrte Erhabene« in einer »tollen Welt«, das Lächerliche als der Erbfeind des Erhabenen usw.: Ganz offenbar bringen solche sonoren, aber eben wohl auch schon bald ausgetrocknet-akademisch gewordenen Sinnsprüche und z.T. auch schon Tautologien für die moderne und zumal epische Humorpraxis nicht eben viel. Die der »Vorschule« mehr en passant passierte Vermutung, daß der »Ernst für alle«, jedoch der »Humor für wenige« sich zutrage und ereigne, das Impromptu kommt der Sache, von der hier im Buch andauernd die Rede ist, nolensvolens schon näher.

»Humor ist eine gemütlichere Abart des Witzes« (Louis Kretz); so ein Sachverständiger noch 1981. Etwas weniger banausisch wird ein Schuh daraus: Der Humor ist so witzlos wie die Gemütlichkeit selber. Die muß zwar wahrscheinlich auch sein, hat aber andere Wertigkeiten.

Eine diesbezüglich signifikante, sehr beachtliche Engführung des Humors auf den »deutschen Humor«, i.e. auf die »drollige Komik«, liest man 1906 bei dem völkischen und später nationalsozialistischen Literaturideologen Adolf Bartels im Zuge seines Heine-Pamphlets – in deutlichen Spuren wirkt derlei bis heute nach und erklärt z.T. auch die beharrliche Beliebtheit eines biedermeierlich gelesenen Jean Paul sowohl als auch ausgerechnet die seines sehr beschränkten Komischen. Dessen Reduktion auf ein gewiß nicht verwegen »Vernichtendes«, sondern Drolliges, Putziges.

»Man spricht von Humor jetzt oft und viel«, registriert eine Weile nach Jean Paul Friedrich Theodor Vischer im Gedicht und circa bereits zu Dostojewskis produktiver Zeit; und beschreibt ihn als den »inneren Widerspruch«, als den »Zick-Zack, den tiefen Bruch, der durch das ganze Weltall dringt«, in Richtung auf eine »geborstene Welt«. Davon ist aber gerade in der deutschen Literatur dieser Zeit im Ernst herzlich wenig zu spüren und sonst wenig die Rede. Sondern nach wie vor und fast allseits registrierbar ist das von Vischer verachtete »leere Spiel« von angeblichen Humoristen, die aber »nichts weiter als Spaßmacher« sind.

Vischer selbst dringt weiter, am schärfsten mit seiner Goethe-Parodie »Faust – Der Tragödie dritter Teil« von 1862, frei und poetisch seine eigene Habilitationsschrift »Über das Erhabene und Komische« von 1837 fortspinnend; und gerichtet vor allem gegen die allzu eherne Kanonisierung Goethes als das dichterischste und deutschheitlichste allen höheren und faustischen Seins sowieso; und in paralleler Bewegung gegen das gar zu mystagogisch-enigmatische Getue des zweiten »Faust«-Teils, gegen »Sprachverkräuselungen« und »Sprachperücken«, gegen pseudopoetischen »Singsang« und »Draperie-Huberei« der Stoff- und Sinnhuber, insgesamt gegen den von Vischer beklagten und wohl auch gerontokratischen Abfall Goethes von sich selbst.

Daß unter der Vielzahl von »Faust«- und zumal »Faust«-II-Nach- und Um- und Neudichtungen es auch eine von Dostojewski gibt, die unfreiwillig und insofern doppelt komische aus Stepan Trofimowitschs allerdings hochbegabter Unreifezeit, rekapituliert ganz zu Beginn des »Dämonen«-Romans von 1871 ff. ein Text, der in guter Laune gelesen oder vorgelesen unfehlbar zum ungehemmten Lautlachen reizt – es ist nicht ganz unbekannt. Legt aber an dieser Stelle, ehe wir's vergessen, die Beobachtung als Frage nahe: warum eigentlich Dostojewski niemals parodiert wurde, dies offensichtlich kaum je versucht wurde. Warum es vielleicht nie glücken kann. Weil Dostojewskis Ton selber schon ein semiparodistischer ist? Womit wir die Frage wieder beiseite- oder jedenfalls zurückstellen.

»Jede Ungereimtheit ist lächerlich«, so steht es in Lessings »Hamburgischer Dramaturgie« von 1767 ff., und das ist sozusagen der Meinungsexpositionskanon aller Komik- und Lustspieltheoretiker seit Gottsched. Ob dieses Lächerliche der »Verachtung« ausgesetzt sei oder sein solle, da gehen freilich die Meinungen schon auseinander. Noch mehr vielleicht in der Beurteilung »unserer Fähigkeit, das Lächerliche zu bemerken« (Lessing, »Dramaturgie«), nämlich in der Wirklichkeit wie im begrenzten und auch schon standardisiert-vorgeprägten Feld des deutschen Theater- und Schrifttumwesens. Ob die manchmal offenkundige Misere, das Lächerliche eben eventuell nicht zu bemerken, auf ab ovo falsche Prägung und Erziehung und Schulbildung, falsche und z.B. allzu idealistische Lektüre zurückdeutet? Oder eben doch auf sehr heterogene biologisch-mental-zerebrale Grundausrüstungen?

Daß Dostojewski der (nicht allein) Jean Paulschen Erledigung des »Erhabenen« durch den Erbfeind, das »Lächerliche«, z.B. mit dem dreifach kläglich fehlerhabenen Festreden-Sermon und Geplärre und Gekrakeele der »Dämonen« ein schulmäßiges Exempel beschert hat, sei hier als Beispiel einer gewissen, wenn auch fernen Affinität gleichfalls nachbeschert. Und der Fall, die Fallhöhe des Generals Iwolgin aus der »Würdewelt« (Gottfried Benn) in die Albernheiten eines zudem betrunkenen Lügenbolds gehört natürlich ebenfalls in dieses steinalte Erhabenheit-Lächerlichkeits-Grundschema. Wie es den Homo sapiens oder vielleicht auch Hominiden seit dem (spätestens) Holozän wiederum lachen läßt. Zu seiner sich selbst wiedererkennenden Erleichterung.

Sigmund Freud war ein ehrgeiziger, aber letztlich doch recht eingeschränkt urteilender Freund des Humors, des Witzes, des Lachens. Sein Ideal, sein Optimum des »Wort- und Gedankenwitzes« und damit seines »Vergnügens« fand seine Erfüllung in dem fürs 19. und 20. Jahrhundert nun mal doch eher einfältigen Heineschen Wortspiel mit dem »famillionären« Millionär usw. – da konnte sich der Erfinder der Psychoanalyse vor ungehemmtem Lachen und Begeisterung und »Hamur« (Karl Kraus) nicht mehr einkriegen. Und Freuds seit 1905 ewig und einen Tag zitierte Schrift »Der Witz und seine Beziehung zum Unbewußten« entfaltet zwar säuberlich Zusammenhänge von »Witz und Lust« und »Verdrängungsarbeit der Kultur«, von Triebbefriedigung und sexueller Aggression und Witz als eben Gegenschöpfung des verräterischen Unbewußten – zumindest Freud selbst half aber all das wohl wenig, er kam in seiner Humorgesinnung übers »Famillionäre« und die bekannte galgenhumorige Exekutionsanekdote (von

Kleist u.a.) offenbar selten hinaus. Auch die »Ersparung an Hemmungs- oder Unterdrückungsaufwand« führte ihn bei der Erforschung des Lustmechanismus, der »Witzarbeit« und der »Phylogenese des Witzes« nicht viel weiter, und auch die nicht ganz neue Platitüde von der »Lust am Unsinn« besserte scheint's nicht seine Lektüreprogramme; in denen absehbar weder Sterne noch Jean Paul, noch Dostojewski vorkommen; auch nicht die Einsicht, daß derart »der Erwachsene wieder zum Kinde wird«. Sympathisch immerhin Freuds wiederholtes Eingeständnis: »Wir wissen also strenggenommen nicht, worüber wir lachen« (alle Zitate: »Freuds Schriften«, Frankfurt 1999), und worüber professionelle Witzdeuter lachen, schon mal gleich gar nicht.

Wahrscheinlich ist, bei Freud wie bei unendlich vielen anderen, die Misere als Hund damit begraben, daß am Gelenkknochen Lachtheorie-Lachpraxis meist die garantiert falschen kapitolinischen Gänse als Käuzchen am Wahrsagen sind, da beißt die Maus auch weiterhin keinen Faden ab.

Als fruchtbarer als seine eigene niedergeschriebene Witztheorie könnte sich fürs Verständnis für Humor und Komik, zumal im Fall des ihm wohl fast unbekannten Dostojewski, das herausstellen, was von Freud selber und vor allem dann von seinem unüberschaubaren Nachfolge-Umfeld als »moderne Nervosität« auf den wenn auch vagen und ausdeutungsbedürftigen Begriff gebracht worden war. Moderne Nervosität meint so etwas wie eine Totalität und Bilanz der Freudschen Pathologie, seiner Neurosenlehre. Die es allerdings schon zeitig mit der Schwierigkeit zu tun kriegte, daß unter »Neurose« so gut wie alles und jedes an wirklichen und eingebildeten Wehwehchen verstanden ward, und dieser inflationäre Ge- und Mißbrauch hält im Grund seit einem Jahrhundert an.

Im Blick ist da bei Freud und anderen eine tendenziell kranke Gesellschaft: diese am deutlichsten expliziert im bekannten Aufsatz »Das Unbehagen in der Kultur« von 1930 mit seiner zentralen Botschaft, daß die Absicht, es möge der Mensch »glücklich« sein, »im Plan der Schöpfung nicht enthalten« ist. In Wahrheit seien es die »Neurosen«, die das bißchen Glück des Kulturmenschen auch noch zu untergraben drohen. Derart werde umgekehrt »unsere sogenannte Kultur« auf »Triebverzicht« aufgebaut, der »Kulturfortschritt« mit Glückseinbuße bezahlt, mit einer Art gesamtheitlicher, individueller und sozialisierter Nerven- und Geisteskrankheit. Und sie könnte auch der Erzähler der »Dämonen« (I, 5) meinen, wenn er mit Blick auf Stawrogin von »der nervösen, abgequälten und zerspaltenen Natur der Menschen unserer Zeit« spintisiert, bei der »jetzt überhaupt kein Bedürfnis nach starken, vollen Empfindungen« mehr aufkommen könne.

Wie diese Art moderner Nervosität mit seiner, Freuds, eigenen und eigentlich zeitentrückten Witzlehre und gar der zeitgenössischen europäischen Literatur fusioniert sein könnte, das wußte wohl Sigmund Freud selber nicht so ganz genau. Machte sich darüber auch kaum ernstliche Gedanken, also müssen wir es tun, wollen wir moderne Komik, neueren Humor nicht in ein Niemandsland versanden lassen, versacken in der Wüste der alten und unverrückbaren Depperldefinition, der Humor sei halt dazu da, den Ernst des Lebens nicht gar zu ernst zu nehmen.

Allerdings, mit »Psychologie« allein, im älteren wie im aktuelleren Sinn, ist bei Dostojewski auch wenig zu gewinnen, viel weniger, als Nietzsche mehr pro forma und pro domo, eigentlich auf gut Glück und Geschwätz hin wähnt. Auch wenig mit spirituellen Ideenbezügen wie der Widerlegung Gottes oder der Erneuerung des von Dostojewski mal geschmähten, mal (wider die dummen Deutschen) gar zu behuldigten Russenvolks. Ein schon eher sinniger Ansatz: Dostojewski rührt, ausgewiesen oder nicht, durchaus auch von der alten Komödie her, jenem Urwesen, dem seit der Antike kaum Neues zugewachsen ist. Sondern das den steinbemoosten Grundmustern des Lachhaften völlig vertraut. So, wenn die Titelfigur des Kurzromans »Onkelchens Traum«, der senile und aber nochmals auf Freiersfüßen wackelnde »Fürst K.«, zu allem Überfluß auch noch stark lispelt, und das auch noch teils französisch – unverfälschte und nur etwas rasantere Commedia dell'arte. Darüber hinaus ist der Exlebemann allerdings auch eine herzerwärmende Gestalt:

»Obwohl oder vielmehr weil er so aussah, als ob er gleich auseinanderfallen müsse, so verlebt und verbraucht war der Mann und so sah er auch aus«, hält der Onkel doch den ganzen Roman gut zusammen, denn er ist durchtrainiert: »In seinen jungen Jahren war der Fürst in glänzender Weise ins Leben getreten, hatte gejeut, geliebt, hatte im Ausland mehrmals sein ganzes Geld durchgebracht, hatte Romanzen gesungen, banale Witze erzählt« und Anekdoten gelispelt. Eine geht so an: »Im Ausland war ich auch mit Beet-ho-ven bekannt.« Sie endet überraschend und flott mit dem Eingeständnis, es könne aber auch wer anderes gewesen sein: »Dort gibt es so viele Deutsche.« Wer wollte es bestreiten, mein Fürst?

Auch wenn der alte Vater Karamasoff beim heiligen Starez zulangt, dann tritt im Grunde nur eine Commedia-Figur auf, freilich so, daß die Fetzen fliegen. Im Prinzip aber eben ein Topos: der Großsprech, der dummgewordene Greis, der Unruhestifter aus Freude dran, der halboffene Sadist. Der beabsichtigte Effekt selber führt dem Dichter die Feder – und den Leser nach Möglichkeit in die unheilige Begeisterung bis hin zum wohligen Schauer: daß es so was gibt.

Henri Bergsons Studie »Das Lachen« (»Le Rire«) aus dem Jahr 1900 zählt seither zu den Klassikern der modernen »Humorologie« (Tom Kindt). Stark zusammengerafft gründet sich das Komische bei diesem psychologischen Philosophen auf drei humane Grundbefähigungen bzw. Strategien und Techniken: auf Übertreibung, auf Umkehrung und Überschneidung/Interferenz. Natürlich kommen bei Dostojewski alle drei vor und zum Einsatz, wie wahrscheinlich bei allen Komikern-Humoristen. »Übertrieben« mag sein, gemessen an denkbarer Realität, das »Fest«-Doppelkapitel in den »Dämonen« – man kann sich derlei Chaotik nur wünschen oder so wie der Erzähler und ausgerechnet »Ordner« (!) G***w in seiner wünschenswerten Narrischkeit zusammenträumen, eben ex negatione »ordnen«. Bergsons »Umkehrung«: Eigentlich war das Ganze ja als Gala-Repräsentationsakt des Gouverneurs Lembke und seiner Frau Julija Michailowna geplant und ausgetüftelt gewesen. Und im Prinzip geht es auch wieder um Uraltkomödie, diese jetzt eben akutisiert durch eine Art universelle Interferenz, als soziales Ausrasten.

»Die Interferenz zweier Gedankengänge in ein und demselben Satz ist eine unversiegbare Quelle komischer Wirkungen«, erkennt Bergson in »Das Lachen«. (Ausgabe 1948, S. 67) Dergleichen findet sich nicht gerade häufig, aber doch auch in der großen und kleinen Erzählprosa Dostojewskis: etwa in manchen Mono- und Dialogen des allzu häufig betrunkenen ehemaligen Hauptmanns und Provinzialbeamten Lebjadkin; oder dann, wenn großmächtige Vorwortschreiber ihren sehr schönen Quark noch überm Schreiben als »überflüssig« zurücknehmen; und dann eben doch gottseidank stehenlassen.

Häufiger sind Interferenzen inhaltlicher, romanüberlagernder Art; Bocksprünge und Handstandüberschläge von Handlung und Plausibilität oder gar Logik. So, wenn nicht, wie zu erwarten wäre, ein Student sich von einem General a. D. Geld leiht, sondern umgekehrt. Hier interferiert die Bahn des gewohnten Lebens mit sich selber, es kommt zur Friktion, bis hin zum Sinnkollaps. Die von Bergson zitierte mehr punktuell-kleinformatige Möglichkeit, »in ein und demselben Satz zwei unabhängige übereinanderliegende Bedeutungen zu geben« (ebd.) – dergleichen findet sich halt doch mehr bei Heine-Freud, bei Dostojewski so gut wie gar nicht. Wahrscheinlich war ihm diese Art mehr klügelnder, spintisierender, auch etwas pedantischer Komik als formale Möglichkeit nicht einmal bewußt, vielleicht nicht bekannt. Womöglich haßte er sie auch. Zumindest für seine eigene Epik wäre dergleichen sogar ein Fehler gewesen.

Humor, früher zumeist »Witz« genannt, ist wohl zu allen Zeiten, angefangen vom Alten Testament, als »zersetzend« empfunden worden, nicht nur als jüdischer Witz. Auch noch bis hin zum späten Heine galt der Witz als bestenfalls etwas zweitrangig Belangvolles, zur Hochkultur Gehöriges – »der Ernstler« (Robert Gernhardt) hatte wohl allzeit und bis heute mehr Ansehen als der Witzige, als der – ein scheußliches, ja falsches Wort – Humorvolle. Pejorativ nannte man ihn deshalb häufig und nicht mal immer verkehrt den »Humorigen«. Wundern darf man sich vor diesem so oder so diffusen Hintergrund immerhin nicht, daß z. B. bei Adorno (s. Eckart Schörle, »Das Lach-Seminar«, 2003, S. 99 f.) bereits wegen der Scheußlichkeit der zugeordneten Vokabeln und

Begrifflichkeiten der Humor selber als scheußlich geortet wird, »abstoßender als alles Abstoßende«.

Indessen: »Der Witz läßt sich nicht kommandieren«, so versichert uns nochmals Franz Blei im »Bestiarium«, und der Humor als ein so genuin wie psychostruktuell anarchisches Wesen auch nicht; schon gar nicht von einem Adorno, der unterm Pseudonym Dapsul von Zabelthau ja einst auch heimliche, reichlich ungelenke Versuche in dieser Richtung anstellte. Aber offenbar in Theorie und Praxis halt nicht dafür geboren war.

Abschließend aber wollen wir den ganzen z.T. buchmäßig gesammelten und gerammelten Sums vonwegen »christlicher Humor« und »soteriologischer Witz« und »Lachen der Heiligen und Narren« sowie »Osterlachen« und dem zu allem Überfluß auch noch wenn nicht hör- so doch sichtbaren »Lächeln Gottes« im Zuge einer offenbar »elementaren Heiterkeit« aller gegen alle, wie sie heute noch ganze Heerscharen pastoraler und sogar wissenschaftlicher Schmunzelschwarten füllt, uns hier ganz besonders nachhaltig sparen – aufsparen für vielviel später oder vielleicht besser doch nienie. Zumal der schwer osterlachhaften Begegnung des Klosterbruders Sosima mit dem alten Spitzenkrachmacher Karamasoff im Kloster und in diesem Buch ja schon ausreichend gedacht wurde.

Und welche aber bei Dostojewskis gelegentlich erahnbarem innerlichen Kampf der Grundwerte Christlichkeit vs. Komik bei Bedarf als Beleg dafür gelten mag, daß auch bei ihm die Scheinernsthaften, Scheinheiligen und sonstigen Gesalbten im Zweifelsfall den kürzeren ziehen. Ganz im Sinn von Psalm 2, 4 und seiner vorbildlich lapidaren Problemlösung: »Gott lacht ihrer im Himmel.«

~

Und daß aber Gott umgekehrt und laut Bibel seiner nicht spotten läßt, das braucht uns hier nicht weiter zu interessieren. Es ist auch gar zu offenbarer Quatsch.

~

Innerhalb der auch in Deutschland wahrgenommenen sogenannten Sekundärliteratur nimmt Michail Bachtins Buch »Probleme der Poetik Dostoevskijs« von 1929/63 (deutsch: 1971) eine Art Sonderstellung ein. Eine doppelte. Die ausladende Schrift des 1885 in Orel geborenen, 1975 in der Nähe Moskaus verstorbenen Philosophen und Literaturtheoretikers wurde erstens wirklich und in erheblichem Umfang »rezipiert«, i.e. gelesen; und dies mahnte besonders erfreulich insofern, als da zum vermeintlich ersten und singulären Male das Romanwerk Dostojewskis auch und vor allem unterm Blickwinkel des Komisch-Humoristischen gesehen und erörtert worden war.

Problematisch und beschwerlich machte es Bachtin sich und seinen geduldigsten Lesern allerdings schon mit der Einführung der Kategorie bzw. Metapher des »Karnevals« und der für seinen Romanschützling daraus elaborierten »Karnevalisierung der Literatur«. Dieser Begriff nämlich erweckt nicht nur im Deutschen eventuell ziemlich falsche Assoziationen; auch im Originaltext hat er ein zumindest stark Zweischneidiges:

»Die Vielfalt selbstständiger und unvermischter Stimmen und Bewußtseine (sic), die echte Polyphonie vollwertiger Stimmen ist tatsächlich die Haupteigenart der Romane Dostojewskis.« (Bachtin, S. 10)

Vollwertstimmen? Vollwertkost? Vollwertbewußtseine? Aber auch die »Polyphonie« mag alles oder gar nichts bedeuten, Bach oder Bachtin oder Kirchweih, alles ist Polyphonie, so zäh der Verfasser auch auf seinem Begriff besteht. Die von ihm suggerierte Affinität Dostojewskis mit Rabelais hilft hier auch nicht viel weiter, das Karnevaleske eventuell mit Komik konvergieren zu lassen. Zumal Bachtin schon in seiner Dissertation und in anderen Schriften das Karnevaleske, wie zu befürchten, tatsächlich mit der Karnevalszeit engführt; mit dem dazumal geduldeten »Tabubruch« usw. – mit Komik und Humor hat das alles wenig zu tun. Tabubrüche sind selten zum Lachen.

Zwar bewahrt das »Karnevalesk«-»Polyphone« als seine Leitidee den Russenprofessor vor der bis dahin scheint's unverbrüchlich vorherrschenden Deutung Dostojewskischer Romane als »philosophische Äußerungen« des Autors bzw. seiner Figuren – bringt ihn hin zu einem »komplexeren Weltmodell« (S. 305) –, gerade Komik und Humor kommen aber darin als Wort und Sache beinahe mit keinem Wort vor, sind in diesem Weltmodell offenkundig nicht vorgesehen. In den »Dämonen«, so Bachtin, sei alles Leben zur »Karnevalisierung«, zum »Karnevalhades« (Fußnote S. 315) geworden. Schwer zu begründen, schwer in Bachtins einmal okkupiertem Denksystem zu widerlegen. Lachen muß respektive darf man in diesem Hades offenbar doch nicht.

Über die Einsicht, daß es in Dostojewskis Werk, etwa der Erzählung »Traum eines lächerlichen Menschen« von 1877, auch den »ernsthaft komischen« oder den »weisen Dummkopf« gibt, den »tragischen Clown« auch: über dieses altbacken banale Bajazzo-Motiv gelangt Bachtin im Zusammenhang von Lachen und Komik und Humor nicht ein einziges Mal hinaus; auch nicht über die epiphanisch bärenstarke Beobachtung, daß auch an Raskolnikoff, Stawrogin und Iwan Karamasoff durchaus »etwas Lächerliches« (S. 169) ist.

Bachtins nicht nur in der Übersetzung mühsame professorale Deutungsprosa kommt gelegentlich in Halbsätzen auf die schulmäßigen Vokabeln »parodisierend-ironisch« (S. 66), den »ironischen Stempel des Autors« (S. 108), das »Groteske« (S. 115) und gar auf die »Satire im Altertum« (S. 126) zu reden, aufs »Karnevalslachen« (S. 142) und (was nicht gar) auf die »fröhliche Relativität« (S. 139) – einmal

(S. 155) überrascht der Gelehrte mit der Mitteilung, laut einer Dostojewski-Figur sei das Publikum nicht in der Lage, »Humor zu verstehen«. Und Bachtin aber? Der Fürst Myschkin sei eine »karnevalistisch ambivalente Gestalt« – es gibt »komische Ebenen« und »komisches Verfahren« (ausgerechnet bei Rabelais und Cervantes), es gibt »reduziertes Lachen« und sogar »ambivalentes Lachen« (S. 186 und 187), aber immer der Figuren – nicht und niemals aber das Lachen des Lesers!

Das angeblich von Dostojewski »entdeckte« polyphone Romanprinzip? Im Grunde ein theorisierendes Nichts als großer Bluff und Pfeifendeckel. Die »Karnevalisierung«? Unterm Karnevalesken wird heute im deutschen Großkulturraum aller mögliche Stiefel subsumiert, von der Malerei der ganzganz Wilden über eine protestantisch-grünalternative Lichterkette zuungunsten weiterer Rheinverschmutzung bis zum aktuellsten Regietheaterunfug allerneuester Bayreuther Machwerkhaftigkeit. Diese Nachbarschaft hat Dostojewski schon mal ganz bestimmt nicht verdient.

Die Russen aber ihren Dostojewski auch nicht? Sie können offenbar gar nicht lachen, auch nicht übers verheerendste Dostojewski-Helden-Geschmarre. (s. S. 229/230) Lustig, wie es scheint, findet zumindest ihr Bachtin bei diesem Autor: gar nichts.

»Die Professoren brüsten sich« (Dostojewski am 11. Januar 1871 an Apollon Maikow) – offenbar nicht nur, wie vorne zitiert, auf aktuell militärpolitischdeutschheitlichem Gebiet und um 1870; sondern auch allzeit mit ahnungslos-impotenten literaturpolitischen Großschwafeleien.

~

Und was aber liest man seit 1919 (»Drei Meister«) aus der schon mal erwähnten Feder von Stefan Zweig? Das:

»Es ist schwer und verantwortungsvoll, von Fedor Michailowitsch Dostojewski und seiner Bedeutung für unsere innere Welt würdig zu sprechen, denn dieses Einzigen Weite und Gewalt will ein neues Maß (...) Dostojewski ist nichts, wenn nicht von innen erlebt. Nur dort, ganz im Untersten, im Ewigen und Unabänderlichen unseres Seins, Wurzel in Wurzel, können wir uns Dostojewski zu verbinden hoffen (...) Mystische Dämmerung des Gefühls, trächtig von Blitzen, wechselt mit einer frostigen, oft eisigen Klarheit des Geistes, statt warmer Sonne flammt vom Himmel ein geheimnisvoll blutendes Nordlicht. Urweltlandschaft, mystische Welt hat man mit Dostojewskis Sphäre betreten, uralt und jungfräulich zugleich, und süßes Grauen schlägt einem entgegen wie vor jeder Nahheit ewiger Elemente (...) Nur solcher Aufblick zu seinem letzten Sinne vermag unsere Ehrfurcht vor dem Werke Dostojewskis in eine brennende Liebe zu verwandeln, nur der innerste Einblick in seine Eigenheit das Tiefbrüderliche, das Allmenschliche dieses russischen Menschen uns klarzutun (…) Denn überall ist es mit Geheimnis getränkt. Von jeder seiner Gestalten führt ein Schacht hinab in die dämonischen Abgründe des Irdischen, hinter jeder Wand seines Werks, jedem Antlitz seiner Menschen liegt die ewige Nacht und glänzt das ewige Licht: denn Dostojewski ist durch Lebensbestimmung und Schicksalsgestaltung allen Mysterien des Seins restlos verschwistert (…) Auch die Kunst also, auch sie, die Einzig-Eine, ist nicht Erlösung dem Gekreuzigten des Zwiespaltes, auch sie Qual, Unruhe, Hast und Flucht, auch sie nicht Heimat dem Heimatlosen. Und die Leidenschaft, die ihn in die Gestaltung treibt, sie jagt ihn über die Vollendung hinaus. Auch hier wird er über die Vollendung gehetzt dem ewig Endlosen zu; mit ihren abgebrochenen Türmen, den nicht zu Ende gebauten, ragen seine Romanbauten in das Gewölk der ewigen Fragen (…) Tumult und Klage strömt aus dieser Tiefe, wie nie die Menschheit sie erhört. Nie war mehr Dunkelheit über einem Werk (…) Zitternd beugt sich die Seele über den Abgrund und schauert, nur Qual und Klage zu hören von ihren Brüdern. Aber da schwebt ein Wort aus der Tiefe, sanft im Getümmel und doch hoch sie überschwebend, wie eine Taube aufschwebt über dem stürmenden Meer (…) Wer spricht dies tröstende Wort des Leidens? Der Leidendste aller, er selbst, Dostojewski. Noch sind die gespreiteten Hände geschlagen an das Kreuz seines Zweifels (…) aber demütig küßt er das Marterholz dieser Existenz

(…) Und anbricht der Tag aus seinen Worten, apokalyptische Stunde. Aufspringen die Gräber und Kerker: aus der Tiefe stehen sie auf, die Toten und Verschlossenen, alle, alle treten sie heran, Apostel seines Wortes zu sein, aus ihrer Trauer erheben sie sich (…) Alle, alle sind sie zur Stelle, die Märtyrer, das Leben zu lobpreisen (…) O wie siegst du in den Menschen, die du leiden läßt, aus Nacht machst du Tag, aus Leiden die Liebe, aus der Hölle holst du dir heiligen Lobgesang. Denn der Leidendste ist der Wissendste aller, und wer um dich weiß, muß dich segnen: und dieser, der dich zutiefst erkannte, siehe, er hat dich wie keiner bezeugt, er hat dich wie keiner geliebt!«

Und so fortan. O Wurzel in Wurzel sowie restlos verschwisterte und verschwurbelte Wurzel aller Wursteln. 114 Seiten lang ist wirklich jedes einzelne Wort gelogen. Und gleichzeitig so etwas wie besoffen. Und wenn wirklich ganz platt besoffen, dann wieder – gar nicht schlecht gelogen. Sondern fast ein Kunstwerk.

~

Wenngleich Vladimir Nabokovs Geburtshaus in Sankt Petersburg nicht weit entfernt von sowohl Dostojewskis Redaktionsbüro als auch von Raskolnikoffs Mordhaus steht, haben die beiden im Abstand von knapp 100 Jahren tätigen Romanciers bestimmt nicht viel miteinander zu tun; poetologisch beinahe nichts. Extrem kontrovers zu S. Zweigs soeben vernommener extremst hudelnder Lobpreisung als infinite Spitzengaunerei an Dostojewski-Wissenschaft kommt Nabokov an diversen mehr entlegenen Stellen seiner Schriften zu einem recht abschätzigen Gesamtbefund; am deutlichsten 1973 im Zuge eines Interviews mit »Le Figaro littéraire« (Paris); einem von Nabokov mitnichten so dahingesagten, sondern schriftlich ausgearbeiteten.

»Frage: Sie haben eine große Aversion gegen Dostojewski. Warum?

Nabokov: Ich verabscheue ›engagierte‹ Schriftsteller, vorgefertigte Überzeugungen, schwülstigen Stil.« (Deutsch: V.N., »Eigensinnige Ansichten«, 2004, S. 111)

Es wird wohl letzten Endes auch so oder ähnlich sein wie bei S. Zweig. Daß Nabokov von Dostojewski gar nichts gelesen hat. Oder sich halt schon ganz falsch erinnert. Vorgefertigte Überzeugungen hatte der Kollege im Roman- und im publizistisch-politischen Werk überhaupt nicht; schwülstiger Stil: geht an Dostojewskis fiebrig-hektischem, manchmal auch schlampigem Erzählduktus ziemlich vorbei; und »engagiert« lassen sich beim besten Willen nicht mal Dostojewskis frühe kleine Romane wie »Arme Leute« und »Aufzeichnungen aus dem Untergrund (Kellerloch)« nennen.

Für den komischen, den Humoristen Dostojewski hätte Nabokov wohl auch dann überhaupt keinen Nerv, wenn er ihn ordentlich gelesen bzw. sich erinnert hätte. Andere dürften freilich auch keinen Nerv für den speziellen blasierten Humor von Nabokovs »Ada«, »Fahles Feuer« und für den etwas sehr kalkulierten von »Pnin« mitbringen.

~

»Der heiter-versöhnliche Gestus konventioneller Humoristik«, den Christian Maintz zu seinem Heil z.B. bei Autoren der Neuen Frankfurter Schule vermißt: er fehlt auch bei Dostojewski, abgesehen von ein paar randständigen Prosabagatellen, fast ganz – das Fehlen definiert die akutere und wohl auch modernere Gestalt des Humors. Mit »Schmunzeln« über schon gar zu »Köstliches«, gar mit »köstlichem Schmunzeln« (auch davon hört und liest man), hat der hier gemeinte, speziell der Dostojewskische Humor so gut wie nie zu tun.

An einer Stelle seiner späten Briefe (an Katerina Fjodorowna Junge, 11. April 1880) macht Dostojewski aus seinem Herzen keine Mördergrube:

»Wenn ich jede falsche Scham beiseite lasse, muß ich bekennen, daß auch in dem, was ich bisher geschrieben habe, manches enthalten ist, was wirklich aus der Tiefe meines Herzens kam. Ich schwöre Ihnen: Ich habe sehr viel Anerkennung, vielleicht sogar mehr, als ich verdiene, gefunden, doch hat die Kritik, die literarische Kritik der Presse, die mich sogar (wenn auch selten) lobte, von mir immer so leicht und oberflächlich gesprochen, daß ich annehmen muß, daß sie alles, was unter großen Wehen aus der Seele geflossen ist, einfach übersehen hat.«

Der genauere Zusammenhang bleibt hier unerörtert. Könnte das heißen, daß Dostojewski sich (noch) kurz vor seinem Tod als Unterhaltungsschriftsteller unterschätzt sah, gar etwa als »köstlicher Humorist«? Wollte er stattdessen einer »unter großen Wehen« sein? Oder lieber überhaupt keiner? Erachtete er die Komik, die Humoristik, aufs sozusagen theoretische Ganze seines Werks bezogen, als gar keine relevante Größe?

Also, dann müßten wir hier nochmals von vorn beginnen.

~

»Die maßvolle Heiterkeit« (der Franzosen) nennt der im Gegenteil recht wild-konfuse Erzähler des »Spieler«-Romans (7. Kapitel) »unerträglich«.

Wie Dostojewski die von Romanen, wohl vor allem im Fall eigener. Und läßt sich da nichts nachsagen. Nein, und der »köstlichen« Heiterkeit gehören die schon gar nicht an und zu.

~

An A.G. Dostojewskaja. Hotel Loskutnaja, Zimmer Nr. 33. Moskau, 8. Juni 1880, 8 Uhr abends:

»Meine teure Anja, heute vormittag habe ich meine Rede bei den ›Freunden‹ gehalten, der Saal war restlos überfüllt. Nein, Anja, nein, Du kannst Dir niemals vorstellen und die Wirkung ausmalen, die meine Rede machte! (…) Als ich auf die Bühne trat, dröhnte der Saal von Applaus und Händeklatschen, und man ließ mich lange, sehr lange nicht zu Wort kommen (…) Als ich zum Schluß die universale Vereinigung der Menschen verkündete, da schien es, als wäre der ganze Saal in einer einzigen Hysterie, als ich schloß – ich kann dir das Geheul, das Gebrüll der Begeisterung gar nicht beschreiben: Die Menschen im Publikum weinten, Fremde fielen sich in die Arme und brachen in Tränen aus und schworen einander, bessere Menschen zu sein (…) Alle stürzten zu mir aufs Podium, vornehme Damen, Studenten, Staatssekretäre und wieder Studenten – all das umarmte und küßte mich. Alle Mitglieder unserer Gesellschaft, die sich auf dem Podium befanden, umarmten und küßten mich; alle, buchstäblich alle, weinten vor Begeisterung. Der Applaus dauerte wohl eine halbe Stunde, man winkte mir mit Taschentüchern zu …«

Das – der Briefbericht über die sogenannte Puschkin-Rede – erinnert freilich stark bis in den Wortlaut hinein an die schon gut sieben Jahre älteren Reden anläßlich des »Dämonen«-Romanfests, hysterische und weitgehend kreuzdumme Reden, akkompagniert von einem adäquat besinnungslosen und allerdings auch überwiegend angetrunkenen

Publikum aus Schnarchsäcken und jüngerem Geschwörl.

Sollte Dostojewski die Ähnlichkeit glatt entgangen sein? Dem Dichter und Redner fiel offenbar nichts auf – uns aber die beidseitige Vorahnung jener Goebbelsschen »Stunde der Idiotie« von Berlin 18.2.1943, in der man auch noch den Eintritt in den totalen Krieg mit Begeisterung feierte. Hier huldigte man in Dostojewski nur dem »Prophet, Prophet(en)«, feierte »ein Genie, mehr als ein Genie«, wie dieses Anna fast endlos und offenbar noch immer selbst entflammt berichtet.

Könnte es sein, daß es zwei Dostojewskis gibt? Wobei der derart eitle und akklamationssüchtige den kritischen, den zurechnungsfähigen nach Bedarf zudeckt?

~

Im Schimpfen und Quengeln und Nörgeln war der Briefeschreiber Dostojewski (z.B. aus den Kuren in Deutschland) ein Großer. »Lachen« dagegen kommt in den Briefen so gut wie gar nicht vor; wenn, dann ganz en passant und peripher (z.B. am 21. Juli 1874 aus Ems an Frau Anna). Auch gibt es kaum Lachsituationen, die in Präsens und Briefpräteritum wohl jedem soweit gesunden Menschen mehr oder weniger einheitlich das Lachen gestatten, ja es meistens erzwingen.

War der (sozusagen) Privatmann Dostojewski ein

minderbegabter, ein zumindest unwilliger Lacher? Setzte er das Lachen, die Komik, in den Romanen eventuell nur ein, um derart dem Geschmack seines Publikums entgegenzukommen? Während ihn selber allzeit der Griesgram nicht verließ? Das kann aber auch kaum sein. Wenn schon nicht über den blasierten veritablen Turgenjew, so doch über das Geschmarre seines schlawinerischen Roman-Alteregos Karmasinow hat er, Dostojewski, doch gewiß auch am Schreibtisch lachen müssen. Vor allem, wenn ihm dann noch die Katze übers Papier lief und die Tinte umstieß u. dgl. Einmal (4. August 1874) will brieflich »die Sonne lachen«. Aber schon in der nächsten Zeile wieder: »Traurig ist es hier.«

So konnte es auf Dauer mit Bad Ems nichts werden.

~

Dostojewski und die Schimpfkultur:

Wer wollte bestreiten, daß Schimpfen für den Schimpfer meist Erleichterung ausmacht; für den Beiwohnenden oder Zulauschenden oft, meist, jedoch eine Quelle des Lachens; eine ebenso alltagsnaheliegende wie u.U. psychologisch sublime. Das reicht von der Schadenfreude (über den Beschimpften, den Beschimpfer, manchmal beide) bis zur unvermischt reinen Freude an der Sprache, der Sprachkraft, der Sprachphantasie.

Geschimpft wird bei Dostojewski vornehmlich in

den Briefen, sonst aber meistens im »Dämonen«-Roman, in dem es beim »Fest« zu einem praktisch ununterbrochenen, überwiegend freudigen Schimpfen kommt, einmal sogar zum »Zähneknirschen« beim Zetern. Die schönste Stelle zum Thema findet sich aber zu Beginn der »Dämonen«, da wo Stepan Trofimowitschs frühen Geniestreichs einer dramatischen Goethe-»Faust«-Paraphrase gedacht wird; nämlich der Tatsache, daß da alle, auch Insekten und Schildkröten, chorisch singen, dann aber zwischendurch »in einer unbestimmten Weise einander beschimpfen«, das ganze Unheil aber nicht ohne eine »Beimischung erhabensten Humors«. (I, 1)

Nein, Schimpfen und Humor gehören eben schon zusammen. Doch.

~

Offenkundig hatte F.M. Dostojewski allerdings fast zeitlebens auch großes Vergnügen daran, fand seine innerste Befriedigung darin, sich selbst als zumindest besorgniserregenden Problemfall darzustellen: »Ich bin ein Geistesgestörter, im vollen Sinne des Wortes (...) Ich wandere wie ein Schatten.« (an Alexander Jegorowitsch Wrangel am 14. Juni 1856)

Das ist erst einmal nichts anderes als das schon altbewährte Künstlerkonstrukt eines Bitterlich-Kranken bis Tödlich-Gezeichneten, eines zumindest schon stark am Rande der zivilen Gesellschaft Angesiedelten, dort als Kalamität schlecht und recht Vegetierenden bzw. so gerade noch Geduldeten. Tatsächlich hatte das, zu Lebzeiten und vor allem später, so wie dem Hölderlins und Nietzsches und Rimbauds, dem »Mythos Dostojewski« genützt wie wenig anderes und Handfesteres, ja diesen Mythos erst begründet; dem literarischen Werk allerdings hat die Suggestion und Selbstsuggestion, das im Grunde ganz altmodische Künstlerphantasma, mehr geschadet als genützt. Genützt allenfalls in Form einer gewissen monologischen und gleichfalls sozusagen leicht »geistesverwirrten« Betriebsamkeit und Hektik, welche z.B. manchen Erzählertiraden des »Jünglings« durchaus zu einer besonderen Munterkeit und sogar Sympathieträgerschaft verhelfen.

Zu einer von Dostojewski geplanten? Es gibt dafür wohl kein Beweisstück, kaum Belegsignale.

~

»Ich bin arm«, schreibt Dostojewski am 9. Mai 1859 dem Bruder Mischa, »und *muß* daher in großer Hast und des Geldes wegen schreiben; folglich muß ich *alles verpfuschen.*« Das Problem wurde Dostojewski wohl sein ganzes Leben lang nicht ganz los, auch dann nicht, als es mit dem Geld und Zeitdruck schon nicht mehr gar so drückend stand. Das Schnell-, ja Hastigschreiben war ihm da, spätestens da, wohl schon zur zweiten Natur geworden. Das Problem hieß da schon längst nicht mehr: »Wovon soll ich leben?« (an den Kritiker Majkow), sobald er nach einem fertigen Roman »zwei

Monate ausspannen« wollte. Sondern, wie gerade dann möglichst diszipliniert die Tinte zurückzuhalten sei. Aber auch ein anderes, vielleicht sogar mehr oder weniger identisches Problem machte dem Dichter vermutlich zeitlebens zu schaffen: »Manchmal meine ich überzuschnappen.« (an Wrangel, 13. April 1856)

Vor oder mehr nach dem Romanschreiben? Die Dignität des Romans, der Gattung Roman, schien Dostojewski immerhin allzeit sehr ernst zu nehmen. »Heutzutage betrachtet man einen Roman als etwas Minderwertiges«, teilt er dem Justizbeamten und Baron Wrangel am 13. April 1856 mit – er, Dostojewski, möchte das substantiell ändern, dabei aber auch die eigenen Interessen nicht vergessen: »Nur mit dem Roman kann ich mir einen Namen machen«; und, noch plausibler und auch völlig richtig: »Die Hauptsache ist, daß der Roman, an dem ich jetzt arbeite, mir großen Genuß bereitet.« (ebd.)

Es waren »Die Erniedrigten und Beleidigten«. Genuß spielt unverkennbar in allen Romanen eine nicht geringe Rolle. Er hält vielleicht auch das Gesamtwesen Dostojewski zusammen und bei Laune. Der zeitgenössische Kritiker Nikolaj Nikolajewitsch Strachow könnte mit seiner Verlautbarung an den konkurrierenden Romancier Tolstoi schon ziemlich ins Zentrum getroffen haben: »Dostojewski liebt nur sich selbst.« (s. Dostojewski, »Gesammelte Briefe«, München 1966/86, S. 698)

~

Kann »eine gewisse Lust am eigenen Verderben«, von der Dostojewski einmal im »Tagebuch« (1977, S. 56) spricht, auch etwas Komisches haben, eine spezielle und seltene Art von Komik erzeugen? Spätestens nach dem Moritzschen »Anton Reiser« von 1785 ff. ist uns das eigentlich geläufig: das fortgeschrittene und letzten Endes selbstmordgeneigte Herumtreiben, teils mit wahllos erwählten Freunden und Spitzbuben und Desperados, die da z.B. tagelang, dem Hunger zu trotzen, im Bett liegen, dazu auch immerhin hohe Literatur in sich hineinschaufeln – in Wahrheit freilich doch nur einen Kircheneinbruch planen. Oder, zwei Etagen harmloser, zusammen mit Anton Reiser und einem gewissen Genuß zu beobachten, daß die vom Regenwandern aufgeweichten Schuhe eigentlich nicht mehr solche zu nennen sind. Aber halt keine anderen da sind.

Ähnliches widerfährt dem Leser bei Stepan Trofimowitschs »letzter Wanderung« gegen Ausklang des »Dämonen«-Romans. (III, 7) Der schon sehr mitgenommene Stepan »schritt auf der großen Landstraße dahin«, mit der »großen Idee« nämlich, auf diese Manier nicht »comme un gewöhnlicher Parasit« Warwara Petrownas zu enden. Er wird von einem Bauernwagen aufgeklaubt und mitgenommen, von zwei Pferdchen gezogen und mit einer angebundenen roten Kuh hintendran; er kauft sich für 35 Kopeken ein Evangelium, bekommt auch etwas Branntwein, wird endlich von einem ihm fremden Dr. Salzfisch zu Tode gepflegt und (wir zitierten die schöne Passage teils schon) faßt aber schon vorher seine Lage nicht übel zusammen:

»Je suis malade tout à fait, mais ce n'est pas trop mauvais d'être malade.«

»C'est charmant«, dürfen wir mit Stepan und mit Recht bilanzieren.

»Das Bewußtsein seiner krankhaften Denkschwäche« ist ihm zwar »in einzelnen Augenblicken sehr peinlich und sogar kränkend«, aber uns sympathisierenden Lesern sogar anheimelnd. Zum Lachen verleitet diese Art Komik gewiß kaum. Aber als eine Art Wehmutshumor gehört auch sie zu Dostojewskis Repertoire; zu einem allerdings nur selten genutzten.

~

Unbestreitbar kommt es bei Romanen auch aufs große Ganze an. Kaum minder erheblich und bedeutsam sind aber, wie im wirklichen Leben, die Details; die Einzelfiguren und Einzelideen und Einzelbeschreibungen; und manchmal sogar schöner, der Werke besserer Teil:

In der Erzählung »Ein ehrlicher Dieb«, einem nicht ganz ephemeren Werkchen aus dem Jahr 1848, macht gleich zu Beginn dieser 20seitigen »Aufzeichnungen eines Unbekannten« die Haushälterin Agrafena dem Erzähler im Zuge eines kleinen Dialogs einen durchaus eindrucksvollen Vorschlag:

»Also, Herr, ich komme jetzt, weil Sie doch die kleine Kammer vermieten könnten.

Was für eine Kammer?

Die dort neben der Küche. Das weiß man doch, was für eine!

Warum denn?

Warum! Darum, weil so was doch vermietet wird. Das weiß man doch, warum.

Aber wer wird denn die mieten?

Wer die mieten wird! Ein Mieter natürlich. Wer denn sonst!

Aber dort, meine Beste, kann man ja kaum ein Bett unterbringen, die Kammer ist doch so eng. Wer könnte denn dort wohnen?

Wozu denn dort wohnen! Wenn er nur irgendwo schlafen kann; wohnen kann er ja am Fenster.

An welchem Fenster?

An welchem! Das wissen Sie doch selber! An dem, das im Vorzimmer ist! Er kann dort am Fenster sitzen, nähen oder sonst was arbeiten. Er kann ja dort auch seinen Stuhl hinstellen.«

Stimmt. Ein Bett sowie ein Stuhl am Fenster genügen auch zum Wohnen. Werweiß hat Dostojewski so ausgerüstet auch seine Geschichte heruntergeschrieben.

~

Kaum weniger überzeugend eine winzige Kleinigkeit, aber keineswegs eine negligeable Quantität, inmitten der allgemeinen und fortschreitenden Hochzeitschaotik mit all ihrem finsteren Gerumple und Gekeife im Zentrum der »Dummen (oder: peinlichen) Geschichte« von 1862:

»An diesem Tisch hatten alle Gäste, etwa dreißig an der Zahl, Platz genommen, aber von diesen waren etliche schon endgültig erledigt. Andere führten sich mit einer seltsam fahrlässigen und doch zugleich bösartigen Ungezwungenheit auf, schrien, sprachen laut durcheinander, meldeten voreilig Toaste an, schossen mit Brotkügelchen in keckem Scharmützel auf die ihnen gegenübersitzenden Damen und vice versa. Irgendein unansehnlicher Herr in bekleckertem Rock fiel vom Stuhl, als er sich gerade an den Tisch setzen wollte, und blieb dort liegen bis zum Ende des Festmahls.« (Übersetzung: E. K. Rahsin)

Der Herr sagt uns auch zu. Aber das Schießen mit den Brotkügelchen gefällt uns noch besser. Nur: Das Vomstuhlfallen des Unansehnlichen hätte man gern noch genauer, eventuell auch akustischer beschrieben gehabt. So was ist dann allerdings Sache und Entscheidung des epischen Timings. Allzu viele Kleinigkeiten können stören.

~

»Onkelchens Traum« von 1857, jedoch schon während Dostojewskis Internierungszeit in Sibirien geschrieben, ist laut Verlags-Klappentext von einer Art Humor getragen, der »aus dem dialektischen Verhältnis zwischen Komik und Tragik lebt« (und mit diesem absonderlichen Deutsch fraglos sowohl die Dialektik als auch das Verhältnis zwischen dem Humor forciert). Der nicht sehr umfängliche Roman ähnelt wohl unter allen größeren Dostojewskischen Schriften am ehesten der Bühnenkomödie, auch in seiner ungescheuten Adaption eigentlich recht abgedroschener Komödienschemata. Seiner Titelfigur, »einer Art Leiche auf Sprungfedern«, hört man aber immer gern zu, vor allem, wenn sie zu Teilen blasiert französisch daherächzt, bzw., auch das gefällt uns, lispelt:

»Afanassij Matwejewitsch! Auf dem Gut, denken Sie sich, mais c'est délicieux! Dann haben Sie al-so auch einen Mann? Was für ein son-der-barer Zufall indes! Das ist ja ganz wie in einem bekannten Vau-de-ville: ›Kaum ist der Mann zur Tür hinaus, da …‹ Wie war es doch, da habe ich es nun vergessen! Jedenfalls fuhr die Frau auch irgendwohin. Wie gesagt, sehr geistvoll …«

Mosgljakoff verbessert ihn vorsichtig soufflierend:

»Kaum ist der Mann zur Tür hinaus, da fährt die Frau schon aus dem Haus.«

Und Onkelchen bedankt sich überaus artig:

»Nun ja! Nun ja! Ich danke dir, mein Lieber, gerade ›aus dem Haus‹. Charmant, charmant! So daß es vollkommen einen Vers bildet.«

Die kleine Szene läßt bereits spätere Dostojewskische Radaubrüder und Schnarchsäcke ahnen. Und Onkelchen tut zwar sehr vornehm, hat aber auch noch andere, umfänglichere Dimensionen: »Übrigens gefiel ihm der Tumult zum Teil sehr gut.«

Denn er ist schon von jenem Stoff, »aus dem dann später alle diese Sonderlinge, Hampelmänner und gesellschaftlichen Vagabunden« sind – so steht es im romanlichen Schwesterwerkchen »Das Gut Stepantschikowo und seine Bewohner«. (1859; Ausgabe 1968, S. 168)

~

Der dritte dieser kleineren und meist sogenannten humoristischen Romane, »Der ewige Gatte« von 1870, ist eine Art Dreiecksgeschichte und zentralisiert ansonsten das romantische Krankenmotiv der Hypochondrie. Er gilt da und dort als das »ausgewogenste Werk« des Autors, wurde von ihm selber aber weniger ästimiert (Brief vom 25. März 1870) und enthält doch eines der quälendsten, ungeheuerlichsten Kapitel aller Dostojewski-Romane (»Die Abrechnung«), einen extrem dissonantischen »Akkord aus des Weltalls Symphonie« (Novalis, »Die Lehrlinge zu Sais«), fürwahr, angeschlagen an einem Punkt zwischen Herzgrube und Leber und Schmerznervenzentrum. Das ganze krude Treiben zwischen dem Haupthelden Weltschaninoff und einem gewissen Pawel Pawlowitsch ist aber auch »auf qualvolle Weise komisch« (Friedrich Hitzer) – und die Mono- und Dialoge der beiden sind gleichfalls schon reifer, sozusagen später Dostojewski – in Hochform. Ins Groteske eskaliert Pawels Schmerzbekämpfung durch glühendheiße Teller statt der zu langsamen heißen Umschläge:

»Wenn wir den Schmerz erst einmal zum Wackeln gebracht haben, dann Gott sei Dank, das ist ein gutes Zeichen!«

Ruft Pawel Pawlowitsch »hocherfreut« und eilt in die Küche nach einem neuen Teller.

Und hat schließlich mit seiner Schmerz-Wackel-Therapie sogar Erfolg.

~

An die berühmteren »Schreiber« bzw. Abschreiber-Kopisten von Gogol (»Der Mantel«) und Melville (»Bartleby«) knüpft an der Klein- und sehr gedrückte Beamte Makar Djewuschkin in Dostojewskis Erstlingsroman »Arme Leute«, vom Typus des rührend-sentimentalen Briefromans; mit einem frappanten Gedankenspiel über die Nähe von Schreiber und Künstler:

»Nun, und was ist denn dabei, daß ich nur abschreibe? Ist denn das etwa eine Sünde? ›Na ja, aber eben doch nur ein Schreiber!‹ – Aber was ist denn dabei Unehrenhaftes? Meine Handschrift ist so eingeschrieben, so leserlich, jeder Buchstabe wie gestochen, daß es eine Freude ist, so einen ganzen Bogen zu sehen, und – Exzellenz sind zufrieden mit mir. Ich muß die wichtigsten Papiere für Exzellenz abschreiben. Ja, aber ich habe keinen Stil! das weiß ich ja selbst, daß ich ihn nicht habe, den verwünschten! Mir fehlen die Redewendungen! Ich weiß es, und deshalb habe ich es auch im Dienst zu nichts gebracht ... Auch an Sie, meine Liebe, schreibe ich jetzt, wie es gerade so kommt, ohne alle Kunst und Feinheit, wie es mir aus dem Herzen in den Sinn strömt ... Das weiß ich selbst ganz genau; aber schließlich: wenn alle nur Selbstverfaßtes schreiben wollten, wer würde dann abschreiben?

Wünsche Ihnen von Herzen alles Gute!
Ihr Makar Djewuschkin«
(Übersetzung: E. K. Rahsin, 1969, S. 60)

Ja, das ist auch nach 170 Jahren und sogar forciert durch A. Warhol u. a. die Frage; die auch nicht durch Blogger und Facebook u. ä. Quatsch zu lösende.

~

Gleichfalls ein kleiner Beamter, ein gewisser Goljädkin, ist es, der im gleichfalls frühen und noch im Romantischen angesiedelten Romänchen »Der Doppelgänger« (1846) ganz en passant einen gleichfalls ungewöhnlichen Gedanken zur Politik und Literatur seinem Abteilungsleiter vorträgt – auch wenn etwas unklar ist und bleibt, was er eigentlich will und worauf es hinausläuft; allein: »Ich denke, Andrei Filippowitsch, daß die Regierung solch eine innere Regung, wie ich sie verspüre, unterstützen müßte …« (1969, S. 282)

Denn Regungen zu unterstützen, dazu wären Regierungen ja eigentlich schon para-etymologisch da.

~

Daß so ein winzig kleines Beamtenleben in seiner ganzen Kümmerlichkeit spätestens mit dem 40. Lebensjahr an die Moral, ja an die Existenz gehen kann, das thematisiert noch einmal der 20 Jahre jüngere Roman »Aufzeichnungen aus dem Untergrund (Kellerloch)«, den wiederum manche sogar für Dostojewskis unterm Strich Bestes erachten; und der mit »Ich bin ein kranker Mensch … Bin ein schlechter Mensch. Bin ein abstoßender Mensch« schon mit den ersten Sätzen und etwas sehr spekulativ medias in res kommt. Und bereits auf der zweiten Buchseite der Kunst der späteren Romanvorworte in ihrer absichtsvollen Schrägheit und Dümmlichkeit vorausgreift:

»(…) Hm, fauler Witz; aber ich streiche ihn nicht aus. Als ich ihn hinschrieb, glaubte ich, er werde sich geistreich ausnehmen; jetzt aber, wo ich selbst einsehe, daß ich nur albern prahlen wollte, streiche ich ihn absichtlich nicht aus!« (Ausgabe 1969, S. 330)

~

Die Erzählung »Die fremde Frau und der Ehemann unter dem Bett« aus dem Jahr 1848 gehört noch zum etwas konventionell-verstaubten Typ der Humoreske, ihre Themen sind wiederum der »Sonderling« und die durch ihn und seine Zerstreutheit heraufbeschworenen endlosen Peinlichkeiten samt der daraus resultierenden tendenziell universellen Scham, Lebensscham – hier ist es insbesondere die »Zerfahrenheit« eines ominösen »Herrn im Waschbärpelz« namens »Coco«, der da das (nachher auch noch im Roman) beliebte Sujet der ehelichen Untreue mit einer recht originellen Variante des Im-Schrank-unterm-Bett-Schemas einbringt.

Die »lächerliche Geschichte« (so ihr Erzähler) ist ziemlich schlampig konstruiert, gar zu langatmig geraten und als komische Groteske auch allzu beifallsspekulativ. Und auch zwischen Realismus und Leserbedürfniserfüllung nicht so ganz lupenrein. Humoreske und Groteske weisen aber doch auch immer wieder über die eigene Gemeinplätzigkeit und lachzwanghafte Platitüdität hinaus. Sind von einem neuartigen Weltenkonfusionszuschnitt, der wenigstens von fern die Rasanz der Valentinade oder auch Chaplinade erahnen läßt.

~

»So hatte er (Stepan Trofimowitsch) zum Beispiel seine Lage als ›ein Verfolgter‹ und quasi ›Verbannter‹ ungemein liebgewonnen. Um diese beiden Bezeichnungen spielt nun einmal ein gewisser klassischer Glanz verklärender Art, und eben dieser Nimbus scheint ihn dann, nachdem er ihn ein für allemal bezaubert hatte, im Laufe so vieler Jahre in seiner Selbsteinschätzung immer mehr erhöht zu haben (...) Er glaubte doch von sich selbst aufrichtig und sein Leben lang, daß man in gewissen Sphären beständig vor ihm auf der Hut sei, daß jeder seiner Schritte unablässig beobachtet und vermerkt werde.«

So steht es schön und gleich zu Beginn in den »Dämonen« und, wie so manches in diesem Roman, sehr vorausschauend und noch immer aktuell.

Vorausschauend auf die deutsche Volkszählung 1983 ff. und den erbitterten Widerstand gegen sie? Das »Verfolgen jeden Schritts« ist allerdings inzwischen nicht mehr geächtet und verhaßt, sondern, vor allem per Internet und Untersektionen, richtiggehend begehrt. Schaut Dostojewski also mehr voraus auf einen inzwischen verstorbenen, aber noch post mortem ewig verfolgten heroischen deutschen und vor allem überaus vollbärtigen Kabarettisten? Auf Herbert Wehner, den seinerzeit führenden ewigen »Prügelknaben der Nation« (H. Wehner), und sei's ein gleichfalls doch nur zusammengeträumter? Oder erahnte er einen noch immer in Schmitten/Taunus unter uns lebenden, zwar mit Abgeordnetenpension versehenen, aber doch zu jeder Zeit noch verfolgten Kommunisten und besonders hartnäckigen, ja heldenhaften Staatsfeind?

Vor dem speziell Merkel noch immer »auf der Hut« ist? Bzw. noch mehr ihr neuester Innenminister? Beide müßten nur etwas mehr Dostojewski lesen, um entsprechende Frühwarnungen rechtzeitig gesteckt zu kriegen. Ehe alles zu spät ist.

~

Über die neuen sozialistischen Autoritäten, in diesem Fall sogar aus dem fernen Frankreich, hat es im russischen Provinznest der »Dämonen« einen besonders einleuchtenden Dialog gegeben:

»Ich meinte, Sie seien Anhänger Fouriers.
Bei Fourier steht etwas anderes, etwas ganz anderes.
Ich weiß, daß da Unsinn steht.
Nein, bei Fourier steht kein Unsinn.«

(Doch. D. Red.)

~

Alles, fast alles war schon mal da, lang vor den K-Gruppen, den Grünen und dem chronischen Teilzeitarbeiter Jockel Fischer:

»Sie sind ein Atheist, weil Sie ein Herrensohn sind. Sie haben den Unterschied zwischen Gut und Böse verlernt, weil Sie aufgehört haben, Ihr Volk zu kennen. Es wird eine neue Generation kommen, unmittelbar aus dem Herzen des Volkes (…) Hören Sie, suchen Sie zu Gott durch Arbeit zu gelangen!

Durch Arbeit zu Gott? Durch was für Arbeit?

Durch Bauernarbeit. Wohlan, werfen Sie Ihren Reichtum von sich!« (»Die Dämonen«, 1871 ff.)

~

Im Brennpunkt des wie ein Donstrom breit sich hinwälzenden Romanbrummers »Die Dämonen« (»Bjesi«), erschienen zuerst in der Monatsschrift »Der Bote«, angesiedelt um das Jahr 1865, steht der Zeitgeist selber: eine fürchterliche Emulsion aus großen revolutionären Ideen, terroristischen Scheinideen und gleichzeitig ominös-aufgeregtem Provinzler-Unfugstreiben (und insofern traf es die zeitweilige Titelübersetzung »Die Aufgeregten« gar nicht schlecht). Ursprünglich als ein Pamphlet wider den damaligen und sogenannten »Nihilismus« angelegt, gegen den von Dostojewski (weniger vom Romancier als vom Russen und Privatmann) befürchteten »merkantilen« Menschentypus der »neuen Zeit«, auch gegen die virulente Tendenz zur Zerstörung um ihrer selbst willen, eben das »Dämonische« (i. e. Säuische des Romanmottos), das der Dichter innerhalb der vaterländischen Jugend erwitterte bzw. sich eben als Thema sogar dankbar zunutze machte: reflektiert der Roman quasi nebenher auch die politische sogenannte »Gärungs«-Periode unter Alexander II., auch vor dem Hintergrund der aufgehobenen Leibeigenschaft, der Justiz- und Militärreform, der Studentenunruhen – und eben des dito Einbruchs sozialistisch-utopischer oder auch anarchistischer Ideen aus dem Westen; hinein in die unsteten, oftmals auch ruchlosen Charaktere, die Köpfe und Krautköpfe der Nation bis hinein in die liberalen Clubs des Hinterlands, weitab von der Zentrale; den Zusammenfall extremer politischer Richtungen, unter welchen Dostojewski offenbar das beschmähte Roman-Leitmotiv eines »vernünftigen Egoismus« besonders suspekt war; welches da Tschernyschewskis damals einflußreicher und später nur mehr sprichwörtlich gewordener Roman »Was tun?« (1863) propagiert hatte.

Dostojewski fächert dies thematische Material im Personalen vorbildlich romanhaft auf. Im Namen der »gemeinsamen Sache« (I, 1) geschieht bei »den Unsrigen« und darüber hinaus so manches an »Freigeisterei«:

»Es war klar, daß sich in dieser Gesellschaft von neuen Männern viele Schurken befanden, aber unzweifelhaft waren darunter auch viele ehrenhafte, sogar anziehende Persönlichkeiten, wenn sie auch einige verwunderliche Färbungen aufwiesen (...) aber es war nicht zu erkennen, wer den anderen in seiner Gewalt hatte.«

Manchmal aber, zumindest vorübergehend, schon:

»Unser Prinz beging auf einmal aus heiler Haut zwei, drei unglaubliche Dreistigkeiten gegen verschiedene Personen. Die Hauptsache war dabei, daß diese

Dreistigkeiten ganz unerhört waren, alles überstiegen, gar keine Ähnlichkeiten mit solchen hatten, wie sie gang und gäbe sind, ganz gemein und bubenhaft waren.«

Zum Beispiel:

»Nikolai Wsewolodowitsch, der etwas abseits stand und an den sich überhaupt niemand gewendet hatte, (trat) auf einmal an Peter Pawlowitsch (i.e. Gaganow, Clubvorsteher) heran, faßte ihn unerwartet, aber kräftig mit zwei Fingern bei der Nase und zog ihn zwei, drei Schritte weit im Saale hinter sich her.« (I, 2)

~

Dergleichen passiert wohl heute noch ab und an im runderneuerten Rußland, eventuell auch in Bulgarien, in Japan und im italienischen Parlament; leider nicht, jedenfalls kaum, in Deutschland. Ähnlich Quatschiges immerhin geschah zu Zeiten der Folge von '68 zuweilen aber auch bei uns:

»Die Studentin beabsichtigte (...) sich dann weiter und weiter nach allen Universitätsstädten zu begeben, um ›an den Leiden der armen Studenten teilzunehmen und sie zum Protest aufzurufen‹. Sie führte einige Hundert Exemplare eines lithographierten Aufrufes mit sich, den sie wahrscheinlich selbst verfaßt hatte. Merkwürdig war, daß der Gymnasiast sie vom ersten Blick an beinahe tödlich haßte, obwohl er sie zum ersten Male im Leben sah, und sie ihn in gleicher Weise.«

Da geht es dem Gymnasiasten, wie es uns vielleicht beim erstenmal mit der damals bereits unentwegt heulenden Petra Kelly ging. Und auch das kommt wenigstens den Alt-68ern vertraut vor:

»Ein wütendes Geheul erscholl von allen Seiten; ein betäubendes Beifallklatschen erdonnerte. Es applaudierte schon fast die Hälfte des Saales.«

Wie etwa unter Dutschke sagen wir gegen Kiesinger. Der hier als »Festordner« eingeteilte Erzähler Anton Lawrentjewitsch G***w ist bei diesem Matinee-»Fest« schon lang stark überfordert. Und wird es immer stärker:

»Ich sah dann, daß plötzlich von irgendwoher eine Studentin auf die Estrade sprang (...) Ich verstand sogar noch ihre Worte: ›Meine Herrschaften, ich bin hergekommen, um von dem Leiden der unglücklichen Studenten zu sprechen und Sie allerorten zum Protest aufzurufen.‹«

Was ist daran lustig, zum Lachen? Vielleicht das leicht übertriebene »allerorten«?

Der »Ordner« jedenfalls resigniert mit Recht: »Aber ich lief fort. Meine Schleife steckte ich in die Tasche und gelangte durch einen mir bekannten hintern Ausgang auf die Straße.« (III, 1 – Schluß; alle Zitate: Übersetzung Hermann Röhl)

Bei einem Realisten = Humoristen sind wir Leser tendenziell unersättlich. Und möchten zum Beispiel auch noch wissen, woher und seit wann er den »hintern Ausgang« kennt. Wie der genauer beschaffen ist. Und auch von der »Schleife« vermissen wir eine genauere Beschreibung. Aber alles kann halt auch realistische Dichtung nicht leisten.

~

Insgesamt gilt: »Daher erwartete jeder im stillen einen Skandal. Wenn aber alle ihn schon erwarteten, wie hätte er da nicht eintreten sollen?«

Und wenn heutzutage aber manche das Verschwinden von Skandalen beklagen, erwarteten oder auch unerwarteten, wäre das nicht allein schon einer von vielen Gründen, zum Ersatz Dostojewski wieder vermehrt zu lesen? Für ein paar Prachtexemplare ist der immer gut.

~

Als dritter halbwegs vorgesehener »Redner« bei jener dämonischen »Dämonen«-Matinee tritt nach Semjon Jegorowitsch Karmasinoff (i.e. Turgenjew) und Stepan Trofimowitsch Werchowenskij noch ein kaum erwünschter und offenbar namenloser Schauspieler-Schreihals auf, der sich nicht als einziger »selbst über die Unordnung zu freuen schien« (wie auch Onkelchen in »Onkelchens Traum«); der »mit einem breiten, triumphierenden Lächeln voll maßlosen Selbstbewußtseins den aufgeregten Saal überschaut«; und der, zugegeben, auch uns sehr erfreut, wenn er über den »schmählichen Zustand« Rußlands auch noch nach »fünfzehn Jahren der Reformen« nachgerade »enthusiastisch« randaliert. Wir repetieren die schon vorne teilzitierte Szene, die dem Erzähler wie ein apokalyptisches »Komplott«, ja wie ein »Attentat« vorkommt: »Die letzten Worte waren wegen des Gebrülles der Menge nicht zu verstehen. Man sah nur, wie er wieder den Arm in die Höhe hob und ihn noch einmal siegreich niederfallen ließ. Die Begeisterung überschritt alle Grenzen: man heulte, schlug in die Hände, manche Damen riefen sogar: ›Genug! Etwas Besseres können Sie nicht mehr sagen!‹ Die Leute waren wie betrunken. Der Redner ließ seine Augen über alle dahinschweifen und zerschmolz gewissermaßen im Gefühl seines Triumphes.«

Da ist freilich auch die Assoziation mit einem ehemaligen deutschen Reichskanzler nicht mehr verkehrt. Ob dem Menschen, dem politischen Denker Dostojewski das hier im Roman mit aller Inbrunst entfachte fünffache, nein, allseitige Deppentum ebenso gefällt wie augen- und ohrenscheinlich dem Romancier und uns, das bleibe hier und wohl für alle Zeiten dahingestellt. So oder so, auch das wohl vom neuen Gouverneur Lembke kurzfristig veranlaßte Einschreiten gegen die losgelassenen »Teufel« und »bösen Geister« (so nennt sie eines der Romanmotti und ein ursprünglicher deutscher Titel des Buchs) sagt uns wiederum sehr zu.

»In diesem Augenblick kam ein ganzer Haufe, etwa sechs Menschen von mehr oder weniger amtlichem Charakter, aus den Kulissen auf die Estrade gestürzt, sie ergriffen den Redner und zogen ihn hinter die Kulissen.«

~

An den General Ardalion Alexandrowitsch Iwolgin und seine in jeder Hinsicht haltlose Geschichte mit dem aus dem Eisenbahncoupéfenster geschleuderten Bologneserhündchen erinnern Sie sich noch? Dann vielleicht sogar auch daran, daß Dostojewski eine Nebenpointe der schmählichen Lügensache unerwähnt, unerörtert läßt. Daß nämlich pensionierte Generäle im Zarenreich ganz offenbar in ihrer Freizeit, inmitten ihres erschlaffenden oder eben immer betrunkeneren Lebens nichts Besseres zu tun haben, als durchaus mediokre Human-Interest-Storys aus herumliegenden (oder werweiß gestohlenen) »Indépendance«-Journalen zu lesen. Statt als irgendwie übriggebliebener Miles gloriosus wenigstens wie Laurence Sternes Onkel Toby soldatisch-strategische Sandkastenspiele zu veranstalten. Um sich sodann wieder ganz geruhsam ins Bett zu legen.

~

Über das sehr bittere Ende des Bologneserhündchens müssen wir lachen, da führt keine aufgeklärte Tier- und namentlich Hündchenliebe Schopenhauerscher oder Richard Wagnerscher Mitleidstiefe vorbei. Es ist kein Lachen der Wehmut und unter Tränen. Sondern ein unwillkürliches, ein Sekundenlachen – ähnlich dem Sekundentod des Hündchens.

~

»Mendacem memorem esse oportet«, wie wir Lateiner sagen. Nämlich: Für einen Lügner ist es gut, ein gutes Gedächtnis zu haben. Gerade das gute Gedächtnis wird aber ja dem General Iwolgin zum Verhängnis, nämlich daß er sich beim Lügen so gut erinnert. Nämlich »auf's Haar«, wie Nastasia Filippowna richtig begeistert, ja entflammt aufjapst: So wie in der »Indépendance« war selbst das Kleid der um ihr Bologneserhündchen gebrachten Dame »hellblau«!

Die Adaption, aber auch Expansion und Inversion bewährter Komödienschemata ist bei Dostojewski nicht so selten. Iwolgin stellt hier also sozusagen den doppelt hereingelegten Lügner. Und nun aber endgültig ins Bettchen mit ihm, unserem General! Zumal es »in seiner Nähe etwas nach Schnaps riecht«. (I, 8) Na ja, suum cuique halt.

3. Teil

BILANZEN

In der Tat, ich muß mich selbst darüber wundern, was für eine Klatschbase ich doch geworden bin.«

Teilt der Ich-Erzähler im 3. Kapitel des kleinen Romans »Der Spieler« (1867) recht unvermittelt mit. Und fährt fort:

»Wie lächerlich! Und wie mich das doch alles anekelt!«

Es ist nicht ganz klar, auf was sich dieses Anekeln bezieht. Auf das erniedrigende Spielerleben in »Roulettenburg«. Oder auf seine von ihm selbst soeben erst entdeckte und ihn verwundernde Klatschbasenhaftigkeit. Die ihn aber vielleicht insgeheim doch mehr mit Wohlgefühl, ja mit »Wonnegefühl« (ebd.) erfüllt und mit Interesse belebt, mehr als das Glücksspiel und sogar mehr als die Leidenschaft für die schöne Polina alias Dostojewskis angeblich so maßlos geliebte, mit Heiratsanträgen umworbene Freundin Polina Suslowa, den romanlichen Star der aushäusig in »Roulettenburg« sich herumtreibenden »Unsrigen«.

Klatsch- und Tratschsucht gilt weder im bürgerlichen Leben als besonders hochstehende Leidenschaft – noch im Roman als hochwertiges Lese- bzw. Niederschreib-Motiv. Man muß ziemlich lange darüber nachdenken und in der soweit bekannten Literaturgeschichte spazierengehen, um ein brauchbares oder sogar höhersituiertes Exempel dafür zu finden, daß Klatschen/Klatschleidenschaft im thematischen Zentrum eines Romans stünde. Oder gar im Ernst als ethisch ausreichender Schreibantrieb irgendeines Chronisten ausgewiesen wäre:

Thomas Mann mit seiner »Zauberberg«-Engführung Mynheer Peeperkorn–Gerhart Hauptmann, mit seinen den Dichter-Goethenachfolger-Konkurrenten angeblich vorführenden Trinksitten? Aber hätte sich nicht Mann den Begriff des Klatsches strengst und mit Rechtsanwaltsandrohung verbeten? Der Sohn Klaus Mann also mit »Mephisto« und seinen umstrittenen Gustaf-Gründgens-Bezüglichkeiten? Nein, der Begriff Klatsch ist da, bei solchen Schlüsselromanen, kaum am Platz. Eher schon gehorchen F. J. Raddatzens Memoiren in voraussichtlich 17 Bänden dessen Gesetzen und Reizen – aber sind die wirklich vollwertige epische Dichtung?

Um die Modellähnlichkeitsrechte der Fiktivstadt »Roulettenburg« bewerben sich heute wie je Wiesbaden, Bad Homburg und Baden-Baden. (s. Hielscher, »Dostojewski in Deutschland«, S. 36) Auch dann noch, wenn man ihnen erzählt, daß Dostojewskis Roman nicht nur eine eingehende Spielerstudie (Brief an die Schwägerin Warwara D. Konstant vom 1. September 1873) vorstellt; sondern laut Dichter Dostojewski halt bloß Klatsch und schiere Klatschbasenhaftigkeit. Wie sollte man sich »da nicht mitreißen lassen« (Brief an den Bruder Michail vom 20. September) – vom Spiel wie von der vielleicht genuin zugehörigen Médisance vulgo Klatschsucht?

Ist Klatsch & Tratsch bis hin zur Sucht wirklich ein niederes literarisches Motiv und Movens? Vielleicht nicht. Klatschsucht zeigt sich zwar der Intrige und der schäbig üblen Nachrede verwandt, als praktisch beider Vorstufe – aber wer sagt eigentlich, daß Intrige eine niedere Sache, eine der Abschaffung würdige halbberufliche Tätigkeit resp. Eigenschaft sei? Der Name »Wurm« (bei Schiller) ist noch kein Beweis. Ob nicht alle Epik letztlich vom Klatsch herrührt? Ob nicht auch Ilias und Odyssee letztlich Dokumente der vorantikischen Klatschpassion, sogar der Götter, sind? Oder zumindest – sagen wir: Jane Austens sämtliche Romane?

Tratsch mit der Tendenz zur Kabale einerseits, zu nonsensigem Flachsinn andererseits: beides ist ein der Literatur gefälliger Gegenstand – und zumindest bis zu einem gewissen Scheitelpunkt der höheren Erzählpoesie durchaus kongruent, der höheren Dichtungsmetaphysik ebenbürtig. Auch wenn jenem Klatsch allzeit ein Moment Pathologisches innewohnen sollte, mehr als den beiden anderen poetologischen Grundformen, dem Lyrischen und Dramatischen. Aber konstituiert der Klatsch nicht eher selten unser herkömmlich kanonisches Bild von Roman und Epos?

Nein. Stimmt gar nicht. Bei Marcel Proust in seinem 5000-Seiten-Roman geht es praktisch ausschließlich und poesiekonstitutiv um Klatsch, immer und ewig hat der Erzähler irgendeine Neuigkeit, die er durch das Fenster, auf Zehenspitzen, gesehen und erlauscht hat; trägt er irgendsoein Billettchen mit einer möglichst verhatschten und minderwertigen Botschaft von einer Grande-Duchesse-Geneviève de Bombes-Radziwil zum nächstbesten Jockeyclub-Vizepräsidenten; springt ständig wie aufgezogen hin und her, nicht viel anders als Dostojewskis »Jüngling« im gleichnamigen Roman, immer im etwas obszönen Dienst von Kabale und Klatscherei und dabei von purem Agilitätsdrang förmlich durchdrungen, ja durchgeknetet.

Und worin sonst, forcierter noch als der Prousts, bestünde Dostojewskis Roman? Nicht nur »Der Spieler«, sondern ja auch »Die Dämonen«, in denen der Schreibantrieb des Chronisten Anton Lawrentjewitsch G***w reichlich unverhüllt in Klatscherei besteht, am Rande von übler und böswillentlicher Nachrede, unterm Vorwand der Ehrenrettung des wegen seiner Biographie recht mysteriös umdünsteten Stepan Trofimowitsch Werchowenskij; der seinerseits der minderen Klatscherei nolensvolens gleichfalls sehr ergeben ist, auch wenn er es vielleicht selber gar nicht genau weiß, sondern unterm Vorwand irgendwelcher höherer und zum Teil hochpolitischer Zusammenhänge und Korrespondenzen klatscht und tratscht und sodann im politischen Fortschritts-Club wieder »würdevoll mit Cœur trumpft«. (I, 1)

Angebracht, mit anderen Worten, ist hier, über die

Stepans hinaus, wohl eine Ehrenrettung des Tratsches. Seine Redignisierung, seine Neu- und Wiedereinsetzung in die Domänen der Hochpoesie und weit über die leider etwas faden Roulettenburger Kämpfe sowohl als das »Lakaientum der Feuilletonschreiber« (2. Kapitel) entschieden hinaus. Bis weit in die Bibel, Altes und Neues Testament, hinein. Die doch – auch nur von Klatsch und Wichtigtuerei und der von den ohnehin unklaren Verfassern schnöd ausgenutzten Neuigkeitsgier sich ernährt, jawohl!

Was? Sie glauben das nicht? Da schaun Sie mal an. Zur Strafe gehen Sie heute Abend mal ungetröstet ins Bett, nämlich ohne den sogar seitens Dostojewski vielfach als minderwertig geschmähten Klatschautor Paul de Kock und seinen nun wirklich niederen Blödsinn. Ja, und morgen dürfen Sie dann hier weiterlesen. Voll der Neugier auf noch erregendere Gegenstände, diese allerdings vorgetragen in deutlich veredelter, gewiegter, ja richtiggehend sublimierter Klatschtechnik, ha!

~

Klatsch äußert sich im »Spieler«-Roman formal als des Erzählers in diesem Werk besonders unstete, unbekümmert herumhüpfende, oft auch faselnde Narratorik. Und manchmal schwatzt und salbadert der junge Mann auch wirklich zu viel, zu querbeet, zu konfus und planlos. Wie um für seinen Autor das Unmögliche noch zu schaffen, nämlich den Ablieferungstermin 1. November 1866, um so einer abstrusen Knebelung des Dostojewski-Verlegers Stellowski schon verzweifelt zu entschlüpfen. Und knapp 200 Seiten in vier Wochen hinzukriegen. Hier rächt sich, und nicht nur hier, Dostojewskis vielleicht genuine Lebens- und Schreibchaotik, Klatsch bleibt bei ihm ungleichwertig. Im »Idioten« (I, 10) verwahrt sich der recht geschwätzige »Schuft« Ganja dagegen, eine »Plaudertasche« zu sein (und ist natürlich doch eine). Hingegen gibt gegen Romanende (IV, 8) ein gewisser schwindsüchtiger Jüngling Ippolit bedenkenlos zu, daß ihn Nastassja Filippowna zu Recht als »Klatschbase« durchschaut hat.

Vielleicht gehört das sogar zum russischen Point d'honneur. Jedenfalls sind geschätzte 83 Prozent des Dostojewski-Personals unter anderem Schwätzer, Plaudertaschen und Klatschbasen.

In Fjodor M. Dostojewskis Romanen geht es, wie bereits mehrfach unterstrichen, und das auch gegen die gut hundertfünfzigjährige Informationspolitik von Verlagsmanagern, Klappentextern, Nachwortschreibern und deutsch-russischen Professorenschnarchsäcken, selten tiefsinnig oder wenigstens tranig zu; recht selten geht es auch um Tragik und Gottsuche, und noch seltener um Selbstmord oder gar um Erlösung von wem oder was auch immer; sondern aller Augen- und Leseschein weist dahin, daß es derlei in des russischen Schnell- und Vielschreibers Romanen und Erzählungen kaum gibt; daß deren herzhafte

Oberflächlichkeit und wunderliche Quirligkeit und ruhelose Dynamik ihr durchaus besserer Teil ist.

Lautheit, Geschwätzigkeit, Disparatheit und Geistlosigkeit ad infinitum bzw. bis manchmal hin zum erklärten (und fürs 19. Jahrhundert seltenen) Nonsens prägen diese Bücher und ihre plane Lektüre.

Exemplarisch unter vielen hier denkbaren Beweisstücken folge ein winziger Ausschnitt aus einer schon traktierten, lang sich hinwälzenden Massenszene noch zu Beginn des »Idiot«-Romans, diesmal in der Eindeutschung durch E. K. Rahsin. Vorkenntnis des Personals rund um den verhauten General a. D. Iwolgin und der soweit (wenn überhaupt) schon geschürzten Handlungsknoten sind vergleichsweise gleichgültig – hier tobt mit Beginn dieser Szene viele Kapitel lang im Rahmen eines fortschreitend hanebüchenen Menschenauflaufs das wild geworden hirnrissige Chaos selber. Es beginnt noch relativ zivilisiert.

»Ferdyschtschenko sprang sofort herbei, um den General vorzustellen, doch dieser kam ihm zuvor.

›Ardalión Alexándrowitsch Iwólgin‹, sagte er pathetisch, sich verbeugend und lächelnd, ›ein alter, unglücklicher Soldat und Vater einer Familie, die glücklich ist in der Hoffnung, in ihrem Schoß eine so bezaubernde ...‹

Er sprach nicht zu Ende: Ferdyschtschenko schob ihm von hinten ganz unverhofft einen Stuhl unter, und zwar tat er das so schwungvoll, daß der General, der nach dem Essen gewöhnlich etwas schwach auf den Beinen war, bei diesem plötzlichen Stoß in die Kniekehlen wie ein Sack auf den Sitz plumpste, was ihn im übrigen durchaus nicht aus dem Konzept brachte. So saß er denn jetzt Nastassja Filippowna gegenüber, zog mit süßem Lächeln ihre Hand an die Lippen und küßte sie langsam und effektvoll. Überhaupt war es ziemlich schwer, den General aus der Fassung zu bringen. Sein Äußeres war, abgesehen von einer gewissen Nachlässigkeit in der Kleidung, immer noch ziemlich anständig, was er selbst recht wohl wußte. Er hatte früher nur in guter Gesellschaft verkehrt, von der er erst seit zwei oder drei Jahren endgültig ausgeschlossen war. Seit dieser Zeit hatte er sich auch erst angewöhnt, etwas gar zu zügellos gewissen Schwächen nachzugeben, nur die einmal erworbenen Manieren hatte er deshalb nicht eingebüßt. Nastassja Filippowna schien höchst erfreut über das Erscheinen Ardalion Alexandrowitschs zu sein, von dem sie natürlich schon viel gehört hatte.

›Ich habe gehört, daß mein Sohn ...‹, begann Ardalion Alexandrowitsch.

›Ja, Ihr Sohn! Aber auch Sie sind mir mal ein schöner Vater! Warum sieht man Sie denn nie bei mir? Sie sind doch sein Papa? Verstecken Sie sich selbst oder werden Sie von Ihrem Sohn versteckt? Sie könnten doch wirklich zu mir kommen, ohne daß sich deshalb jemand kompromittiert zu glauben brauchte.‹

›Die Kinder des neunzehnten Jahrhunderts und deren Eltern ...‹, wollte wieder der General beginnen.

›Nastassja Filippowna! Entschuldigen Sie, bitte,

Ardalion Alexandrowitsch auf einen Augenblick, es wird nach ihm verlangt‹, unterbrach ihn plötzlich Nina Alexandrowna laut.

›Verlangt? Aber ich bitte Sie, ich habe soviel von ihm gehört und ihn schon lange einmal sehen wollen! Und was hat er denn so Unaufschiebbares vor? Er ist doch verabschiedet? Nicht wahr, Sie werden mich nicht verlassen, Ardalion Alexandrowitsch, Sie werden doch nicht fortgehen?‹

›Ich verspreche Ihnen, daß er Sie selbst aufsuchen wird, doch jetzt bedarf er dringend der Ruhe.‹

›Ardalion Alexandrowitsch, Sie sollen der Ruhe bedürfen!‹ rief Nastassja Filippowna mit einer pikierten kleinen Grimasse aus, ganz wie ein leichtfertiges, dummes Gänschen, dem man ein Spielzeug wegnehmen will.

Der General aber war im besten Zuge, sich wieder lächerlich zu machen.

›Aber mein Schatz! Du siehst doch!‹ sagte er, sich feierlich an seine Gattin wendend, in vorwurfsvollem Ton und die Hand aufs Herz gepreßt.

›Werden Sie nicht von hier fortgehen, Mama?‹ fragte Warja laut.

›Nein, Warja, ich bleibe bis zum Schluß.‹

Nastassja Filippowna konnte unmöglich diese Frage und Antwort nicht gehört haben, doch ihre Fröhlichkeit schien nur noch zuzunehmen. Sie überschüttete den General mit Fragen, und binnen fünf Minuten war dieser in der siegesbewußtesten Stimmung und redete äußerst schwungvoll.

Kolja zupfte den Fürsten am Rockschoß.

›So bringen *Sie* ihn doch weg! Das geht doch nicht! Bitte.‹ Dem armen Jungen standen vor Unwillen Tränen in den Augen. ›Ach, dieser verwünschte Ganja!‹ fügte er bei sich noch hinzu.

›Mit Iwán Fjódorowitsch Jepántschin war ich einstmals allerdings eng befreundet‹, erzählte der General in bester Laune auf eine Frage Nastassja Filippownas. ›Ich, er und der verstorbene Fürst Lew Nikolájewitsch Mýschkin, dessen Sohn ich heute nach zwanzigjähriger Trennung in meine Arme geschlossen habe – wir drei waren eine sozusagen unzertrennliche Kavalkade: Athos, Portos und Aramis. Aber ach, der eine liegt im Grabe, gefällt von Kugeln und Verleumdungen, der andere sitzt vor Ihnen und kämpft noch mit Verleumdungen und Kugeln ...‹

›Kugeln?‹ fragte Nastassja Filippowna, scheinbar sehr erstaunt.

›Hier in meiner Brust, beim Sturm auf Kars erhalten, und wenn das Wetter umschlägt, fühle ich jede. In allen anderen Beziehungen lebe ich als Philosoph, gehe spazieren, mache in meinem Café ein Spielchen, wie ein vom Geschäft zurückgezogener Bourgeois, und lese die Indépendance. Doch mit unserem Portos Jepantschin habe ich nach jener vor drei Jahren im Eisenbahncoupé passierten Geschichte mit dem Bologneserhündchen ein für allemal die Freundschaft gebrochen.‹

›Einem Bologneserhündchen? Was war denn das für eine Geschichte?‹ fragte Nastassja Filippowna mit ganz besonderem Interesse. ›Mit einem Bologneserhündchen sagen Sie? Erlauben Sie, und im Eisenbahncoupé ...‹, sie schien in ihrem Gedächtnis irgend etwas zu suchen.«

Hier folgt nun das uns genugsam bekannte Capriccio der Lügengeschichte des Generals (»in bester Laune«), der sich zum Lügen sogar extra ein frisches Hemd und einen Frack (!) angezogen hat – die Geschichte mit dem ihn überraschend und unbarmherzig entlarvenden Bologneserhündchen; samt ihrem Iwolgins totale Niederlage besiegelnden Finale.

»›Aber erlauben Sie, wie ist denn das?‹ begann plötzlich Nastassja Filippowna, ›vor fünf oder sechs Tagen habe ich in der Indépendance genau dieselbe Geschichte gelesen! Es war auf ein Haar dieselbe! Sie hatte sich am Rhein in einem Eisenbahncoupé zwischen einem Franzosen und einer Engländerin zugetragen: genau so hatte sie ihm die Zigarre aus der Hand gerissen; genau so hatte er ihr Hündchen aus dem Fenster geworfen, und genau so hatte es auch zwischen ihnen geendet. Sogar das hellblaue Kleid stimmt mit dem Bericht der Zeitung überein!‹

Der General wurde über und über rot, und auch Kolja errötete und bedeckte vor Scham das Gesicht mit den Händen. Ptizyn wandte sich schnell ab. Nur Ferdyschtschenko lachte. Ganja aber stand da und ertrug stumm seine unerträgliche Qual.

›Ich … ich kann Sie versichern‹, stotterte der General, ›daß auch mir genau dasselbe passiert ist …‹

›Papa hatte wirklich einmal eine Unannehmlichkeit mit Mrs. Smith, der Gouvernante von Bjelokonskijs‹, rief Kolja dazwischen, ›ich entsinne mich dessen noch sehr gut! …‹

›Wie! Ein und dieselbe Geschichte sollte an zwei verschiedenen Punkten Europas sich mit einer solchen Übereinstimmung aller Einzelheiten zugetragen haben? Auch die Dame am Rhein hatte ein hellblaues Kleid!‹ fuhr Nastassja Filippowna erbarmungslos fort. ›Aber ich werde Ihnen die Indépendance Belge zusenden!‹

›Vergessen Sie nur nicht‹, bemerkte der General, ›daß die Geschichte mir zwei Jahre früher passiert ist!‹«

Und Nastassja Filippowna lacht hell und sogar »wie in einem hysterischen Anfall« auf – zu Recht und nicht zum ersten und zum letzten Mal in diesem Roman.

~

Die Unruhen reißen auch in den nächsten Kapiteln nicht ab. Sondern, inklusive allerlei hysterischer Anfälle, die ungestümen Unübersichtlichkeiten innerhalb der zunehmend Aufgewiegelten nehmen nochmals zu (jetzt in Rahsins Übersetzung):

»Im Vorzimmer wurde es sofort sehr geräuschvoll und lebendig; wie es den im Empfangszimmer Zurückgebliebenen schien, traten dort mehrere Leute ein, denen noch andere auf der Treppe folgten. Mehrere Stimmen sprachen durcheinander, Ausrufe und Stimmen wurden auch im Treppenhaus laut, zu dem die Tür offenbar noch nicht wieder geschlossen worden war. Der Besuch mußte allerdings kein gewöhnlicher sein. Alle blickten einander fragend an. Ganja besann sich als erster und eilte in den ›Salon‹, doch trat ihm dort schon eine ganze Schar Menschen entgegen.

›Ah, da ist ja der Judas!‹ rief eine dem Fürsten bekannte Stimme aus. ›Guten Tag, Gánjka, Lump!‹

›Da, da ist er ja!‹ ertönte noch eine andere Stimme.

Jetzt konnte der Fürst nicht mehr zweifeln: das waren Rogóshin und Lébedeff.

Ganja stand wie betäubt in der Tür zum Salon und sah stumm, ohne zu protestieren, zu, wie etwa zehn bis zwölf Menschen Parfjónn Rogóshin ins Zimmer folgten. Die ganze Rotte bestand aus recht verschiedenartigen Leuten, aber sie zeichneten sich nicht nur durch ihre Verschiedenartigkeit, sondern noch viel mehr durch ihre Unanständigkeit aus. Einige traten im Mantel oder im Pelz ins Zimmer. Wirklich Betrunkene freilich gab es unter ihnen nicht, doch waren sie alle zum mindesten in ›stark gehobener‹ Stimmung. Wie es schien, bedurfte ein jeder aller anderen, um einzutreten; denn als einzelner hätte niemand den Mut dazu gehabt, alle zusammen aber drängten und schoben sie sich gegenseitig vorwärts. Selbst Rogóshin, der an der Spitze der Schar stand, trat nicht ganz sicher vor, doch sah man ihm an, daß er eine bestimmte Absicht hatte. Sein Gesicht war finster, gereizt und unruhig. Die anderen bildeten gewissermaßen nur den Chor oder richtiger eine Reserve zu seiner Unterstützung. Außer Lebedeff befand sich unter ihnen noch der wie ein ›Friseurgehilfe‹ geschniegelte und gekräuselte Saljósheff, der seinen Pelz im Vorzimmer abgeworfen hatte und als Stutzer selbstbewußt und mit übertriebener Liebenswürdigkeit eintrat; ferner zwei, drei andere Herren von derselben Art, augenscheinlich junge Kaufleute, Kommis; irgendeiner steckte in einem Uniformmantel; ferner war ein kleiner und auffallend dikker Mann darunter, der beständig lachte; und dann ein Riese, der gleichfalls sehr dick war, dafür aber sehr finster und stumm zu sein schien und der sich offenbar mehr auf seine Fäuste verließ. Außer diesen erschienen noch ein Student der Medizin und ein windiger, scharwenzelnder Pole. Aus dem Treppenflur blickten noch zwei Damen ins Vorzimmer, wagten aber nicht einzutreten. Kolja besann sich plötzlich, schlug ihnen die Tür vor der Nase zu und schob den Riegel vor.

›Guten Tag, Gánjka, Lump! Was, hast wohl Parfjonn Rogóshin nicht erwartet?‹ fragte Rogóshin, der in der Tür des Empfangszimmers vor Ganja stehen geblieben war.

Da erblickte er plötzlich sich gegenüber auf dem Sofa in der anderen Zimmerecke – Nastassja Filippowna. Sicherlich hatte er alles andere eher erwartet, als *sie* hier anzutreffen; denn der Schreck lähmte ihn geradezu: er erbleichte dermaßen, daß selbst seine Lippen weiß wurden.

›Dann … dann ist es also wahr!‹ brachte er leise, halb wie zu sich selbst, hervor, und der Blick seiner Augen war wie verloren. ›Alles aus! … Nun … Wart, das sollst du mir jetzt büßen!‹ knirschte er in unbändiger Wut, zu Ganja gewandt. ›Nun …‹, stieß er wieder kurz und rauh hervor. ›Ach!‹ und seine Nägel preßten sich in die Handflächen.

Er schien nach Atem zu ringen, nur mit Mühe stieß er die Worte hervor. Mechanisch trat er näher, doch kaum hatte er einen Schritt getan, als er plötzlich Nina Alexandrowna und Warja erblickte, und verwirrt blieb er stehen, trotz seiner ganzen, ungeheuren Erregung. Nach ihm trat sofort Lebedeff ins Zimmer; er folgte ihm wie sein Schatten und war wohl der am stärksten Berauschte. Dann folgte der Student, der Riese mit den Fäusten, Saljósheff, der nach rechts und links seine Bücklinge machte, und schließlich preßte sich auch noch der kleine Dicke durch das Gedränge an der Tür und trat etwas vor. Die Anwesenheit von Damen hielt sie alle noch zurück, war ihnen sichtlich unangenehm, störte sie in ihrem Vorhaben. Doch selbstverständlich konnte das nur anfangs vorhalten, nur bis zur ersten Veranlassung, loszuschreien und – zu *beginnen* … Dann hätten wohl alle Damen der Welt sie nicht mehr aufzuhalten vermocht.

›Wie? Auch du bist hier, Fürst?‹ sagte Rogoshin zerstreut, wenn auch offenbar verwundert über dieses Wiedersehen. ›Und immer noch in diesen Gamaschen ... a-ach!‹ seufzte er gequält, indem er den Blick wieder Nastassja Filippowna zuwandte und sich immer näher zu ihr, die ihn wie ein Magnet anzog, vorwagte.

Nastassja Filippowna betrachtete die Eingetretenen gleichfalls mit unruhiger Neugier.

Endlich kam Ganja zur Besinnung.

›Aber erlauben Sie, was hat denn das zu bedeuten?‹ begann er laut, sich vornehmlich an Rogoshin wendend, während er mit strengem Blick die Eingetretenen maß. ›Ich dächte, Sie sind nicht in einen Stall eingetreten, hier sind meine Mutter und Schwester!‹

›Das sehen wir, daß hier Mutter und Schwester sind‹, preßte Rogohin durch die Zähne hervor.

›Das sehen wir doch, daß hier Mutter und Schwester sind!‹ wiederholte wie ein Echo Lebedeff, um den Worten Rogoshins mehr Nachdruck zu verleihen.

Der Mann mit den Fäusten glaubte wahrscheinlich, daß der Augenblick gekommen sei, und brummte irgend etwas.

›Aber, was soll denn das?‹ Ganz plötzlich erhob Ganja die Stimme, wie aus der Pistole geschossen, und diese Plötzlichkeit machte einen unangenehmen Eindruck, wie etwas, das nicht am Platz ist. ›Erstens bitte ich Sie, von hier fortzugehen und in den Salon einzutreten ... Und dann bitte ich Sie, mich wissen zu lassen, mit wem ...‹

›Seht doch, er erkennt uns nicht!‹ sagte Rogoshin mit boshaftem Spottlächeln, ohne sich von der Stelle zu rühren. ›Hast du denn Rogoshin nicht erkannt?‹

›Ich-ch, allerdings, ich glaube mit Ihnen irgendwo einmal zusammengekommen zu sein, aber …‹

›Seht doch, irgendwo zusammengekommen zu sein! Ich habe an dich ja doch noch vor drei Monaten zweihundert Rubel von meines Vaters Geld verspielt, der Alte ist darüber gestorben, ohne was davon zu erfahren. Du hast mich doch selbst hingeschleppt! Und Kniff zog mir dann das Fell über die Ohren mit seiner Falschspielerei! Erkennst mich nicht! Ptizyn war Zeuge! Ich brauch' dir ja nur drei Rubel zu zeigen, hier aus der Tasche zu nehmen und dir zu zeigen, und du wirst auf allen Vieren bis zur Wassíljeff-Insel ihnen nachkriechen – sieh, so einer bist du! Wer deine Seele nicht kennt! Ich bin jetzt auch gekommen, um dich für Geld zu kaufen, Leib und Seele kaufe ich dir ab! Du, sieh nicht darauf, daß ich mit solchen Stiefeln hereingekommen bin, ich hab' jetzt viel Geld, Bruder, kaufe dich mitsamt deinem ganzen Leben … wenn ich will, kauf' ich euch alle! Kaufe alles!‹ phantasierte Rogoshin, der plötzlich wie trunken erschien. ›A-ach!‹, stöhnte er dann laut, ›Nastassja Filippowna! Jagen Sie mich nicht fort, sagen Sie nur ein einziges Wort: lassen Sie sich mit ihm trauen oder nicht?‹

Rogoshin stellte seine Frage wie in Verzweiflung, wie an eine Gottheit, gleichzeitig jedoch mit der Kühnheit eines zum Tode Verurteilten, der nichts mehr zu verlieren hat. Und mit diesem Todesgefühl erwartete er die Antwort.

Nastassja Filippowna maß ihn mit einem spöttischen und hochmütigen Blick, doch dann blickte sie auf Warja und Nina Alexandrowna, blickte auf Ganja – und plötzlich änderte sie ihren Ton.

›Durchaus nicht, wie kommen Sie darauf? Und wie kommen Sie dazu, diese Frage an mich zu stellen?‹ fragte sie leise und ernst und scheinbar mit einer gewissen Verwunderung.

›Nein? Nein!!‹ schrie Rogoshin fast rasend vor Freude. ›Also doch nicht?! Und mir sagte man … Ach! Nun! … Nastassja Filippowna! Alle sagten, Sie hätten sich mit Ganjka verlobt! Mit dem da? Ist denn das überhaupt möglich? – Ich hab's denen doch gleich gesagt! – Ich kaufe ihn ja doch mit Leib und Seele, so wie er da ist, für hundert Rubel! Gebe ihm dreitausend, und er wird noch am Tage vor der Hochzeit fortlaufen und die Braut mir überlassen. Was, hab' ich nicht recht, Ganjka, Schuft? Würdest doch dreitausend mit Freuden nehmen! Hier sind sie, hier, sieh! Darum bin ich ja gekommen, um's von dir schriftlich zu haben! Hab' gesagt: Ich kauf' ihn! und ich kauf' ihn auch!‹

›Mach, daß du fortkommst, hinaus! Besoffen bist du!‹ schrie ihn Ganja an, der abwechselnd bleich und rot wurde. Doch kaum war seine Stimme verhallt, als plötzlich durch die ganze Rotte Rogoshins eine Bewegung ging und mehrere Stimmen laut worden. Lebedeff flüsterte Rogoshin hastig und furchtbar eifrig etwas ins Ohr.

›Du hast recht, Alter!‹, sagte Rogoshin auf sein Geflüster hin, ›hast recht, betrunkene Seele! Ach, wagen wir's! Nastassja Filippowna!‹ rief er, wie ein Halbwahnsinniger sie anstarrend, offenbar mit Furcht im Herzen, doch plötzlich sich bis zur Frechheit erkühnend, ›– hier sind Achtzehntausend!‹ Und er warf gleichzeitig ein in weißes Papier eingewickeltes und kreuzweise mit einer Schnur umbundenes Päckchen vor sie hin auf den Tisch. ›Da! Und ... und es wird noch mehr geben!‹

Doch wagte er nicht auszusprechen, was er von ihr wollte ...

›Nich-nich-nicht!‹ flüsterte ihm erschrocken Lebedeff zu, mit wahrhaft entsetztem Gesicht.

Es war leicht zu erraten, daß ihn die Höhe der gebotenen Summe erschreckte und er zureden wollte, zu Anfang viel weniger zu bieten.

›Nein, davon verstehst du nichts, Bruder, darin bist du dumm, weißt nicht, mit wem du's zu tun hast ... aber ... auch ich bin ebenso dumm wie du!‹ besann sich Rogoshin plötzlich, unter Nastassja Filippownas aufblitzendem Blick zusammenzuckend. ›Ach! Nein, ich hab' nur gefaselt! – daß ich auf dich auch hören mußte! ...‹ fügte er in heißer Scham hinzu.

Als Nastassja Filippowna Rogoshins bestürztes Gesicht sah, lachte sie plötzlich auf.

›Achtzehntausend – mir? Da zeigt sich doch gleich der Bauer!‹ sagte sie plötzlich mit frecher Familiarität und erhob sich vom Sofa, als wolle sie fortgehen.

Ganja verfolgte klopfenden Herzens die ganze Szene.

›Vierzigtausend, vierzig, vierzig, nicht achtzehn!‹ rief Rogoshin zitternd. ›Wanjka Ptizyn und Biskup haben mir versprochen, bis sieben Uhr abends vierzigtausend zur Stelle zu schaffen. Vierzigtausend Rubel! Alle blank und bar auf den Tisch!‹

Die Szene wurde immer gemeiner. Doch Nastassja Filippowna fuhr fort zu lachen und ging auch nicht weg, als wolle sie sie mit Absicht in die Länge ziehen. Nina Alexandrowna und Warja erhoben sich gleichfalls und warteten erschrocken und stillschweigend in qualvoller Spannung, womit das schließlich enden werde. Warjas Augen glühten, Nina Alexandrowna aber zitterte und sah aus, als werde sie im nächsten Augenblick in Ohnmacht fallen.

›Ah … wenn's so ist, dann – Hundert! Heute noch bringe ich hunderttausend Rubel! Ptizyn, hilf, kannst dir die Hände dabei wärmen!‹

›Du bist wohl wahnsinnig!‹ raunte ihm Ptizyn, der plötzlich neben ihm stand und ihn am Arm packte, ungehalten zu. ›Du bist betrunken, man wird nach der Polizei schicken! Besinn dich, weißt du auch, wo du bist!‹

›Er phantasiert ja nur so in der Trunkenheit‹, sagte Nastassja Filippowna verächtlich. Wie es schien, wollte sie ihn damit nur aufstacheln.

›Aber nein doch, ich lüge nicht! Ich bringe sie, bringe sie noch vor dem Abend! … Ptizyn, hilf, Prozentmensch, nimm, was du willst, mach Hunderttausend flüssig bis zum Abend! – Ich werde beweisen, daß ich Wort halte!‹ rief bis zur Begeisterung hingerissen Rogoshin aus.

›Aber! Einstweilen! Was geht denn hier vor?‹

mischte sich da ganz unerwartet Ardalion Alexandrowitsch in drohendem Ton ein und näherte sich Rogoshin.

Die Plötzlichkeit, mit der sich der bis dahin vollkommen vergessene, zurückgedrängte Alte einmischte, hatte etwas überaus Komisches. Aus der Rotte ertönte Gelächter.

›Was ist denn das noch für einer?‹ fragte Rogoshin lachend.

›Komm mit, Alter, wirst betrunken sein!‹

›Das ist aber doch eine Gemeinheit!‹ rief Kolja empört aus, fast weinend vor Ärger und Schande.

›Findet sich denn wirklich kein einziger unter euch, der diese Unverschämte hinausweist?‹ rief plötzlich, zitternd vor Zorn, Warwara Ardalionowna.

›Wie, ich werde hier eine Unverschämte genannt!‹ wehrte sich Nastassja Filippowna mit nachlässiger Heiterkeit gegen die Beleidigung. ›Und ich bin wie ein Gänschen hergekommen, um sie heute abend zu mir einzuladen! Sehen Sie doch, wie Ihre liebe Schwester mich behandelt, Gawrila Ardalionytsch!‹

Ganja stand ein paar Sekunden nach dem Ausfall der Schwester wie vom Blitz getroffen. Als er aber dann plötzlich sah, daß Nastassja Filippowna tatsächlich fortgehen wollte, stürzte er wie ein Irrsinniger auf Warja, deren Handgelenk er in der Wut wie mit Klammern erfaßte.

›Was hast du getan?‹ schrie er mit einem Blick, der sie auf der Stelle vernichten zu wollen schien.

Er hatte entschieden die Besinnung verloren.

›Was ich getan habe? Wohin zerrst du mich? Doch nicht zu jener, damit ich sie um Verzeihung bitte, weil sie deine Mutter beleidigt, und weil sie hergekommen ist, um dein Haus zu beschimpfen, du gemeiner Mensch!‹ schrie Warja, die den Bruder empört und herausfordernd ansah.

Eine Weile standen sie sich gegenüber. Ganja hielt noch immer ihr Handgelenk umklammert. Warja wollte sich losreißen, einmal, noch einmal aus aller Kraft, doch es gelang ihr nicht, und plötzlich, außer sich, spie sie den Bruder an.

›Das ist mir mal ein Mädchen!‹ rief Nastassja Filippowna aus. ›Bravo, Ptizyn, ich gratuliere!‹

Ganja wurde es schwarz vor den Augen, und er holte besinnungslos zu einem Schlage aus, der die Schwester mitten ins Gesicht getroffen hätte. Aber seine Hand wurde von einer anderen Hand aufgehalten: zwischen ihm und der Schwester stand der Fürst.

›Lassen Sie, lassen Sie es gut sein!‹ stieß er mit fester Stimme hervor, doch zitterte er am ganzen Körper.

›Wirst du mir denn ewig in den Weg treten?‹ brüllte ihn Ganja an, und Warjas Hand fahren lassend, holte er in rasender Wut aus und schlug den Fürsten ins Gesicht.

›Ach!‹ schrie Kolja entsetzt auf. ›Ach Gott!‹

Von allen Seiten wurden Ausrufe laut.

Der Fürst erbleichte. Mit seltsamem, vorwurfsvollem Blick sah er Ganja unverwandt in die Augen:

seine Lippen zitterten und schienen sich vergeblich zu bemühen, etwas hervorzubringen – ein seltsames Lächeln, das gar nicht zur Situation paßte, zitterte auf ihnen.

›Nun, mag das … mir zufallen … aber sie … das lasse ich nicht zu! …‹, sagte er endlich leise.

Doch plötzlich hielt er es doch nicht aus, wandte sich von ihm ab, bedeckte die Augen mit der Hand, ging in die nächste Ecke, stützte die Stirn an die Wand und brachte mit stockender Stimme hervor:

›Oh, wie werden Sie das bereuen!‹

Ganja stand allerdings wie vernichtet da. Kolja stürzte zum Fürsten, den er heiß umarmte und küßte; nach ihm drängten sich Rogoshin, Warja, Ptizyn, Nina Alexandrowna, kurz – alle, sogar der alte Ardalion Alexandrowitsch, zum Fürsten, der sich ihnen nun wieder zuwandte, und sie mit demselben rätselhaften Lächeln beruhigte: ›Nichts, nichts, es ist wirklich nichts!‹

›Und, er wird's auch bereuen!‹ rief Rogoshin ärgerlich. ›Wirst dich schämen, Ganjka, daß du ein solches … Lamm‹ (er konnte kein anderes Wort finden) ›beleidigt hast! Fürst, du meine Seele, laß sie laufen! Speie sie an – und gehen wir! Komm, sollst erfahren, wie Rogoshin liebt!‹

Nastassja Filippowna war gleichfalls durch Ganjas Tat und die Antwort des Fürsten erschüttert. Ihr stets blasses Gesicht, das so wenig mit ihrem gezwungen heiteren Lachen übereinstimmte, war jetzt augenscheinlich durch ein neues Gefühl erregt; dennoch schien sie es nicht zeigen und sich zwingen zu wollen, das spöttische Lächeln beizubehalten.

›Nein, wirklich, irgendwo habe ich dieses Gesicht doch schon gesehen?‹ wiederholte sie mit einemmal ganz ernst, sich wieder ihrer Frage entsinnend.

›Und Sie schämen sich nicht! Sind Sie denn so, wie Sie sich hier gezeigt haben? Ist denn das möglich?‹ rief ihr plötzlich der Fürst mit erschütterndem Vorwurf zu.

Nastassja Filippowna stutzte, lächelte spöttisch – doch schien sie hinter diesem Lächeln etwas verbergen zu wollen, wenigstens sah man ihm ihre Verwirrung an – blickte sich dann nach Ganja um und verließ das Zimmer. Doch noch war sie nicht bis ins Vorzimmer gekommen, als sie plötzlich zurückkehrte, eilig auf Nina Alexandrowna zutrat, ihre Hand ergriff und an die Lippen führte.

›Ich bin ja wirklich nicht so, er hat es erraten‹, flüsterte sie schnell und erregt, während ihr das Blut heiß ins Gesicht stieg, doch schon hatte sie sich abgewandt und verließ diesmal so schnell das Zimmer, daß niemand begriff, weshalb sie zurückgekommen war. Man hatte nur gesehen, daß sie Nina Alexandrowna etwas zugeflüstert und ihr die Hand geküßt hatte. Nur Warja hatte alles gehört, und ihr Blick folgte erstaunt Nastassja Filippowna … Ganja besann sich und eilte ihr nach, aber sie war bereits auf der Treppe.

›Begleiten Sie mich nicht!‹ rief sie ihm zu. ›Auf Wiedersehen am Abend! Kommen Sie unbedingt, hören Sie!‹

Er kehrte verwirrt und nachdenklich zurück; ein schweres Rätsel lag ihm auf der Seele, ein noch schwereres als das frühere. Auch an den Fürsten dachte er flüchtig ... Über seinen Gedanken vergaß er alles andere, so daß er es kaum bemerkte, wie die ganze Rogoshinsche Rotte sich an ihm vorbeiwälzte und ihn in der Tür beiseite schob, um nur schneller die Wohnung zu verlassen. Alle sprachen laut und schienen über etwas zu streiten. Rogoshin selbst ging mit Ptizyn hinaus, auf den er in sehr bestimmtem Tone einredete. Offenbar handelte es sich für ihn um etwas äußerst Wichtiges und Unaufschiebbares.

›Hast verspielt, Ganjka!‹ rief er diesem im Vorübergehen zu.

Erregt blickte Ganja ihm nach.« (I, 9)

~

»Der Idiot« – zu ihm noch ein paar kritisch, ja richtig kritisierend vermerkte Einzelheiten: Fjodor Michailowitsch Dostojewski weiß, das sei insgesamt eingeräumt, als Romanautor in der Regel sehr gut, wie man Spannung fabriziert und ansteigen läßt, vor allem am Ende eines Kapitels. So z.B. endet »Der Idiot«, Kap. I, 8, mit der Ankündigung »Nastassja Filippowna!« – die bis dahin schon viel Besprochene erscheint also endlich im nächsten Kapitel. Oder im folgenden Kapitel (I, 9), in dem zum Schluß die Glocke im Vorzimmer »einen besonderen Besuch« avisiert: Rogoshin und Lebedeff, die den Öffnenden auch gleich, wie vorhin zitiert, sehr eindrucksvoll begrüßen: »Ah, da ist ja der Judas! Guten Tag, Gánjka, Lump!« Oder im zweiten Romanteil (II, 6), wenn der General Jepantschin und ein junger unbekannter Mann sich nähern: »Ihr Erscheinen rief eine kleine Aufregung hervor.«

Oftmals findet dieser erzählerische Dreh zwischen zwei Kapiteln statt. Dostojewski macht aus der Not der Fortsetzungserscheinungsweise gleichsam eine Tugend: Spannungssteigerung. Manchmal wirken diese Zäsuren allerdings aufgesetzt und unfreiwillig komisch, lachhaft.

Meist weiß Dostojewski auch sehr wohl, wie man innerhalb der Kapitel den Leser mehr und mehr fesselt; bis es zartere Gemüter angeblich nicht mehr aushalten und (z.B. in I, 16) erst wieder ruhiger werden, wenn Ganja, der seine ganze Kraft aufbietet, um das ihm aus unterschiedlich unguten Gründen von jener Nastassja zugedachte Bündel Geldscheine (100 000 Rubel) eben nicht aus dem (Kamin-)Feuer zu holen, schließlich ohne das Geld »krachend zu Boden« (sic!) schlägt.

Dostojewski kann es, das Aufbauen von Dramatik, von manchmal auch bombastisch gespreizten, hintertreppenliteratischen Effekten. Nur will er es – nicht oft genug.

Und auch ein Leser, der sich bei 961 Seiten (in der Übersetzung von E.K. Rahsin) einerseits auf einiges gefaßt macht, wird andererseits bei ruhig dahinfließenden Passagen, bei einer nur mählich sich entwikkelnden Handlung, bei der ausführlichen Beschreibung von Gesichtern, Wohnungen, Kleidern, bei aller Vorfreude auf einen dicken, ja strotzenden Roman, mitunter übermäßig hart geprüft. Warum?

Beispiel hierfür seien die Kapitel über des Fürsten Myschkin (i.e. der Idiot) ersten Besuch bei den Jepantschins, die in die »Marie-Erzählung« (I, 6) münden. Die vier Damen Jepantschin empfangen den Fürsten zum erstenmal. Sie sind neugierig, besonders weil sie im Augenblick und wohl auch sonst nichts zu tun haben; bis auf Adelaida, die an einem Bild malt. Die Generalin: »Essen Sie, und erzählen Sie, wo Sie geboren, wo Sie erzogen sind. Ich will alles wissen; Sie interessieren mich sehr.« Das hätte sie vielleicht besser nicht sagen sollen – aber auch die zwei anderen Töchter wollen, Hände im Schoß, ja partout »nichts als zuhören«. Man mag sich fragen, ob der Autor sich vielleicht hier schon einmal für alle Fälle die Lizenz erteilt hat, alles nur irgend mögliche zu erzählen und unterzubringen, vielleicht ja nur, um die Seiten eindrucks- und allzu bedeutungsvoll, ja lästig bedeutungshuberisch zu füllen. Zunächst geht es gut los:

Der Fürst-Idiot berichtet von seiner Erkrankung in Rußland, seiner Ausreise zur ärztlichen Behandlung in die Schweiz, und wie ihm dort aber alles fremd war, bis ihn – der Schrei eines Esels in Basel weckte. »Dieser Esel frappierte mich ungeheuer: er gefiel mir aus irgendeinem Grunde über alle Maßen ... Durch diesen Esel aber begann mir von Stund an die ganze

Schweiz zu gefallen, und so verging meine frühere Traurigkeit.« (I, 5)

Die armen Frauen, die sich das anhören müssen. »Das alles ist sehr eigentümlich«, sagt indessen die Generalin ebenso entgegenkommend wie andererseits zu Recht abwiegelnd, »aber ich denke, vom Esel brauchen Sie uns jetzt nichts mehr zu erzählen.« Die Mädchen kichern und scherzen; die Generalin erklärt naiv ihren eigenen gutartigen Charakter und weiß auch schon, daß der Fürst »mindestens zehnmal klüger« ist als Adelaida, »vielleicht sogar zwölfmal«. Insgesamt eine albrig-muntere Szene, bei der auch der Fürst lachen muß.

Doch dann gesteht dieser in einer plötzlichen Wendung der Unterhaltung, nachdem er noch eine Druckseite vorher gesagt hatte »Ich kann nichts lehren«, daß er »vielleicht tatsächlich ein Philosoph« sei »und vielleicht auch wirklich die Absicht zu lehren« habe. In der Folge werden die Frauen samt dem Leser aber erst einmal eindringlich über eine Hinrichtung belehrt. Was das Erzählen, den Erzählimpetus des Fürst-Idioten anbelangt, war der Leser schon im 1. Kapitel vorgewarnt worden, als er lesen mußte, wie der frisch aus vier Jahren Schweizer Exil Heimgekehrte von sich sagt: »Aber ich spreche ja wirklich gutes Russisch. Vielleicht ist das auch der Grund, weshalb ich so viel rede. Tatsächlich würde ich am liebsten nur reden und reden.«

Die Details, die er von einem kurz vor der Hinrichtung Begnadigten erfahren hatte, werden nun in aller

Schrecklichkeit minutiös ausgebreitet. Dostojewski redet hier, wie der Leser weiß, aus eigener Erfahrung; wie ganz ähnlich in seinem Brief an den Bruder Michail vom 22. Dezember 1849. Als Aglaja den Fürsten fragt, warum er ausgerechnet das erzählt habe, erwidert der: »So … es fiel mir gerade ein … weil wir darauf zu sprechen kamen« – eins der vielen Beispiele für die »Zerstreutheit« des Fürsten, die im Roman sozusagen als zeitsignifikante, epochenpathologische thematisiert ist. Oder doch Beleg eben auch für die mangelnde Konzentration des Autors Dostojewski, seine möglicherweise sogar gar nicht angezielte Kontrolle und Stringenz des Materials, das dem Autor nicht anders als dem Fürsten aus den Händen gleitet? Oder doch so etwas wie drittens Taktik – von Selbstexkulpation?

Die Reaktionen der Damen sind jedoch wieder lebhaft, es geht hin und her, man lacht und ist gleich darauf wieder ernst. Bis der Fürst, da er gesteht, schon auch selbst eine Hinrichtung gesehen zu haben, und Aglaja ihn nun spöttisch fragt, ob es ihm gefallen, er dabei Erbauliches, Nützliches gesehen habe, sich gleich noch einmal aufwirft.

Romanökonomie? Der Leser hat nun schon (in I, 2) zwei Seiten lang aus des Fürsten Mund von einer Enthauptung gehört, dort einem Diener bei Jepantschins im Vorzimmer erzählt – allein die Damen bitten jetzt sehr, und weil es auch ein gutes Sujet für ein von Adelaida zu malendes Bild sein könnte (!), »das Gesicht eines zum Tode Verurteilten (…) etwa eine

Minute vor dem Niederfallen des Beiles« geschildert zu kriegen – deshalb lesen wir zu diesem reichlich melodramatischen Thema noch einmal drei Seiten lang. Nein, dergleichen können wir aber auch einem Dostojewski nicht durchgehen lassen, als Sonderlichkeit und Schrulle oder halt vorübergehende Schläfrigkeit. Nein, hier liegt vor wahlweise Planlosigkeit, Schlamperei oder auch ein verheerend falsches Romankonzept.

Die Damen jedoch möchten auch anschließend weiter unterhalten werden (das entschuldigt manches, aber nicht alles) und wollen nunmehr wissen, wie der Fürst »verliebt« war. Das hätten sie besser nicht wissen wollen sollen:

»Ich bin nie verliebt gewesen«, antwortete der Fürst ebenso leise, wie er vorher gesprochen hatte, »ich bin anders glücklich gewesen.« (I, 5)

Alles, inklusive Leser, ist voller Erwartung. Nur allzu willig ergießt sich der Fürst sogleich, auf 15 quälend langen, zudem mißliebig absatzlosen Seiten, über dieses vielversprechende Andersglücklichsein. Indem er die Geschichte der armen, vom ganzen Dorf verstoßenen Marie ausbreitet, von den zuerst bösen, dann unter des Fürsten Einfluß mitfühlend gewordenen Kindern – immer wieder diese »Kinder« ohne eine einzige Individuation! Zumindest der Fürst, wohl auch Dostojewski, ist zumindest manchmal, zumindest in diesem Roman, ein miserabler Erzähler. Beide, Fürst und Autor, präsentieren uns eine allerdings abstoßend sentimentale, kitschgeschwängerte

Geschichte, die nichts anderes ist als ein Produkt der ärgerlichsten lesereinfangenden Spekulation – weit über die Jepantschin-Damen hinaus. Und obendrein in ihrer Romanfunktion gänzlich unerklärlich.

Das aber ist Dostojewski hier offensichtlich völlig gleichgültig. Sein Kopf (wie der des Fürsten), sein Gemüt ist übervoll, alles quillt, alles muß heraus. Der vom Autor kreierte Fürst ist, jedenfalls hier, so windig und insofern ungreifbar, auch unangreifbar, daß er deshalb mit allem verbunden, befrachtet werden darf, was seinen Autor an Schimären und Schnapsideen gerade so bewegt, was momentan in der russischen Romanluft schwebt. Jener Fürst – der »Eine« –, gegen den alle Dinge und Menschen im Roman »gravitieren« (Walter Benjamin) – ist er überhaupt etwas? Ist er überhaupt auch nur irgend etwas?

Durch die Marie-Erzählung erscheint er immerhin noch »idiotischer«, noch unzurechnungsfähiger, als er sich bis dahin selbst schon geschildert hat. Nach der Marie-Erzählung sieht sich der Leser jedoch jeglicher Möglichkeit beraubt, den Fürsten als Gestalt ernst zu nehmen, ihn ins Romanzentrum empathisch zu begleiten: Die Überfülle, der Wust des Geschehens verunmöglichen es.

Waren die Berichte, die Gedanken über Hinrichtungskandidaten in ihrer Einfühlsamkeit möglicherweise noch ungewöhnlich und mochten unterm drakonischen Regime der Zaren aufklären und provozieren: so bleibt doch mit Aglaja zu fragen, wieso der Fürst den Damen als erstes gerade dieses Thema darbieten darf – und wieso sie sich davon aber auch nicht im mindesten erschüttert zeigen, ja eigentlich gar nicht auf die vorgetragenen Schrecknisse reagieren. Sondern ganz gelassen bleiben. Ist es das, was der Fürst »tapfer« nennt?

Dem heutigen Leser fehlt hier zudem wohl einiges an Vorverständnis. Waren die Damen der Jepantschinschen Gesellschaftsschicht mit Grausamkeiten so vertraut, daß keine Hinrichtung sie schreckte, auch keine akkurat beschriebene? Oder ist es doch vielmehr so, daß dieser Dichter sich um die psychologische Verankerung nicht im geringsten schert?

Das vornehmlich auf einen lesefaulen und darum ahnungsarmen, aber wie so oft pro domo tolldreist großsprecherischen Nietzsche zurückdeutende Gerücht vom großen Psychologen Dostojewski: es dürfte eine der massiven und dauerhaftesten und ewig weiterwuchernden Verblendungen, Selbstverblendungen der gesamtheitlichen Geistesgeschichte sein, des geistesgeschichtlichen Geschwätzes. Laut Michail Bachtin (»Probleme der Poetik Dostoevskijs«, 1971, S. 69) bestreitet der russische Dichter selber kategorisch, »Psychologe zu sein«. Das ist insofern kein Wunder, liest man bei Bachtin, was Dostojewski unter Psychologie versteht: nämlich, in Bachtinscher Terminologie, »mechanistische« Psychologie, »und zwar ihre pragmatische Richtung (...) als auch insbesondere ihre physiologische Richtung«, d. h. eine »Psychologie der Gerichte« (sic), der eine »Verdinglichung des Menschen« zugrunde liegt, die eine »fertige Bestimmtheit« und nicht den »lebendigen und immer wieder in neuem Leben aufkeimenden Kern« (S. 70) des Menschen annimmt.

Verstehe es, wer es wolle. Ganz offensichtlich versucht aber Dostojewski etwa im Fall der durch heftige, leidenschaftliche, verzweifelt herausgeschleuderte Ausbrüche und bald darauf durch ruhiges und freundliches Verhalten gleichermaßen charakterisierten Nastassja Filippowna das Wesen dieser in der Vergangenheit schwer Geprüften zu erklären und ihr Verhalten »psychologisch«, krankengeschichtlich, anamnesediagnostisch zu begründen. Er schildert alles ausführlich (in I, 4): Der Roué Tozkij hatte sich der verwaisten siebenjährigen Nastassja angenommen, sie sorgfältig durch eine »ehrwürdige, ältere, sehr gebildete Gouvernante« erziehen lassen und sie dann in seinem Gütchen Otradnoje (etwa: »Monplaisir«) untergebracht; wo er sie über Jahre hinweg, zwei Monate im Jahr, als seine Mätresse hielt. Ist das – schon »Psychologie«? Oder nur unerwartete Detailgenauigkeit?

Nastassja selbst bilanziert dieses frühe Leben, das sie in ihrer »Einsamkeit« im Lusthaus verbrachte, »seelenallein« und träumend von einem »ehrlichen und guten und mutigen Menschen, der auch ebenso dumm ist wie du« (der Fürst) – träumend von einem, der ihr sagt, sie trage keine Schuld, er »vergöttere sie«. Gleich drauf sagt sie das Entscheidende: »Und dann kommt wieder jener (Tozkij) da angefahren, bleibt zwei Monate im Jahr, entehrt, beschmutzt, entfacht und verdirbt und fährt fort – oh, tausendmal schon wollte ich mich im Teich ertränken, war aber zu feig dazu!«

Das könnte »psychologisch« überzeugen. Daß Nastassja nie wieder ihr Gleichgewicht findet und im Roman eine etwas unklare Art Lebefrau wird, zeitweise von vier Männern gleichzeitig begehrt – das vermag ein wohlwollender Leser nachzuvollziehen, ohne daß es je ganz beweiskräftig würde.

Ist Dostojewski also doch auch »Psychologe«, wenn – er will? Wenn er kann? Wenn er beim Schreiben gerade mal dafür Zeit hat? Und es gelang ihm aber nicht, dem Titelfürsten Stützen einzuarbeiten, die ihn als Figur aufrechterhalten? Ob etwas akkurat oder schlampig gearbeitet ist, ob mit oder ohne Psychologie im engeren, moderneren Sinne: bei Dostojewski schwankt es scheint's ewig hin und her. War wohl von seinem schwankenden Interesse, von der Tagesform, vom meist allzu rapiden Schreibtempo abhängig.

Im Salon der Damen Jepantschin wendet sich übrigens die Unterhaltung auch dem Thema Nastassja Filippowna zu, nachdem der Fürst seine Marie-Erzählung gnädig beendet hat und er nun auch noch gebeten wird, die Gesichter der Damen zu deuten. Was er auch tut. Hierzu schreibt eine bekannte Expertin in ihrem Romannachwort:

»›Ein Philosoph‹, spotten die Mädchen, ›ein Quietist‹. Als der Fürst aber, nach ihrem Charakter befragt, über eine jede von ihnen offenherzig Auskunft gibt, als läse er in ihrem Inneren, erschrecken sie über den Seher.«

An dieser letzten Behauptung ist nun wieder alles falsch. Die Damen sind vielmehr amüsiert, geschmeichelt, verblüfft. Nach der Ausdeutung von Adelaidas, Alexandras und der Generalin Gesicht und Wesen heißt es: »Als der Fürst geendet hatte, blickten ihn alle mit heiteren Gesichtern an.« (I, 7)

Also auch eine Expertin kann schon mal rasch die Übersicht verlieren. Und nicht zufällig bei diesem »Heiligenroman« (Heinr. Böll, oje) ins Erwartungsklischee hineininterpretieren oder vielmehr -phantasieren.

Wie Dostojewski mehr als häufig genug ganz offensichtlich auch selber. Er konnte wohl öfter als manchmal seine Gedanken, seine erst überm Schreiben vorstellig gewordenen Einfälle und Ideen nicht so recht ordnen:

Im Lauf des »Idiot«-Romans geht es, seitwärts der Hauptprotagonisten, um vier jugendliche Erpresser bzw. Terroristen und einen sterbenskranken Ippolit, um einen ehemaligen dreißig Menschen und sechs Kinder bewältigenden Menschenfresser und einen gleichfalls bös zubeißenden Hund – und in summa ja schon allzu buntscheckig hin und her; bis hin zu einem ominös vieldeutigen Igel (IV, 5); der aber auch nur irrealer Quark ist und laut Iwan Feodorowitsch gar »nichts bedeutet«. Und diese selten schöne und durchtriebene Nonsens-Einlage würde man sogar gern noch ein paar Seiten länger und ausführlicher lesen. Das weitere Schicksal des durchaus reellen Igels wird uns aber leider verschwiegen.

Unter seinen fünf großen stellt »Der Idiot« mit Bestimmtheit Dostojewskis mißlungensten, unerquicklichsten, schlechtesten Roman dar. Es ist, als wäre sein Verfasser hier dem falschen epischen Programm gefolgt, dem von thematischer und struktureller Wahllosigkeit – als Erfolgsrezept. Von dieser Falschprämisse betroffen ist, vor allem in diesem und aber nicht nur in diesem Roman, leider auch Dostojewskis Komisches, sein in diesem unseren Buch fokussierter und spezieller epischer Humor.

Oft genug ist partout nicht zu sagen, ob dieser kalkuliert und präzise gefertigt ist – oder sich mehr dem Zufall, eventuell sogar der lästerlichsten Erzählschlamperei verdankt. Nicht einmal die großen komischen, burlesken, humoristischen Szenen im 9. Kapitel des 1. Romanteils des »Idioten« oder in den »Dämonen« das »Fest« sowie Stepans kurios bedeutungsschwallvolles Vorleben sind ganz ordentlich und luzid elaboriert.

Eine gewisse Schlamperei gehört allerdings manchmal zum Komischen, zumal zum romanlich Komischen; eine gewisse Unkalkuliertheit, Zufälligkeit, Wurstigkeit auch. Das macht es freilich wiederum doppelt schwer, den Humoristen Dostojewski zu erspüren, zu erkennen, ihm auf seine Macharten und Schliche zu kommen.

Vielleicht war es auch etwas wie fehlgeleiteter und dünkelhafter Ehrgeiz, der Dostojewski am 25. Mai

1867 an Anna schreiben läßt, er setze jetzt seine Hoffnungen in einen Roman, eine »Arbeit, sie muß hervorragend sein, sie muß besser sein als ›Verbrechen und Strafe‹« – und der nun gerade den »Idioten« zum Problemfall geraten ließ. Im Fall dieses Romans noch bedrückender als sonst: Durch viel Spreu zum Weizen hindurch sich strampeln muß man bei Dostojewski mehr als tunlich oft.

~

»Die gesamte Bewegung des Buchs gleicht einem ungeheuren Kratereinsturz«, schreibt einst in einer verspäteten Buchkritik von 1920 Walter Benjamin; und behauptet »das Gravitieren aller Dinge und Menschen gegen den Einen«, den Titelidioten.

Leider, ausnahmsweise und wohl als Folge seines deuterischen Überehrgeizes, liegt hier auch Benjamin daneben. Und verliert sich in merkwürdige Verblasenheiten: »Myschkins Leben wie das Leben aller in seiner Gravitation auf ihn zu« sei das Thema, und: »Vom Fürsten Myschkin darf man sagen, daß seine Person hinter seinem Leben zurücktritt wie die Blume hinter ihrem Duft und der Stern hinter seinem Flimmern ...«

Die Wahrheit ist wohl simpler. In Wahrheit ist Myschkin, der Idiot, einfach eine ziemlich unlogisch-inkonsistente, ja schwer konstruierte Gestalt – mehr als sonst bei diesem Autor auf schieren Effekt hin kalkuliert und via die Thematik der vorgeblichen Christus-Nachfolge eher so etwas wie Spekulation aufs oder Konzession ans Publikum. Das ja dergleichen immer gern liest. Oder zumindest seinerzeit wohl gerne las.

Soweit sich das heute noch halbwegs zuverlässig erahnen läßt.

»Das reine Wort für das Leben in seiner Unsterblichkeit ist aber: Jugend. Das ist die große Klage Dostojewskijs in diesem Buche; das Scheitern der Bewegung der Jugend. Ihr Leben bleibt unsterblich, aber es verliert sich im eigenen Licht …«.

Nein, ein besonders wohlgewählter Zeuge für sinnig revidiertes Dostojewski-Lesen ist Walter Benjamin keineswegs. Sondern ein manchmal schon gar zu hochgestochener Fasler und Wichtigtuer.

~

Wieder etwas anders sieht es bei diesem Roman kein anderer als Siegfried Lenz. Er erkennt, kompromißlos Böll ergänzend, in Fürst Lew Nikolajewitsch Myschkin den »Vollstrecker der Menschenliebe«, den »reinen Missionar des Mitleids« sowohl als den »arglosen, mit herausfordernder Unschuld auftretenden Demonstranten der Güte«. (»Wir und Dostojewski«, 1972, S. 75)

Diese Feuilletonbanditen sind nicht nur das. Sondern zu ihrer halben Entschuldigung wohl auch die reinen Träumer. Im Lauf der Zeit glauben sie wirklich ganz träumerisch an das, was sie da eigentlich wider besseres Wissen vor sich hin labern; zumeist als Wasser auf die eigenen Renommiermühlen.

In diesem Fall glaubt einer sich tatsächlich an den Roman zu erinnern, ja ihn sogar gelesen zu haben.

~

Beim »Idioten« von 1868 noch nicht, wohl aber beim »Jüngling« von 1875 und dann auch bei den »Karamasoffs« von 1879 ff. könnte die Ursache für sonderbare Qualitätsschwankungen tatsächlich die nun verschärft ausbrechende Krankheitsballung, die ab 1875 bereits zerrüttete Gesundheit sein, die sich auch durch die mehrfache Kur im deutschen Bad Ems nicht wiederherstellen ließ. Außer an seiner Epilepsie litt Dostojewski jetzt unter anderem an einem Lungenemphysem – und auch die angeblich wundertätigen Emser Mineralheilquellen mochten dem schon schwerkranken Dichter, dem damals vermutlich schon berühmtesten Rußlands, nicht helfen. Im Gegenteil, die auch sonst nicht allzu erquicklichen Verhältnisse im auch klimatisch labilen Lahn-Kurstädtchen lassen den Gast wenig Gutes hoffen: »Ich fürchte, die Epilepsie hat bei mir nicht nur das Gedächtnis, sondern auch die Phantasie beeinträchtigt. Was wird, wenn ich nicht mehr fähig bin zu schreiben?« (an Anna Grigorjewna, 28. Juni 1874)

Der wohl vor allem auf Beethoven und Schiller zurückgehende Topos vom Geist, der da heldisch über Leib und Leibesqual triumphiert, ist ja allenfalls die halbe Wahrheit; die andere Hälfte dürfte sich in den häufigeren Fällen als Fehlerhaftigkeit, Phantasie- und Inspirationsferne äußern. Die körperlichen Mißhelligkeiten könnten Grund sein für schlecht, ja unsinnig verschachtelte Geschichten, geeignet, auch dem geneigtesten Leser die Laune zu verderben. Beim »Jüngling« wie schon beim »Spieler« fällt auf und ungut ins Gewicht eine manchmal doch sehr proportionslose, unökonomische Geschwätzigkeit der je titelgebenden Ich-Erzähler. Darunter darbt auch die allerdings nie ganz versiegende Komik, der angeblich bei Humoristen nie vergehende Humor? Unter Kontrollverlusten durch Krankheit und »Umwelt«, auch wenn es das Wort damals natürlich noch nicht gab?

Die empiriegewonnenen Belege für diese Vermutung eines stringenten Kausalzusammenhangs in Literatur, Komposition und womöglich auch noch Bildhauerei sind aber erst einmal noch einfach zu gering, um hier zu einer Art These und Synthese zu gerinnen.

~

Dostojewski über den Zweiten Hauptsatz der Thermodynamik sowie die Entropie der Moleküle im 19. Jahrhundert:

»In jeder Übergangszeit erhebt sich dieses Gesindel, das in jeder Gesellschaft vorhanden ist und nicht nur kein Ziel, sondern nicht einmal die Spur von einem Gedanken hat und nur seine eigene innere Unruhe und Ungeduld mit aller Kraft zum Ausdruck bringt (...) Die Absicht war klar: es sollte so bald wie möglich alles in Unordnung gebracht werden.« (»Die Dämonen«)

Und am schönsten ist es dann, wenn zum Ende des »Fests« (III, 1) dies noch passiert (es wurde gleichfalls zu Buchbeginn schon zitiert):

»Sie ließen sich ganz harmlos hinreißen: Rußland wurde vor allem Volke öffentlich beschimpft – mußte man da nicht brüllen vor Entzücken?«

Entropie und Romangestalt und Suff und Spaß an der Freud – gerade im letzteren kannte zumindest die Privatperson Dostojewski allerdings keinen Spaß; vor allem nicht beim Rußland-Schimpf: Von Baden-Baden aus schimpft er seinerseits am 28. August 1867 im Brief an Apollon Maikow, daß momentan in der Heimat »aus der Schule (Vissarion) Belinskis es höchstes Vergnügen und äußerste Befriedigung bereitet, Rußland zu beleidigen«, vor allem den »Anhängern Tschernyschewskis«, die Rußland aber sogar »unverhohlen beschimpfen und offen seinen Untergang wünschen«.

Doppelte Pointe der mehrsträhnigen Badener Sache: Genauso, teilt Dostojewski erzürnt mit, verhalte sich auch der ursprünglich befreundete, gleichfalls in Baden aufhältige und reiche Iwan Turgenjew, sein Gläubiger, der als »unser russischer Nihilist« jetzt »jedes Gefühl für Rußland verloren hat« und sich aus Hochmut und beleidigter Eitelkeit als Deutscher verstehe. Spätkonsequenz der ganzen Unbill 1871 ff.:

Turgenjews Auftritt als geschwollen-halbdebiler Festrednerdichter »Karmasinoff« im »Fest«-Kapitel des »Dämonen«-Romans; mit der indirekten Folge des überm Beleidigen Rußlands trotz aller »finsteren Mienen« in »schamloser Vorfreude auf das erwartbare Unheil« sich sogar »die Hände reibenden« (!) und überhaupt bereits jetzt halbwahnsinnig gewordenen Zuhörer-»Gesindels«.

»Das ist nur Humor«, will einer wissen.

»Nein, bleiben Sie uns mit Ihrem Humor vom Leibe«, kräht ein anderer dagegen. Im Sinne Dostojewskis?

Im Roman aber freut er, der Romanschöpfer, sich doch schätzungsweise darüber, über den ganzen schönen Tumult und Beleidigungsunflat, über diese geradezu »unbändig boshafte Stimmung«. Mysterien, Spezialgesetzlichkeit der Poesie …

~

Daß Turgenjew dann übers Jahr (Brief an Pjotr Bertenjew, 3.1.1868) die Badener krisenhaften, nein, schon zerrütteten Vorgänge ganz anders erinnert und die Version Dostojewskis als eines, »der seine Geisteskräfte nicht völlig unter Kontrolle hat«, scharf zurückweist, deutet wieder auf ein anderes Mysteriengebiet. Das der Eitelkeit. Bzw. Rechthaberei. Wessen von den beiden auch immer.

~

Es haben diejenigen nicht ganz unrecht, die da heute wie je darauf bestehen, daß 1000-Seiten-Romane nicht sein müßten; sie seien gewissermaßen sträfliche Verletzung der gottgewollt in sich ruhenden epischen Form, der menschheitlichen Idee von Epik. Was für Robert Musils (dabei noch immer nur fragmentarischen) Größtroman zutrifft, für etliche übermäßig ins Kraut geschossene Brummer Dickens', wahrscheinlich sogar für Tolstois Romanduo, auch etwa für Doderers Dostojewski-Replik der »Dämonen«, von Prousts Romanschlagetot hier ebenfalls nicht ganz zu schweigen: die Bezweiflung, daß so was, diese Überdimension, rechtens sei oder halt doch Gottes und der Humanität Gebote überschreite, gilt natürlich auch für Dostojewski selber; der zumindest zweimal die 1000-Seiten-Grenze berührt oder überfliegt: mit den »Dämonen« sowohl als mit den »Brüdern Karamasoff«; in dem einen Fall mit ca. 800, im anderen mit 1019 Seiten. Es gibt noch fülligere Editionen, je nach Übersetzung und Ungekürztheit: Die des Piper Verlags mit den Übersetzungen von Rahsin kommen auf 1007 bzw. 1279 Seiten.

In einigen Fällen, so gemahnt es (nicht prima vista, aber doch nach einigem Lektürebedacht), tut der Dichter hier zuviel des numerisch und gehaltlich Ehrgeizigen; am Ende muß er da auch die Zeche dafür bezahlen, daß er scheint's partout die 1000-Seiten-Marke erreichen und transzendieren will. Zumal der letzte der Großromane, der von den Karamasoffs, wirkt, einigermaßen ohne falsche Ehrfurcht gelesen, doch recht amorph, vollgestopft mit Histörchen ebenso wie mit endlos-redundanten Dialogen – und falls der Übersetzer Karl Nötzel mit seiner vermeintlichen Nörgelei vonwegen »entbehrliche und teilweise bedauerliche Abschnitte« solche Partien gemeint haben sollte, dann liegt er ja keineswegs so ganz daneben. Und es ist an uns, ihm hier zumindest teilweise Abbitte zu leisten. Ja, zieht man zudem in Erwägung, daß so ein Übersetzer bei solchen 1000 Seiten ohnedies hin und wieder mit Stöhnen an die Arbeit, an die seltsamlichen Hirnauswüchse eines anderen geht, dann soll er sogar unseres Mitleids gewiß sein.

Die Sache ist manchmal auch bei wiederholter Lektüre nicht eindeutig. Sondern schwer abzuwägen. Ehe Dostojewski zum »Thema« eines Romans vordringt, macht er, etwa zu Beginn des »Idioten«, oftmals Dutzende von Schnörkeln, von widersetzlichen Um- und Abwegen, die da z.B. in ebendiesem Fall aber auch allesamt nicht viel einbringen – für das Handlungs- und Ideenzentrum eventuell gar nichts. Nun ist die epische zwar die poetische Grundgestalt mit den am wenigsten strengen Auflagen und Gesetzesregeln, zu Homers wie eben auch zu Dostojewskis Zeiten. Und es kann also, bei Vermeidung direkter Strafsanktionen, im Epischen am ehesten getrickst, geschwindelt, am leichtesten auch (Homers bekanntes Dämmerschläfchen) etwas absent vorangeschritten, unter Umständen sogar gehudelt werden. Und es wird es auch – bei Thomas Mann im »Josephs«-Roman (1355 Seiten) immerhin und sogar nachweislich aber weniger als in seinem stellenweise grundlos geschwollenen »Zauberberg« (657 Seiten), in welchem etwa die Endlos-Dialoge Settembrinis und Naphtas ja wahrlich und unausgesprochen Dostojewski-Format anstreben; aber halt schon ganz besonders auf die Nerven gehen, weil doch meist nur Thomas Mannsche Favorit-Philosophiebrocken zum Teil richtig wahllos und auch fehlerhaft auf zwei Protagonisten verteilt werden: Unsere Leser-Ennujiertheit straft hier wie dort die nur noch prätentiöse, eindruckschindende Absicht der jeweiligen Erzähler bzw. Verfasser Lügen, zum Schaden beider Teile. An diesem heftigen, ja bärenstarken Eindruck führt auch kein rundes Jahrhundert kritikfreie Thomas-Mann-Kultiviererei vorbei.

Damit der arme Mann hier nicht alles alleine tragen muß: Auch bei seinem etwas späteren Konkurrenten Heimito von Doderer gibt es abwegig pseudophilosophische Endlos-Dialoge. Und sie schinden, wie bei Thomas Mann, bei unseren noch immer leitenden Hauptabteilungskulturträgern wohl auch den jeweils dicksten Eindruck. Den Sonderfall Arno Schmidts und seines – umgerechnet 5000 Normaldruckseiten lang – träumenden Zettel beiseite.

Länge, Breite und Dicke verderben bei Dostojewski insgesamt nicht wenig. Sie laufen auch der zum Teil versteckten, zum Teil offenen komischen, belustigenden Absicht zuwider und machen nicht selten manchen Effekt zunichte. Sind die Crux dieses Typus Roman. Fügen ihm zumindest Schaden zu. Nicht anders als im wirklichen Leben können endlose Monologe, Duette, Krawall- und Klatschszenerien freudvoll amüsieren, aber auch nerven und löchern und langweilen – der Gefahr war sich der, den eigenen Darstellungen nach zu schließen, meist fiebrig schreibende und zuweilen auch schwafelnde Dostojewski offenbar nicht oder kaum bewußt. Er verfügte über einen riesigen Atem, aber er war halt auch ein eminenter Wirr- oder zumindest Schwirrkopf. Rappelkopf mitunter.

Auch die ins 5. Buch der »Brüder Karamasoff« eingelegte 24seitige Geschichte »Der Großinquisitor«, von Iwan als »meine Dichtung« bezeichnet und bemerkenswerterweise von ihm auch schon vorab expressis verbis als »alberne« und »ungereimte« vorgestellt: sie spielt, wie sich herausstellt, fürs Romanganze beinahe keinerlei Rolle, weder eine thematische noch werkstrategische; und die »in Begeisterung ausgedachte«, aber ziemlich disproportionierte Erzählstrecke wird darum, mit einigem Grund sogar, gern aus dem epischen Kontext herausgelöst als Einzeltext und quasi als Schullektüre traktiert und ediert. Allerdings ist der Text auch so kein guter, allzu stringenter zum Thema der »verführerischen Gewissensfreiheit«, über die bis zur »Unerträglichkeit« geschürten »Qualen der Freiheit« für die übermütigen Menschen, »diese erbärmliche Aufrührerbande«. (I, 5,5) Auch wenn Iwan in seinem Vortrag vor Bruder Alescha, »beim Sprechen in Feuer geraten, mit Begeisterung geredet hatte«: es ist dies kein besonders sinniger Text zu Gott und Gottähnlichkeit und

Glaube an die Wiederkehr Christi wider den Terror der Inquisition, sondern ein einigermaßen flüchtig, ja schlampig situierter. Wie der letzte der insgesamt schludrigste, ja streckenweise planloseste der großen Dostojewski-Romane ist, ein stellenweise schon dissoluter, aus dem Leim gehender.

Spät genug, aber spätestens hier stellt der Verdacht sich ein: Dostojewski kann manchmal ebensowenig die Tinte halten wie sein Personal den Mund. Bei seinen Figuren bemerkt es der Dichter und thematisiert es, bei sich selbst so gut wie nie. Ja, doch, Dostojewski konnte zuweilen mit seitenlangen Tiraden und Effekthaschereien schon auch ein ziemlicher, ja unziemlicher und unzarter Langweiler sein; auch das haben die Hagiographen und Mystagogiker so erfolgreich zugedeckt und unter den Tisch des pro domo Probaten gekehrt wie umgekehrt das Lustige, Lachhafte, Unterhaltsame. Spät, aber doch noch müssen wir jetzt die Spreu vom Weizen trennen. Es wird darauf hinauslaufen, daß wir über Poetik und Handwerk dieses Dichters neu und halt nochmals nachsichtslos nachdenken müssen.

»Dostojewskis große Romane müssen so dick sein, man würde sich sonst niemals so wunderbar meschugge machen lassen von dem Wahngemenge aus Schuld, Liebe, Gott und Mord und Leid und Rußland, aus dem er, wie aus der alten Ursuppe, Figuren kocht«, so Rolf Vollmann am 2. Juli 1996 in der »Frankfurter Allgemeinen«, im Zuge eines Kurzplädoyers für die »Dämonen«.

Ein ebenso unbeweisbares wie unwiderlegbares Argument. Fraglich zu machen immerhin z. B. durch einen branchenwechselnden Fall: Richard Wagners fast gleichzeitige Oper »Die Meistersinger von Nürnberg« ist unter den kanonischen nicht allein die dickste (4 ½ Stunden); sondern auch gleichermaßen »wunderbar« eine der gehaltreichsten und zugleich fehlerfreiesten; so gut wie restlos ohne jedes Fett. Und: zu 97,8 Prozent ohne zu langweilen.

Vollmann sei indessen belobigt für seinen folgenden (wenn auch etwas kraus formulierten) Satz, mit dem er die manchen Lesern leidige Dickheit damit begründet und heiligspricht, daß ohne sie der Roman »nicht so sehr viel witziger wäre, als seine Bewunderer meistens vermuten lassen«.

Beziehungsweise selber vermuten. D. h.: die schlechten Bewunderer.

»Witziger« stimmt auch. »Humoristischer« trifft aber die Sache, das Komplexe, Inkommensurable, das »Wahngemenge« besser.

Doch so oder anders, naturgemäß schmälert die pompöse und häufig nur noch wichtigmacherische Breite in den mehreren Fällen die komische Potenz, den Furor, eher, als daß sie beiden zugute kommt. Auch bei Dostojewski. Es sei denn, er wäre ununterbrochen in der Hochform des »Dämonen«-Festkapitels aufhältig gewesen.

~

Wie man seit dem Alten und auch dem Neuen Testament, spätestens aber seit Richard Wagners Kundry von 1882 weiß, ist Lachen etwas Böses, kann es zumindest leicht sein; und zieht, wenn es dem Kreuzträger Jesus gilt, sogar ewigkeitlichen Fluch nach sich, Fluch durch den »blöd Verlachten« sowie in »stets erneuter Wahnsinns Nacht«. (»Parsifal«, 2. Akt)

Wagner übertreibt hier rhetorisch stark oder auch etwas augenzwinkernd und durchaus zweischneidig: Er wollte es zu dieser Zeit halt den Katholischen möglichst recht machen – und aber gleichzeitig Kundry als Homuncula einer modernen, den Männergötterbildern trotzenden Emanzipierten vorstellen.

Dostojewski scheint dem Lachen gleichfalls häufig mißtraut zu haben, im wesentlichen irritiert er uns auf diesem Gebiet allerdings nur mit teils banalen, teils recht widersprüchlichen Einlassungen. Manchmal ist dabei auch dem fortgeschrittenen Dostojewski-Leser nicht mehr so ganz klar, ob dieser Autor das Lachen ganz biblisch und kundryisch als etwas Grundböses verdammt, als Satanswerk, zumindest als etwas sehr Minderwertiges ansieht; obschon Gott ja bekanntlich selber »lacht«, zumindest »seiner Feinde«. Oder ob er, Dostojewski, es, das Lachen, doch als ein dem Homo sapiens von Gott Auferlegtes, sogar Gutes, gutheißt; zumindest als förderliches Romaningrediens. Hin und wieder scheint es, beides könnte der Fall sein:

Dostojewski zitiert zwar in Roman und Aufsatz Goethes Mephistopheles, für dessen Gott »am wenigsten verhaßt der Schalk« ist; ihm, Dostojewski, aber zumindest manchmal doch mehr halt »unreiner Geist« (»Der Spiritismus«, 1876), die gewöhnliche »List des Teufels«; vielleicht sogar im Verbund mit jener unvölkischen und unchristlichen Dekadenz, die da der Dichter immer wieder und oftmals recht konfus Europa anlastet.

Eine einhellig freundliche und möglichst aufhellende Äußerung übers Lachen ist Dostojewski offenbar nicht zu entlocken. Lachen kommt in den theoretisch-journalistischen Schriften so gut wie gar nicht vor, weder als physiologische Merkwürdigkeit (im Sinne bereits Darwinscher physiognomischer Beobachtungen) – noch als psychologische oder auch literarische Menschheitsausrüstung. In den Briefen taucht Lachen auch fast nur als Negligeables, meist sogar Abwertendes auf; es hat ihn, Dostojewski, offensichtlich so gut wie gar nicht interessiert. Im »scheußlichen Ems« muß er angesichts des immer wieder mal »unerträglichen Publikums« (vor allem der Deutschen) nur einmal brieflich (21. Juli 1875) und nämlich in Erinnerung an eine Begegnung beim morgendlichen Brunnentrinken »einfach laut lachen«, als eine Art aber wenig bedeutsame Erleichterung – sonst ist er ein ums andere Mal »nur schwermütig«. Am 29. Mai zu Dresden bricht man nach einer ehelichen Streiterei immerhin vorteilhaft »in Lachen aus«, sogar mehrfach. Und immerhin und füglich unterscheidet Dostojewski: einmal (27. Juni 1875) und abermals vor dem tristen Badelebenshintergrund zwischen dem üblichen und meist weiblichen »kreischenden« und einem willkommenen »von Herzen lachen«.

In den Romanen hat es wohl beides gegeben; und auch manches dritte. Aber kaum als zentrales, handlungsauratisches, säkularisiert theologisches o. dgl. Motiv.

So wäre also Dostojewski eigentlich beinahe bar jeden Organs für das von ihm selbst erwirkte Leserlachen?

Manches, vieles im Dostojewski-Roman ist ganz fraglos bewußte komisch-humoristische Konstruktion. Und doch wäre ihm eventuell das Lachen als episches Thema und Medium vielleicht nur mehr – so »unterlaufen«?

Von einem gewissen Peter Phomitsch Kalganoff wird zum mählichen Beginn des 2. Buches der »Brüder Karamasoff« (II, 1) anläßlich der Ankunft im Kloster beim mysteriösen Einsiedlergreis Sosima mitgeteilt, daß er zuerst »merkwürdig nachdenklich und wie zerstreut« gewesen sei, daß er »dann aber plötzlich sehr gesprächig ward, lebhaft und lachlustig, wobei er bisweilen Gott weiß worüber auflachte. Seine Angeregtheit erlosch indes ebenso rasch und plötzlich, wie sie gekommen war.«

Kalganoff ist eine sehr marginale Roman-Nebengröße, und doch eine beweislastige: Nein, es scheint Dostojewski vorm Lachen tatsächlich nicht allzuviel Respekt gehabt zu haben, vor allem nicht vorm »zerstreuten« Lachen dieser modernen Nervösen. Um so mehr Spaß hat er freilich am Hauptakteur dieser gewichtigen Szene, dem Vater Fjedor Pawlowitsch Karamasoff, der da seinerseits »unbändig erfreut ist« über diese »sozusagen Audienz« beim angeblich heiligen Greis Sosima; gleichwohl von der ersten Minute an mit großer Ungebührlichkeit darauf aus ist, »den Spaßvogel zu spielen«; und mit ebenso vermessenem wie sehr übelgesinnt herzlich flachem Gewäsch herumzurandalieren, um so Sosima gewissermaßen vorzuführen. Und an dem der Erzähler bzw. Dostojewski offenbar auch durchaus und ganz unbezweifelbar seine hohe Freude hat, seine i. A. Karamasoff senior stellvertretend sadistische. Ob er über den (noch gar nicht so) alten Blödmann nicht – wirklich hat auch lachen müssen? Laut, oder zumindest halblaut?

Doch nein, allzuviel hält Dostojewski vom Lachen nicht, vor allem nicht vom lauten. Meistens brachte er es vielmehr mit Dummheit in Koalition. Schon zu Beginn des unermeßlichen und gar zweigeteilt auf circa gut zwölf Stunden geplanten »Dämonen«-Festes zugunsten der notleidenden Gouvernanten des Distrikts, zur einleitenden »literarischen Quadrille und anderer ästhetischer Dinge«, noch während der Star des Abends, der aus Turgenjew geborene Festredner-»Genius« (so Dostojewski bzw. sein Erzähler und Festordner G***w immer wieder) Karmasinoff, auf den »Hokuspokus« seiner Schleimhuldigung »Merci« hin sich beschleunigt warmquallt, »erlaubt sich wahrscheinlich irgendein unerfahrener Dummkopf« inmitten des »in übertriebenem Zynismus« (Ordner G***w) sich wie nichts Gutes einen Skandal erhoffenden Publikums »laut zu lachen«. Aus »angeborener Lachlust«. Freilich wird die lachende Dummheit dann doch wieder auch theologisch legitimiert, ja letztendlich heiliggesprochen. Weil halt der entsetzlich aufgesetzte und eitle, applauserflehende und dabei über alle Maßen langweilende Tiradensermon Karmasinoffs gar nichts anderes als Lachen gestattet. Und sich die Qual nach zunehmendem »Scharren, Schneuzen, Husten« im Publikum mit dem Befreiungsschlag »aus den hintersten Reihen« der Zu- oder bereits Weglauschenden endlich mit lauter Stimme Luft macht:

»Herr Gott, was für Quatsch!«

Der unerfahrene Dummkopf aber mit seiner angeborenen Lachlust hatte es nur intuitiv früher und ggf. sogar kundryhaft gemerkt, verspürt, erahnt. Und damit, ehe es dann unter fortwährendem Geschimpfe und Geschreie und Gefluche und aber auch zwischendurch »Hurra!«-Rufen schon ganz katastrophisch, ja apokalyptisch wird, vorab so etwas wie eine ungewollte Katharsis zuwege gebracht.

Und die geht nun mal offensichtlich bei den Neueren nicht mehr ohne Lachen.

~

Im »Tagebuch eines Schriftstellers« (übersetzt von E. K. Rahsin, München 1977, S. 49 ff.), ursprünglich im »Staatsbürger« von 1873/74, spekuliert der Journalist Dostojewski nicht zum erstenmal:

»Ich glaube, das wichtigste, das ursprünglichste geistige Bedürfnis des russischen Volkes ist das Bedürfnis zu leiden, ewig und unersättlich, überall und in allem. Dieses Lechzen nach Schmerz hat es, wie mir scheint, schon von jeher in sich gehabt. Wie ein leidtragender Strom zieht es durch seine ganze Geschichte, und zwar nicht nur in Gestalt äußeren Unglücks und verschiedener Heimsuchungen, vielmehr entspringt seine Quelle unmittelbar dem Herzen des Volkes. Sogar im Glück des Russen ist unbedingt ein Teil Schmerz enthalten, anderenfalls ist für ihn das Glück nicht vollständig. Niemals, nicht einmal in den Stunden der größten Triumphe, die seine Geschichte kennt, hat das russische Volk ein stolzes oder triumphierendes Aussehen, sondern nur das eines bis zum Schmerz Ergriffenseins; es atmet wohl auf, aber den Ruhm schreibt es der Gnade Gottes zu. Im Leid findet das russische Volk gleichsam einen Genuß.«

Es fällt nicht leicht, dem Leitartikler Dostojewski diese schon etwas altbackene Dialektik so ganz abzukaufen. Aus den Romanen bekannter kommt uns schon vor, was er gleich drauf den »Typus des randalierenden Russen« (S. 50) nennt, gekennzeichnet durch »übermäßige Ausgelassenheit, deren Schrankenlosigkeit oder Frechheit einen wundernimmt oder einen durch die Tiefe des Falles einer Menschenseele anwidert«.

Ob es dazu aber den bräsig parareligiösen Umweg über »Leid« und »Unglück« braucht? Und nicht einfach eine »naiv triumphierende Selbstzufriedenheit« (ebd.), die aber der Schriftsteller sonst beim »russischen Menschen« gerade bestreitet, sogar beim »dummen« – die aber doch akkurat von der charakterlichen Handschrift Lebjadkins oder auch schon des überaus kraftvollen alten Vaters Karamasoff ist! Reicht nicht oft ohne jeden national-religiösen Überbau der »Radaumacher« und »Faulenzer« oder einfach der »Spitzbube«?

Dostojewski weiter (S. 66 ff.):

»Warum nehmen Sie an, daß die Netschajeffs« – gemeint ist ein Freund Bakunins und Mitinspirator für manche »Dämonen«-Figur – »unbedingt Fanatiker sein müssen? Sehr oft sind es einfach Spitzbuben. ›Ich bin ein Spitzbube, aber kein Sozialist‹, sagt ein Netschajeff allerdings nur bei mir in meinem Roman, aber ich versichere Ihnen, daß er das ebensogut in der Wirklichkeit sagen könnte. Es sind das Spitzbuben von großer Schlauheit, die gerade die großmütige Seite der menschlichen Seele studiert haben, um dann auf ihr wie auf einem Musikinstrument zu spielen ...«

Und dann gerät Dostojewski leider wieder etwas ins Faseln und Quengeln und kommt erneut auf seinen beliebten und allzeit probaten und auch etwas ennujierenden »russischen Menschen« zu sprechen und zu salbadern – in aller heutzutage schwer auseinanderklaubbaren Konfusion und summa summarum: Sollte der Dichter sich selbst über Seele und Machart seiner literarischen Figuren – Russen hin und her – getäuscht haben? Könnte gegebenenfalls auch bei ihm der Roman wieder mal klüger sein als die Theorie über ihn?

~

Vielleicht ist aber auch alles viel einfacher, und ein Brief an Anna aus Bad Ems (25. Juli 1876) zerschlägt zumindest einen Zipfel des gordischen Knotens; insofern Dostojewski der Frau zu Hause mitteilt, »daß ich das ›Tagebuch‹ schreiben muß, aber gar keine Ideen habe«.

Die Idee kommt auch uns beim Lesen manchmal.

~

Noch einmal:

»Zwischen 1881 und 1930 entstanden viele Dostojewski-Mystifikationen. Man machte Fjodor Michailowitsch Dostojewski zum Kronzeugen gegen Revolutionen, zum Fürsprecher für ewige Ordnung, Glaube, Liebe und Gerechtigkeit, gerade dort, wo er selbst die Unordnung, den Unglauben, den Haß und die Ungerechtigkeit entlarvt hatte. Er galt (...) als Tiefenpsychologe und Existentialist, Philosoph, Prophet und vieles andere, als Nihilist und Atheist auf dem Weg zum Christentum, als Aufrührer und Versöhner.«

So der Herausgeber, Übersetzer und Nachwortschreiber der Dostojewskischen »Gesammelten Briefe 1833–1881«, Friedrich Hitzer.

Und da kann man wirklich nur mit einem anderen Dostojewski-Übersetzer, Nachwortschreiber und Briefeherausgeber, Karl Nötzel, nochmals zusammenraffen:

»Dieser stille Mann, der hatte Rußland die geistige Einheit gegeben.«

Und das, obwohl Oleg Potropopow seine Frau Ludmilla nach mißlungenen doppelten Rittbergern wie mitgeteilt immer so verhaute.

~

Nämlich nach der Musik von Rachmaninow, die ist nämlich noch dostojewskinäher als Tschaikowski, jawohl, er heißt ja auch altrussisch Raskolnikoff, genannt, die Älteren erinnern sich, Ivan Rebroff.

~

Mit Iwan Gontscharow hatte es Dostojewski, Briefen aus Baden-Baden nach zu schließen, nicht so sehr – dieser Kollege war ihm, ähnlich Turgenjew, gar zu reich und wohlgepolstert. Aber freundlich erwähnt findet er sich im »Tagebuch eines Schriftstellers« (1977, S. 138): Sein noch heutzutage sprichwörtlich-mythischer Roman »Oblomow« (»Oblómoff«) von 1859, biete, so Dostojewski, »Typen« auf, die, soweit an ihnen »Ewiges und Schönes ist, aus dem Volksgeist schöpfen. Nur die Berührung mit dem Volk gibt ihnen diese ungewöhnliche Kraft.«

Das verblüfft einigermaßen, falls und insoweit Dostojewski hier wirklich an Gontscharows populärste Gestalt, eben Oblomow, dachte; den sozusagen metaphysisch-trägen, »sybaritischen«, schon beinahe präbeckettisch immobilen Iwan Iljitsch Oblomow inmitten seiner dissoluten »Oblomowtschina«-Wirtschaft; bei dem schon das 1. Romankapitel in sechs Worten Person und Thema umreißt: »Das Liegen war sein normaler Zustand« – und das aber meint doch entschieden viel mehr den nicht allein russischen Typus des modernen, sich dem Leben verweigernden Intellektuellen, des in der Übersetzung meist sogenannten Intelligenzlers.

Und gerade den hätte Dostojewski 15 Jahre später als inkarnierten Geist der »Gutmütigkeit, Reinheit und Bescheidenheit« im Auge gehabt, »die Weite seines Geistes und seine Güte«? Nämlich »im Gegensatz zu allem Unnatürlichen und Falschen, Fremden und sklavisch Übernommenen und Kopierten«?

Seltsam.

Wie aber hätte, ein sinniges Gedankenspiel, Dostojewski die Figur Oblomow für sich selber gehandhabt, wäre ihm eine Art schon etwas verblühtes Modell über den Weg gelaufen? Vermutlich mehr in der Manier Gogols, satirisch, als lachhaft-schrulligen Sonderling. Da wäre also Gontscharow der wachere, der modernere, der dem Nervus rerum des Zeitgeists offenere Kopf? Sehr zu argwöhnen ist, daß

Dostojewski seinen Oblomow schnell aus dem Bett und der Ruhelage gejagt und unentwegt plappernd im Zimmer oder im Stadtviertel herumhoppeln lassen hätte. Derart aber wäre der alles entscheidende Punkt und damit auch der »Erreger der Komik« (F. W. Bernstein) verpaßt und verschlampt worden. Und hätte dieser Dostojewskische Oblomow außerhalb seiner ihm allein angemessenen Liegestellung noch so wild und russlandbefreiungsbereit herumgestikuliert und -getobt.

Wer wollte, könnte im Zuge solcher und ähnlicher Spekulationen auch eine gewisse Begrenztheit und »ennujierende« (Polina Suslowa) Starre Dostojewskischer Erzähl- und Spielmöglichkeiten vermuten; und hätte vermutlich so unrecht nicht damit.

~

»... denn als er mich in diesen fünf oder zehn Sekunden des Schweigens bis zum letzten Zuge betrachtet hatte, lächelte er plötzlich, und dieses Lächeln ging sogar in ein stilles, lautloses Lachen über; und wenn dieses Lachen auch gleich wieder verging, so blieb von ihm doch ein heller, froher Schein in seinem Gesicht zurück, vor allem in seinen Augen, die sehr blau, strahlend und groß waren, nur daß die Lider vom Alter schwer geworden oder geschwollen zu sein schienen, und viele kleine Fältchen sie umgaben. Dieses Lachen machte den stärksten Eindruck auf mich.

Ich finde, wenn ein Mensch lacht, wird es in der Mehrzahl der Fälle widerlich, ihn anzusehen. Am häufigsten äußert sich im Lachen der Menschen etwas Gemeines, etwas, was den Lachenden erniedrigt, wenn auch der Betreffende von dem Eindruck, den er auf andere macht, selbst fast nie etwas weiß. Ebensowenig wissen die Menschen, was für ein Gesicht sie haben, wenn sie schlafen. Mancher Mensch hat auch im Schlaf ein kluges Gesicht, bei manchen aber, und sogar bei klugen Leuten, wird das Gesicht im Schlaf furchtbar dumm und deshalb lächerlich. Ich weiß nicht, woher das kommt; ich will nur sagen, daß der Lachende, ganz wie der Schlafende, von dem Ausdruck des eigenen Gesichts nichts weiß. Die übergroße Mehrzahl der Menschen versteht überhaupt nicht zu lachen. Übrigens ist da nichts zu verstehen: das ist eine angeborene Gabe, die man sich nicht künstlich aneignen kann. Es sei denn, daß man sich selbst zu einem ganz anderen Menschen erzieht, sich zum Besseren entwickelt und die schlechten Neigungen seines Charakters bekämpft: dann könnte sich höchstwahrscheinlich auch das Lachen zum Besseren verändern. Manch einer verrät sich durch sein Lachen vollständig, und man erkennt sofort den ganzen Menschen. Aber selbst ein unstreitig kluges Lachen kann mitunter widerlich sein. Das Lachen verlangt vor allen Dingen Aufrichtigkeit, aber wo findet man in den Menschen Aufrichtigkeit? Das Lachen verlangt Arglosigkeit, die Menschen lachen aber am häufigsten boshaft. Ein aufrichtiges und argloses Lachen ist Fröhlichkeit, wo aber findet man in den Menschen von heute Fröhlichkeit, und verstehen sie überhaupt, fröhlich zu sein? (Diese Bemerkung über die Fröhlichkeit heutzutage habe ich einmal von Werssiloff gehört und mir gemerkt.) Die Fröhlichkeit des Menschen ist der Zug, der mehr als alles andere den Menschen verrät. Mancher Charakter ist lange nicht zu verstehen, aber da braucht der Mensch nur einmal aus ganzem Herzen zu lachen, und sein Charakter liegt offen vor einem, wie auf der Handfläche. Nur ein Mensch von höchster und glücklichster geistiger Ausgeglichenheit versteht es, auf eine Weise fröhlich zu sein, die ansteckend wirkt, das heißt, unwiderstehlich und gutmütig. Ich spreche nicht von seiner intellektuellen Entwicklung, sondern von seinem Charakter, vom ganzen Menschen. Also, wenn man einen Menschen durchschauen und seine Seele erkennen will, so beobachte man nicht, wie er schweigt oder wie er spricht, oder wie er weint, oder gar, wie die edelsten Ideen sein Gemüt bewegen, sondern man beobachte ihn lieber, wenn er lacht: hat er ein gutes Lachen, so ist er ein guter Mensch. Und man achte dabei auch auf alle Nuancen: so darf zum Beispiel das Lachen eines Menschen einem niemals dumm erscheinen, auch wenn er noch so fröhlich und gutmütig lacht. Bemerkt man eine Spur von Dummheit im Lachen eines Menschen, so hat dieser Mensch einen beschränkten Verstand, und mag er auch mit Ideen nur so um sich werfen. Oder wenn das Lachen eines Menschen nicht dumm ist, der Mensch aber, wenn er lacht, einem aus irgendeinem Grunde lächerlich erscheint, und wär's auch nur ein wenig, so hat dieser Mensch keine wirkliche persönliche Würde, oder wenigstens nicht viel davon. Und schließlich, wenn das Lachen eines Menschen zwar ansteckend ist, einem aber aus irgendeinem Grunde vulgär erscheint, so ist auch die ganze Natur dieses Menschen vulgär, und alles Edle und Erhabene, das man früher an ihm zu bemerken geglaubt hat, ist von ihm entweder bewußt herausgekehrt oder unbewußt von anderen angenommen; so ein Mensch wird sich in der Folge unfehlbar zum Schlechteren verändern, wird sich dem ›Nützlichen‹ zuwenden und sich nur noch mit diesem beschäftigen, die früheren edlen Regungen aber als Irrtümer und jugendliche Schwärmereien ohne Bedauern abschütteln.

Diese lange Abhandlung über das Lachen habe ich mit Absicht hier eingefügt, um ihretwillen sogar die Einheitlichkeit meiner Erzählung zerstört, denn diese Erkenntnis des Lachens halte ich für eine der wichtigsten, zu denen ich in meinem Leben bisher überhaupt gekommen bin. Besonders möchte ich sie jenen angehenden Bräuten empfehlen, die fast schon bereit sind, einem Manne ihr Jawort zu geben, ihn aber doch noch nachdenklich und mißtrauisch beobachten und den endgültigen Entschluß immer noch nicht fassen können. Möge man über den Jüngling nicht lachen, der sich mit Belehrungen in Dinge mischt, von denen er keinen Deut versteht; dafür weiß er aber, daß das Lachen die sicherste Probe auf einen Menschen ist. Man beobachte einmal ein Kind: nur Kinder verstehen es, vollkommen arglos zu lachen – deshalb sind sie auch so bezaubernd. Ein weinendes Kind ist mir widerlich, ein lachendes oder fröhliches aber ist ein Sonnenstrahl aus dem Paradies, ist – eine Offenbarung aus der Zukunft, wo die Menschen endlich wieder so rein und arglos sein werden, wie jetzt nur Kinder sind. Und gerade so etwas Kindliches und ganz unglaublich Anziehendes sah ich plötzlich auch in dem flüchtigen Lachen dieses alten Mannes. Ich trat sogleich auf ihn zu.«

Ob diese lange Passage Dostojewskis und seines titelgebenden Jünglings (III, 1, Übersetzung: E.K. Rahsin) übers unterschiedliche Lachen den »angehenden Bräuten« vorm Jawort viel bringt – es sei dahingestellt. Uns immerhin bestätigt es die soweit schon vertraute Erkenntnis von der mehrfachen Zweischneidigkeit des Lachens. Das vulgäre Lachen bedarf der Überprüfung – »aber selbst ein unstreitig kluges Lachen kann mitunter widerlich sein«. Und natürlich notabene allzeit: »Die übergroße Zahl der Menschen versteht überhaupt nicht zu lachen.« W.z.b.w. Durch den Jüngling, der aber durch sein ziemlich unzensiertes Geplapper inmitten seines unentwegten Hinundhergerennes zumindest zuweilen wenigstens unser Lachen erzwingt. Weil nämlich: »Lieber lächerliche, aber großmütige Gefühle, als nicht lächerliche, aber gemeine, alltägliche, mittelmäßige!« (IX, 4)

~

»Diese lange Abhandlung über das Lachen habe ich mit Absicht hier eingefügt, um ihretwillen sogar die Einheitlichkeit meiner Erzählung zerstört, denn diese Erkenntnis des Lachens halte ich für eine der wichtigsten, zu denen ich in meinem Leben bisher überhaupt gekommen bin.« – Wie schon oben zitiert. Indessen:

Natürlich gehört, wie wir klügeren Leser vorm Hintergrund Laurence Sternes längst nur allzu gut wissen, auch die Zerstörung der Einheitlichkeit der Erzählung zu den humoristischen Techniken, Spielen, Lachressourcen. Aber wie steht es damit:

»Seien Sie unbesorgt, Andrei Petrowitsch, machen Sie ein heiteres Gesicht, ich beabsichtige durchaus nicht das, was Sie vermuten. Ich will ja nur, daß alle lachen.« (I, 6)

Das ist halt nach wie vor die Frage. Ob bei Dostojewski alle lachen sollen. Und nicht bloß die Unbedarfteren äh: die Erleseneren, Erwählteren. Und über den Beginn, die ersten fünf Wörtchen, von »Der Jüngling«, 3. Teil, 1. Kapitel Nr. 1, da können eh nur die Connaisseure, die Spezialisten, die exklusivsten Experten lachen:

»Jetzt von etwas ganz anderem.«

~

Zu unserem Vorteil sollen natürlich vor allem wir bei Dostojewski lachen – in manchen Romanen wird aber gleichfalls viel gelacht. Das ist, wie vorhin schon erörtert, meist eine schlechte Voraussetzung für Komik – die lebt vor allem vom Ernst, von der (siehe Keaton, Chaplin, auch Karl Valentin) gemimten Lachverweigerung. Und bei Dostojewski?

»(Lebädkin) brach plötzlich prustend in Lachen aus, nicht in ein lautes, sondern in ein gedämpft glucksendes, langes, seliges Lachen, von dem die ganze schwere Masse seines Körpers in gallertartiges Schaukeln geriet und die Äuglein sich zusammenzogen. Bei diesem Anblick begann fast die Hälfte des Publikums zu lachen (...) Der ernste Teil des Publikums dagegen wechselte finstere Blicke.« (»Die Dämonen«, III, 1)

Vielleicht zu Recht. Selbst bei Lebe(ä)dkin resp. Lebjadkin ist das Gerede, Gefasle, Gekaspere lustiger, wenn der Hauptmann a.D. nicht dabei selber lacht. Etwa bei diesem seinem vorne schon einmal gewürdigten, einem besonders weiterführenden Monolog, wenn auch nur einem unter vielen ähnlichen:

»Meiner Ansicht nach ist Rußland nur ein Spiel der Natur und nichts weiter.« (I, 5)

Meistens sind es nur schlechte und kümmerliche Komiker-Humoristen, die selber lachen oder lachen lassen. Bald nach Dostojewski konnte das eh ein Tonband oder Lachsack besser. Aber es gibt auch hier Ausnahmen, gerade bei Dostojewski. Das dumme oder dümmste Lachen der Figuren – es kann die Komik mitunter steigern, potenzieren.

~

»Von diesem unseligen hinterrücks überfallenden ›Dämon der Ironie‹, der ihn schon sein ganzes Leben lang peinigt« (I, 5), redete gelegentlich die Gutsbesitzerin und Generalswitwe Warwara Petrowna Stawrogina, bezogen auf ihren problematischen Sohn Nikolai Wsewolodowitsch Stawrogin. »Dämon der Ironie« ist nun allerdings laut Warwara »ein wunderbarer Ausdruck« von ausgerechnet Stepan Trofimowitsch, ihrem ältlichen Schützling; der aber gerade davon offen hörbar so gar nichts hat; was wiederum werweiß humoristisch ist.

Mit dem Romanthema hat aber diese dämonische Ironie auch gar nichts zu tun; Übersetzungs- und Semantik-Interferenzen hin und her. Allerdings ist man auch mit dem Begriff des zuständigeren Humors im Roman selber manchmal nicht recht einverstanden; die Stelle wurde gleichfalls vorhin schon zitiert:

»›Aber das ist doch nur Humor‹, glaubte jemand, vernünftig beschwichtigend, erklären zu müssen. ›Nein, verschonen Sie uns bitte mit solchem Humor.‹« (III, 1)

Grundsätzlich haben beide recht. Daß mit und unterm »Humor« oftmals das allergrößte Schindluder schon im Begrifflichen stattfindet, weiß man seit Adam, Eva und vielleicht sogar Homer, nein: schon seit dem Gilgamesch-Epos. Daß aber auch fast genausooft uns von Spießern und Muckern der angeblich allzeit niveaulose Humor ausgetrieben wird, annähernd schon genauso lang. Dostojewski tat recht daran, beide Fronten zu Wort kommen zu lassen. Und beiden zu mißtrauen.

~

»Rogoshin brach in schallendes Gelächter aus. Er lachte unbändig, lachte, als hätte er einen Lachkrampf. Und dieses plötzlich konvulsivische Lachen erschien umso sonderbarer, als er sich noch vor einem Augenblick in finsterer Stimmung befunden hatte.« (»Der Idiot«, II, 4)

Das klassische Krankenbild des Manisch-Depressiven? Nein, vermutlich ist es Dostojewski nur um den Effekt aus der Gegensätzlichkeit heraus zu tun. Und hier um etwas ganz Alltägliches, jedermann Wiedererkennbares:

»Einen Augenblick mußte er sich Gewalt antun, um die größte Lachlust zu unterdrücken.« (ebd., III, 2)

Und auch das ist nichts Besonderes:

»Pawlowitsch treibt mit allem und allen nur seinen Spott! Wenn Sie erst wüßten, von was für Dingen er bisweilen mit todernster Miene redet!« (ebd. III, 1)

Dummheit und Lachen sind seit mindestens Christoph Martin Wielands »Abderiten« ein bewährtes Paar; man liest aber immer wieder gerne von ihm; wenn irgendein »unerfahrener Dummkopf« (»Die Dämonen«, III, 1) es wieder mal bestens vorführt.

»Als er sah, daß sie alle lachten, verzog er plötzlich den Mund und begann gleichfalls zu lachen. Das Gelächter ringsum nahm zu; der Offizier, der offenbar ein lachlustiger Mensch war, lachte sogar laut auf.« (»Der Idiot«, III, 2)

Und dagegen, gegen diese Lachpotenzierung, ist meist sogar der Lachsack chancenlos. Eine viel spätere Optimierung des Prinzips belacht man unsererseits im Hitchcock-Streifen »North by Northwest«, wo das energische Lachen von Cary Grants Mutter im Fahrstuhl sogar die Verbrecher zum hier lebenrettenden Lachen zwingt.

~

»Und doch will ich nicht verschweigen, daß mir die Lektüre nicht nur Vergnügen bereitete«, schreibt ein jüngerer Dostojewski-Forscher, Herbert Scheuring, in der Bilanz. »In weniger erquicklichen Momenten erschienen mir die dicken Romane doch als recht aufgebläht und viel zu lang, die Erzählungen stellten nach circa 400 gelesenen Seiten und 500 bis 600 weiteren vor mir meine Konzentrationsfähigkeit stellenweise auf eine harte Probe. Und dann auch noch all die Namen: Lew Nikolajewitsch Myschkin, Iwan Fjodorowitsch Jepantschin, Afanassij Iwanowitsch Tozkij, Jewgenij Pawlowitsch Radomskij, Nastassja Filippowna Baraschkoff, Parfjonn Ssemjonowitsch Rogoshin, Ardalion Alexandrowitsch Iwolgin, Iwan Petrowitsch Ptizyn, Lukjan Timofejewitsch Lebedeff, Nikolai Andrejewitsch Pawlischtscheff – und das waren nur einige Namen aus ›Der Idiot‹ – und wenn die dann auch noch über den Wosnessenskij Prospekt laufen und dort möglicherweise Andreipawlofjodorewitsch Piperheuerundwitsch Wrrtschntschitsch und weißgottwem begegnen, dann –«

Wird es oftmals schon sehr bitter, ja. »Ces diables de noms russes«, flucht Blanche im »Spieler«-Roman (16. Kapitel). Aber ist es nicht so, daß diese bandwurmigen konsonantenbestrickenden Vor- und Familiennamen bis hin zur »Spieler«-Babuschka namens Antonida Wassiljewna Tarassewitschewa (75) gerade in der Penetranz ihrer zähen Unverhinderbarkeit bei jeder Gelegenheit manchmal auch etwas Betörendes haben und nämlich zur speziellen Lachhaftigkeit, Lachzwanghaftigkeit, Dostojewskischer Großprosa gehören, ja substantiell und konstitutiv beitragen? Und daß Dostojewski namentlich in seiner Dresdner Zeit 1869 vielleicht deshalb so ungemein dauerhaft und hitzig auf alles Deutsche zu schimpfen beliebte, weil er jene bestechende Komikquelle der bandwurmlangen russischen Namen für den speziell deutschen Leser jedenfalls halb erahnte und neidete und –?

Aber selbst Dostojewski-Skeptiker Scheuring muß anerkennen, daß z. B. die absurden Dialoge zwischen Kirilloff und Stawrogin über Theologie und Philosophie und überhaupt »jetzt alles – alte Zeitungen, Kommunistisches, Naturwissenschaftliches« (»Die Dämonen«, II, 1 und 4) ihre gar nicht so verborgenen Reize haben. Gleichfalls nicht so ein Satz: »Wenn ich auch nicht glaube, so werde ich doch nicht sagen, daß man Gott erschießen müsse.« (ebd., II, 6) Und auch dies Gequengel der Lisaweta Prokofjewna (»Der Idiot«, II, 9) leuchtet komplett ein:

»Alles ist jetzt verkehrt, alle stellen sich auf den Kopf und strampeln mit den Beinen in der Luft.«

Sowieso.

~

Viel »Spitzen-Geschwätz« (Scheuring) hat es vor allem in den späten Dostojewskischen Romanen, weil nämlich: »Es saß da so ein Wirrwarr in meinem Kopf, von einem ›Säugling, den er heimlich aufziehen läßt‹, von ›Ausnahmen, die zur allgemeinen Regel werden‹« (»Der Jüngling«, I, 8) – oder auch des Jünglings Arkadij Makarowitsch Dolgorukij Gespräch mit Andrei Petrowitsch Werssiloff, das vielleicht großartigste Geschwafel, was dieser Dichter in der Bilanz zuwege brachte: »Der Atheist (...) ist der beste Mensch auf der ganzen Welt, und ist immer geneigt, Gott freundlich zu behandeln, eben weil er unbedingt gut ist, und gut ist er, weil er maßlos zufrieden ist, daß er Atheist ist. Unsere Atheisten sind ehrenwerte Leute und in höchstem Maße zuverlässig, sind sozusagen die Stützen des Vaterlandes.« (II, 1)

Manchmal verdichtet sich halt schon der Verdacht, daß nicht bloß sein Personal, sondern auch, was Thomas Mann nur zart andeutet, Dostojewski selber wirklich bekloppt gewesen sein muß. Zumindest partiell, will sagen in nuce respektive jedenfalls in Frageform.

Und damit wollen wir diese in höchstem Maße unzulässige Frage aber auch schon sowohl wieder vergessen als dem freundlich zu behandelnden Leser vergessen machen. Oder jedenfalls Gott zu behandelnden Freundlichkeit geneigt zu machen trachten.

~

Im »Idiot«-Roman ist die Bedeutung des Titelworts offenbar eine etwas schwebende, schwebend zwischen russischer (»Idiot«) und deutscher und griechischer Gehaltlichkeit, also zwischen »Dummkopf« und vornehmer, nicht politisch sich betätigender Privatperson. Bei der folgenden Miniatur aus dem »Fest«-Kapitel der »Dämonen« (III, 1) sind die »Idioten« (diesmal in der Übersetzung von Rahsin) so eindeutig wie noch heute im deutschen Gebrauchsalltag:

»Indes pflegte dieses Gesindel, ohne sich dessen bewußt zu werden, fast immer unter das Kommando jenes kleinen Häufchens der Anführer zu geraten, die mit einem bestimmten Ziel handeln, und jenes Häufchen lenkt dann diesen ganzen Kehricht, wohin es ihm gefällt, wenn es nur nicht selber aus vollkommenen Idioten besteht, was übrigens manchmal auch vorkommt.«

Nicht unsinnig, zu erwägen, ob bei einer eventuellen Neuübersetzung des Romans und anderer Dostojewski-Opera der »Kehricht« von politisch korrekter denkenden Kräften in eine weichere Vokabel auszuweichen sich gezwungen sähe; also etwa: intersozial Eingeschränkte. Und auch das etwas mildere und gleichbedeutende »Gesindel« geht eigentlich für die neueren Marschrichtungen aus Berlin und Brüssel nicht mehr an. »Abschaum«? Gleich noch weniger. »G'schwörl«? Zu süddeutsch. Und die Übersetzung »Geschwür«? »Aussatz«? Um Gottes willen, nein.

Bei einer anderen, damals mehr oder weniger neologistischen Sache gibt es mit der Übersetzung immerhin keine solchen Schwierigkeiten:

»Genügte es doch mancher Dame, sich das Haar abzuschneiden, eine blaue Brille auf die Nase zu setzen und sich ›Nihilistin‹ zu nennen, um sogleich davon überzeugt zu sein, daß sie nun auch eigene ›Überzeugungen‹ habe.« (»Der Idiot«, IV, 1)

Nein, »Nihilist« kann stehenbleiben. Denn das bedeutet heute gar nichts mehr, und damals auch nicht viel. Sondern, laut Dostojewski in Roman, Brief und politischer Schrift, wohl fast noch weniger als der »Atheist«.

~

»Komik« und »Humor« (nicht »Ironie«!) werden, wie erinnerlich, in diesem Buch einigermaßen kongruent, synonym gebraucht. Notgedrungen. Welcher der Dachbegriff des einen oder anderen wäre, ist nach Lage der Dinge und der momentan herrschenden linguistisch-semantischen Gesetzgeber nicht auszumachen. Das macht aber doch wenig. Denn es führt auch kein Weg daran vorbei, daß der »Humor«, als aktueller und schon historischer Begriff, als Kategorie weit übers Literarische hinaus, schon rein gewohnheitsrechtlich so gut wie alles umgreift und einschließt: vom kindlichen Scherzgedicht oder den durchaus unverächtlichen Poesien des Eugen Roth bis zu den Untiefen der »tiefsinnigen Halbscherze« des Goetheschen zweiten »Faust«-Teils; oder, sei's drum, des Joyceschen »Finnegans Wake«. Macht auch nichts, im Gegenteil. Am dichtesten nebeneinander vegetieren die hierarchisch eigentlich sehr abgestuften Spielarten des Humors wohl unter allen Weltkunstwerken innerhalb von Richard Wagners »Meistersingern«: von der volkstümlich-heiteren und holdseligen Wagenseilschen Vorlage samt Wagners gleichfalls heiter-humoristischer Veralberung der biederen Gelehrsamkeit (der Dichterkomponist hatte an beidem größte Freude) – über die mehr altbackene Butzenscheiben-Humoristik etwa der Sachsschen Schusterstubenluft und der Merker-Gemerk-Tuereien – über auch die gleichfalls gelehrten Libretto-Denkspiele von Analogien, Interferenzen (Gedächtnis- und Hörfehler), Inversionen – bis hin zur durchaus politisch-musikalisch brenzligen Chaotik der Massenprügelei und der damit gemeinten Weltwackelei: Humoristik über den populären Verstand, aber auch über Wilhelm Buschens Vogel hinaus, hin zum bekannten Riß, der durch die Schöpfung geht; zum Wort- und Weltverständnis etwa F. Th. Vischers: dem »tiefen Bruch« im »ganzen Weltall«, in seinem offenbar eben durch Humor nur so gerade noch in der »Geborstenheit« halbwegs »zusammenhaltenden« Gefüge.

Ähnlich geborsten möchte es bei Dostojewski zugehen – und ähnlich wie bei Wagner könnte da das Humoristische die gesamte und durchaus nicht gleichgesinnte Bandbreite bezeichnen. Beziehungsweise von uns hier eben gemeint und nach besten Kräften dargestellt sein. Es führt auch kein Weg daran vorbei, daß das allseits bekannte Lachen die gemeinten »Humor« und »Komik« indiziert oder induziert oder injiziert oder was auch immer. Und beides als gemeines Endprodukt eines manchmal schon sehr schartigen Wegs und Umwegs absegnet.

~

Noch einmal – Dostojewski-Feste:

Vor einiger Zeit fand in Frankfurt, im Bekanntenkreis des Verfassers, ein Fest statt, ein recht gestaltenreiches Festchen. Dostojewski-Leser, Festbesucher der besonneneren Art auch, mochten sich vorab oder im Lauf des Abends oder nachher zum Vergleich des »Fest«-Kapitels aus dem »Dämonen«-Roman (III, 1) erinnern – es ist übrigens auch aus dem Roman-Zusammenhang genommen ohne weiteres verständlich und deshalb auch sehr zur Dostojewski-Einschulung qualifiziert: Ein russisches Provinznest heckt aus nie so ganz transparent werdenden Gründen eine Art halbamtliche und deshalb besonders großspurige Lokal-»Matinee« aus, führt sie nach ebenso langatmigen wie höchstverwickelten Vorbereitungen auch irgendwie durch – und wird an Ort und Stelle wahnsinnig dabei.

Komitees werden im Vorfeld formiert, Intrigen in Umlauf gesetzt, im allmählich ahnbar werdenden Festzentrum schwer patriotische und sogar menschheitliche Reden geschwungen: zur Reform des gesamten Staates, seines Hochschulwesens, der Poesie – vorgetragen und z. T. rezitiert von ewigschönen humanistischen Kraudern und Grattlern, an ihrer Spitze wiederum der verkrachte und dabei doch hochedle Stepan Trofimowitsch Werchowenskij, ehedemiger Schriftsteller und Hauslehrer, jetzt außer seinem »heftigen Drang zum Champagner-Trinken« (I, 1) dem zum patriotischen Lamento und überhaupt zum politisierenden Sermon hörig. In Tat und Wahrheit passiert aber beim »Fest« nichts als ein machtvolles Kontinuum omnilateralen Scheiterns und die buchstäblich lauthals schrei-quietschende Freude fast aller nolensvolens Beteiligten ebendarüber, die majestätisch niedrige Sado-Lust an ebendiesem Scheitern und dem damit verbundenen spukhaften Terror: »Herr Gott, was ein Quatsch!«

Kränker und gesünder haben wohl nie zuvor Menschen aufs krakeelend walzende Unheil reagiert.

Wer am besagten Frankfurter Festabend zufällig etwas genauer aufpaßte, dem entging nicht: Alles ähnelte durchaus dem Romanfest – und segelte doch nur sehr eingeschränkt auf gleichem Niveau, nämlich: wie moralisch noch stark gehemmt. Schade.

Das Fest war nicht übel – »Das Fest« von ca. 1870 hatte die Sau auf die freie Wildbahn gejagt, die russisch-europäische, wohl auch schon die mittelasiatische, aber jenseits von Borodins bravem Charakterstückchen.

Daß Dostojewski einer der ragendsten, ja fast eminentesten Humoristen aller soweit bekannten Zeiten war: die Vermutung bestätigt sich auch und vor allem über seine Inszenierung notorisch und beherzigenswert vorbildlich sich chaotisierender Festivitäten, welche fast alle seine Romane zentrieren. Das ist keine Entdeckung, sondern recht eigentlich Platitüde, wäre nicht weiter beweisbedürftig, sähe sich der Dichter nicht bis zum heutigen Tage von weiterhin vage vagierender Sinnhuberei umdünstet, wie eine ferne Ingmar-Bergman-Vorläuferei stupid beweihräuchert. Von teilweise sogar, wie erörtert, professionellen und professoralen Kräften, die zwar nie was Genaues wissen, aber umso hermetisch-abendländischer ihr Heuchlerhandwerk betreiben oder immerhin lange genug betrieben haben – innerhalb einer Generation sind ihre faulen Früchte kaum ungeschehen zu machen; halten aber wohl noch eine weitere Generation davon ab, Dostojewski mit einiger Freude kennenlernen zu dürfen.

Es gibt eine dem »Dämonen«-Fest sehr ähnliche Vorgänger-Erzählung aus dem Jahr 1862, »Eine dumme Geschichte« (auch: »Eine peinliche Geschichte«, »Eine heikle Geschichte«, »Eine böse Geschichte«); die zur Einführung für unsere nachgewachsene Jugend, aber auch für willige Spätberufene vielleicht noch besser taugt, des Dichters Artung und Technik des Komischen, Karnevalesken, sich Anarchisierenden zu demonstrieren. Abermals geht es um ein absolut ungutes »tolles Fest«, ums wahrhaft finstere Gala-Danebenbenehmen aller irgend Aktiven rund um die Wirklichen Staatsräte Ssemjonn Iwanowitsch Schipulenko und Iwan Iljitsch Pralinskij sowie ihrer Lakaien und anderer Wursteln; solcher, die es teilweise »schon bis zur Exzellenz gebracht hatten« im Zuge der »Auferstehung unseres liebenswerten Vaterlandes« (Übersetzung: E.K. Rahsin), sowie auch ihrer gedrückten Untergebenen und genuin Subalternen, aber durchaus ausgelassen Hochzeitmachenden. Denen der hochgestimmte und schon vorab etwas betrunkene Chef halb bewußtlos, halb generös einen späten nächtlichen Ehrenbesuch abstattet; um zum Ausklang der fast endlosen Peinlichkeitsfolge als der entlarvte Edelmutsvertreter wegen ebenso end- und grenzenloser Rauschkugeligkeit auf das Brautbett gelagert zu werden und mit größtmöglicher Beschämung und »abscheulichem Kopfweh« anderentags wieder allmählich in die Banalität des wirklichen Lebens zurückzufinden.

Und allerdings acht Tage lang, »qualvoll krank«, nicht mehr in der Kanzlei zur Arbeit zu erscheinen. »Er durchlebte eine ganze Hölle. Es gab Augenblicke, wo er daran dachte, Mönch zu werden.«

Es geht in »Eine peinliche Geschichte« genau um

das, was der Titel verrät: um die wohl erste poetische Großinkarnation dessen, was man heute auf Schritt und Tritt beklagen oder eben notfalls abfeiern kann; um Peinlichkeit als um eine literarisch neue, wenn auch letztlich doch nicht so gänzlich neue humane und poetologische Kategorie; eine, die jedenfalls in älterer Dichtkunst keine allzu entwickelte und zentrale vorstellte.

Der Katastrophe folgt hier gewissermaßen peripetisch immerhin eine halbe Katharsis. Nach der spukhaften, nimmersatten, himmelschreienden Entlarvung im Grandioso-Stil senkt der Dichter dann doch wieder rechtzeitig den Schleier eines einigermaßen versöhnlichen Wohlwollens auf und über seine hoffmannesk »wie durch Zauberschlag« einer quasi außerirdischen Macht aufgewiegelten und gebeutelten Zauseln und Knitteln und Exzellenzen; aufschimmert am Ende so etwas wie Rührung und gottstellvertreterliches Verzeihen. Des Dichters wie seiner teilweise atembeengten Leser.

Eine Art metaphysische Frustration ist wohl in letzter Instanz Thema der Geschichte; die Geschichte einer unendlichen Besudelung, eines Alptraums; die erst im letzten Textviertel etwas an Fahrt verliert und wegen satirischer Übertreibung ins Konventionelle zu gleiten und ihrerseits wie ihr Personal aus dem Leim zu gehen droht.

~

Feste Feste scheinen im übrigen um 1850 überall und unter allen Umständen gefeiert worden zu sein, nicht allein im neuen und erneuerten Rußland und von »diesem ganzen neuen Gesindel« der »Dämonen« (I, 1); sondern supranational, fast schon global gleichzeitig zum Beispiel auch in Frankreich; wovon Gustave Flaubert im Brief vom 20. Juni 1858 Mitteilung macht: »Wir werden in Rouen gewaltige und stupide Feste erleben, die Bürger sind völlig verrückt.«

Sie nehmen sich das Recht heraus und haben damit im Prinzip ja auch recht und Lebensrecht. Und um ihr dabei massiert zutage tretendes Dümmliches, Peinliches scheren sie sich nicht, haben sich Menschen noch nie geschert.

Man darf hie wie dort, bei Dostojewskis wie bei Flauberts Festen, aber auch den berühmten Merksatz eines anderen bekannten Franzosen, Jean Pol Satter, und seiner Klamotte »Huis clos« denken: daß die Hölle immer die anderen sind. Nicht zuletzt, wenn sie unter allen Umständen Feste feiern müssen.

~

Geschimpft, meist freudvoll geschimpft, wird bei Dostojewskis Festen beinahe zuviel; zumal dann, wenn, wie im leitparadigmatischen »Dämonen«-Fest so gut wie »alle höheren Kreise fehlten«: und die überwiegend tiefmediokren Mitwirkenden zumal des beschließenden Balls, dies »gemeinste Gesindel der Übergangszeit«, oft »nur mit großer Mühe für kurze Zeit nüchtern gemacht«, sich letzten Endes ja doch nur am liebsten sofort ums endlich eröffnete Büfett drängeln, weder an die ausrichtende Gouverneursgemahlin noch an die armen Gouvernanten einen Gedanken verschwenden als den ja eigentlichen und doppelten Zweck des ab ovo nur noch »ordinären Balls«. »Absurd« und »peinlich« muß das alles beinahe allzu erwartbar enden, immerhin noch mit dem Knalleffekt, der »Bombe« eines ausgebrochenen Brands der jenseitigen Stadt – den bringt freilich nicht jeder Festauflauf zustande.

Sein Hauptreiz bestand aber vielleicht doch nicht so sehr im omnilateral wie apokalyptischen Geschimpfe und Gezerre der massenhaft sich Danebenbenehmenden. Sondern, wie stets bei Dostojewski, in den kleinen Einzelerfindungen. Etwa in Liputins improvisiert saudummem Gedichtvortrag zugunsten der Vaterländischen Gouvernanten; in der späten getanzten und ganz besonders »kläglichen, faden Allegorie« eines »ehrenwerten Rußland« (hier setzt Dostojewski schon übertrieben altbackene satirische Effekte); schön opernhaft macht sich Stepan Trofimowitschs unverhoffter Schlußakkord nach völlig danebengegangener Aufrüttel-Rede: »Ich schüttle den Staub von meinen Füßen und spreche einen Fluch aus! Es ist alles zu Ende – alles zu Ende –«

Fast noch reizvoller zeigen sich manche Bagatellen am Rande. Wo »alle höchst vergnügt« sind, wollen es zum Finale des wie somnambulisch zu Ende dümpelnden und krähenden Fests besonders die

Frauen sein, von alldem ungerührt tanzende »liebenswürdige, ausgelassene Damen, größtenteils Offiziersfrauen«, Repräsentantinnen der allerdings wenig vorrätigen »unbestrittenen Würdenträger unserer Stadt«; sowie deren Töchter, die wie ferngesteuert »drei dürftige Quadrillen« egalwegtanzen.

Und aber natürlich kann auch gleichwohl dieses Fest auf den allbekannten Generalbaß, das Alpha und Omega aller Feste, nicht verzichten: »Man trank bis zur Bewußtlosigkeit.«

~

Welche Gründe, Anlässe hatte »Das Fest« im dritten und zentralen Teil des »Dämonen«-Romans eigentlich? Dostojewski bzw. sein Erzähler gibt im Laufe des Großkapitels mindestens sieben Gründe an, die eigentlich alle wenig miteinander zu tun haben:

1. Das Fest sollte Vertrauen zum neuen Gouverneursehepaar von Lembke stiften, insbesondere zur Ehefrau Julija Michailowna, deren Protektionsehrgeiz vor allem dahin zielt, schon vorab mit ihren Plänen sogar die »hauptstädtischen Zeitungen« zu füllen und so auch »die höchste Behörde zu entzücken«; und die sich mit dem Fest »auf dem Gipfel ihrer Wünsche« als der »Krone ihrer Politik« wähnt.

2. Eigentlich diente aber die Sache der »großen Idee«, nämlich der der realen und symbolischen Unterstützung der verarmten Gouvernanten: Via Subskription soll »zum Besten der Gouvernanten unse-

res Gouvernements« beigetragen werden; was später freilich etwas verrutscht, da geht es plötzlich mehr um einen Appell wegen der »Leiden einer unglücklichen Studentin« – die ja werweiß später dann auch wieder verarmte Gouvernante wird.

3. Im zweiten »Fest«-Teil handelt es sich aber auch wieder in Form einer von Karmasinoff verzapften »literarischen Quadrille« um einen gewissen »ehrenhaften russischen Gedanken« (wider zwei beim Toast etwas unstet herumtrippelnde »Nihilisten«?); denn kürzlich noch stand ja »Rußland als ein Ideal da«.

4. Das Fest diente letztlich den tanzwütigen Damen und »frischen Töchtern« von zumeist kleinsten Beamten, die teilweise dazu acht Frauen ausstaffieren müssen. Und sich dabei elend verschulden, dafür, daß die »entzückenden Knöspchen« einmal im Jahr herumhüpfen und »wie Marquisen auftreten« bzw. halt »einfach vergnügt« sein dürfen. Während alle anderen sich zumeist am zentralen »Büfett« vergnügen und sich dort vor allem möglichst ununterbrochene »Skandale« erwarten und erhoffen.

5. Das Fest sollte vornehmlich bloß dem dummen Wichtigtuer Karmasinoff, »dem großen russischen und europäischen Schriftsteller«, mit seiner kreuzdummen »Merci, merci, merci«-Rede zu einem imposanten Auftritt verhelfen – dies umgekehrt wieder zum Ruhme der Julija Michailowna. Und um »andere Gouvernements neidisch zu machen«.

6. »Der Ball ist zum Zwecke der Brandstiftung arrangiert worden«, erfährt man final zum tatsächlich

ausgebrochenen Brand; und allerdings recht unklar. Nämlich eventuell von Peter Stepanowitsch als Katastrophe vorab betrieben.

7. Befohlen habe Ball und Brand aber eigentlich »die Internationale« – offenbar (das könnte zeitlich gerade noch hinkommen) die erste von London 1864.

Ja, dann. Klar, daß das alles zusammen nicht gutgehen konnte.

~

»Die Geschichte der Menschheit wird erst interessant durch das Aufkommen der Peinlichkeit«, teilt Bernd Eilert im Jahre 2010 und nur leicht übertreibend mit; also mindestens (nach James Ushers Zählung) 6014 Jahre nach dem biblischen Sündenfall und also dem Aufkommen der Scham, initiiert durch Gott Jahwe selber; der es ja vielleicht auch eine Idee interessanter in seinem heimatlichen Humankosmos haben wollte.

Bei Norbert Elias (»Über den Prozeß der Zivilisation«, 1968 ff.) figuriert Peinlichkeit sozusagen synchron mit dem Aufkommen späterer und höherer Kultur und Gesittung (Band 1, S. 72–73); beide verbunden durch die »Über-Ich-Bildung« mit dem »Vorrücken der Schamgrenze« (2, S. 401), vulgo: Was kurz vorm Beginn der Neuzeit noch nicht als peinlich-beschämend empfunden worden war, wird und ist es jetzt (1, S. 163). Die Tante-Lisbeth-Empfindung bzw. -Definition von »peinlich« als das gesellschaftlich Unstatthafte weicht dabei gar nicht so viel von den Ergebnissen der kulturhistorischen Exkursionen und Deduktionen des Norbert Elias ab; nur daß Peinlichkeit dynamischer sich dehnt, als jene Tante zu erahnen vermag. Es geht nicht mehr um unsauberen Fußboden und angegangene Wurst, sondern um das ganze und gesamtheitliche »moderne Heim« (Pfarrer Sommerauer): Daß Peinlichkeit wenn schon nicht erstmals bei Dostojewski, so spätestens bei Kafka als Lebensgefühl, als profaniert religiöser Lebensbefund universal, totalitär geworden ist, das hätte Tante Lisbeth als ein Neues doch wohl einige Mühe zu erspüren oder gar zu verstehen.

Sich selber zum Schämen zu empfinden und zu begreifen, als im Grunde nämlich widerstandsunfähiges Opfer der Conditio humana moderna, das mag auch dann, wenn man feinfühlig ist, beschwerlich sein. Zumindest darin hat aber Eilert doch wieder recht; daß es ohne jenen Sensus für universelle Peinlichkeit auf der Welt noch weniger zu lachen und also zu freuen gäbe. Schadenfreude ist da auch oft dabei (aller gegen alle in Dostojewskis thematischer Geschichte); vor allem aber die viel rarere und menschheitsgeschichtlich wohl originellere Freude an der Selbstentblößung einer Person, evtl. sogar der ganzen Gattung. Das delphische »Erkenne dich selbst« – vielleicht ist es jetzt erst auf den Punkt gekommen.

Peinlichkeit, so Elias (Band 1, S. 103) zusammenraffend, entsteht, wenn »Individuen verschiedener sozialer Herkunft durcheinander gewirbelt werden«. Das tun sie bei Dostojewski paradigmatisch und zur Genüge und schon von daher den ein paarmal leis angeschlagenen Sozialismus bzw. »Kommunismus« mit einem kraftvollen Fragezeichen versehend; denn da würde ja alles noch viel ärger und unüberschaubarer. Aber Peinlichkeit ist ein mobiler, ein ausdehnungsagiler Begriff wie die Sache selber, um die er sich dreht. Peinlichkeit hat in sich eine Neigung zu Expansion ad infinitum bis kurz vorm Explodieren bzw. Vergehen aller Dinge – und damit zur Inversion ins Segensreiche. Das »Vorrücken der Schamgrenze«, es provoziert offenbar auch das kompensatorische Gegenteil: das mehr oder weniger mutwillige, ja kunstvolle Zerschlagen dieser Scham, das Verletzen aller Schamtabus, alter und neuer. Die uns laut Freud auferlegte Lebensverengung durch Kultur, durch die späte Kultur selber, die alles Leben adornoisch bereits vorab absorbiert und unlebendig macht: sie wehrt sich gewissermaßen mit einem Befreiungsschlag; indem sich das Leben jetzt erst recht noch extra danebenbenimmt.

Wie in Dostojewskis beinahe leitprogrammatischer Geschichte, die da mit größtmöglichem Einsatz vom loriotähnlichen, ja karl-valentinartigen Schiefgehen aller Dinge handelt. Nicht ganz überflüssig zu betonen, daß keineswegs alle, aber doch nicht wenige Dostojewskische epische Klein- und Großfigurationen dieser Art sind; betrieben vom Autor wie auch seinem Personal, das sich, zumindest augenblicksweise, nicht alle Lebensschrumpfung gefallen lassen möchte. Und deshalb aber auch nicht alle Tassen im Schrank hat. Jedenfalls nicht immer.

~

Diese ewige Leier vonwegen »alles verspielt« (10. Juli 1867), »alles verspielt« (19. Juli 1867), »ohne eine einzige Kopeke« (26. Mai 1867), als Folge des »verhaßten Spiels« (24. Mai 1867), und im gleichen Brief an Anna Grigorjewna schon wieder »habe alles verloren« und dann wieder »alles, alles verspielt, bis zur letzten Kopeke« (22. Mai 1867) oder wahlweise »natürlich alles verspielt« (5. August 1867 zu Baden-Baden) beim »verdammten Roulette« (19. Mai 1867 zu Homburg) sowie »restlos alles verloren« in diesem »verfluchten Baden«, »dieser Hölle in Baden« (28. August 1867): Der zumindest in den Jahren 1863 ff. ewige Loser muß speziell zu dieser Zeit kaum die Literatur und seine schon fertigen oder ins Auge gefaßten Romane, sondern ausschließlich Spiel und Spielverlust im bärtigen Kopf gehabt haben – der unablässige Schrei nach »Geld! Geld!« hat allenfalls in dem etwa gleichzeitigen und ebenso unausgesetzten Richard Wagners vor allem aus dem Exil in Venedig herauf sein Gleichwertiges.

Der »verfluchte Sumpf«, über den in den Baden-Badener Tagen seine weitgehend präsente Ehefrau Anna klagt (z. B. am 4. August 1867, s. »Dostojewski in Deutschland«, S. 134), nämlich dies »immer nur spielen und auf den großen Gewinn warten«, während es sich die gleichfalls anwesenden Turgenjew und Gontscharow unbeschwert gutgehen lassen: es hat übers Krankhafte, Psychotische hinaus auch etwas durchaus Dämliches oder vielmehr herrlich Dümmliches. »All das hämmert in meinem Kopf«, teilt bereits am 22. August 1865 ein Brief der zweischneidigen und darüber wohl wieder ennujierten Gefährtin Polina mit – und tatsächlich haben um diese Zeit auch die Briefe selber etwas hämmernd »Konfuses« (21. Mai 1867). War der Dichter Dostojewski vielleicht wirklich über »meine Liederlichkeit« (24. August 1865) hinaus ein etwas pathologischer, masochistischer, jesusmäßig ins Negative vernarrter Fall? Mit dem Credo: »Um meine Angelegenheiten ist es schlecht nec plus ultra bestellt, schlechter kann es nicht mehr werden.« (aus Wiesbaden, ebd.)

Jawohl, Rousseau hatte schon recht darin: Daß »die Russen niemals wirklich gesittet sein werden« und sich entsprechend führen, auch nicht die begabteren unter ihnen – den Dostojewski weiterhin hegemonial heiligsprechenden Kräften der Gegenaufklärung zum Trotz sei es hier ausposaunt.

Im thematischen »Spieler«-Roman von 1867 liefert der Dichter immerhin den Grund des Ganzen nach: »Weil die Russen gar zu reich und vielseitig begabt sind, um schnell eine anständige Form für sich zu finden« (Übersetzung: E. K. Rahsin, 1969, S. 487), deshalb diese Aufführung zumal in Baden-Baden bzw. »Roulettenburg«, und deshalb auch der ewige

Spielsuchtwahn samt Brieftamtamlamento und halbherziger Reue: »Pardon, ich weiß übrigens selbst, daß ich Unsinn zusammengeredet und entsetzlich übertrieben habe, aber mag es nun einmal so sein. Ich bleibe dabei, was ich gesagt habe.« (S. 482)

Oder mit nochmals anderen Worten: »Ich habe keinen einzigen menschlichen Gedanken im Kopf.« (S. 487)

~

Neues von Gott:

Bei der Verfilmung der »Brüder Karamasoff« mit Yul Brynner (als Iwan) und Maria Schell (als seine Hauptgeliebte), welche wohl Ende der fünfziger Jahre irgendsoein Hollywood-Gaunergremium auf dem Gewissen hat, dient der Name Dostojewski, jenseits jeder Ähnlichkeit mit dem Roman, mehr als Namensmythos und als Staffage für irgendwelche immerwährenden Feste, wilden Tanz (Trepak? Kosakenpolka?) und nimmermüde Wald-Schlittenfahrten; und ist damit zum wünschenswerten Gehalt und Ziel gekommen, so heiß- wie kaltblütig auf den Kern.

Aber es scheint im Lauf der letzten hundert Jahre (seit erstmals ca. 1910) auch bessere Exempel gegeben zu haben. Zum Beispiel eine »Dämonen«-Verfilmung durch die ARD im Jahr 1977. Überaus verblüffend, wie gut eine dezidiert unprätentiöse konservative Übersetzung eines 1000-Seiten-Epos in (aufgeteilt in vier Folgen) sechs Stunden bewegtes Bild gelingen kann. Und dies vornehmlich deshalb, weil sich Drehbuch und Regie (Claus Peter Witt und Leopold Ahlsen) eng, ja engst an Geist und Buchstaben des Romantexts halten. Man durfte darum auch lachen, oft und so laut wie beim Lesen.

Am häufigsten über Hannes Messemer, der vielleicht dazu auf die Welt gekommen war, den schwerlich sterblichen Stepan Trofimowitsch zu spielen –

– am lautesten lachen über einen Satz, den Helmut Qualtinger als sehr glaubwürdig angeschickerter Hauptmann Lebjadkin der Generalissima Warwara P. Stawrogina zuteil werden läßt, als sie ihn zur recht peinvollen Rücksprache wegen allerlei Inkorrektheiten, Intrigen, Infamien zu sich rekommandiert – zuteil werden läßt mit nur etwas schwerer Zunge: »Es hat sich so viel aufgehäuft in diesem schlichten Soldatenherzen, daß Gott es selbst nicht verstehen wird, wenn er es am Jüngsten Tag erfährt!«

Genau. Dostojewski steckt diesen schon sehr fernen Herrn noch allweil in die Tasche.

Zwar weniger via die noch immer allseits andachtsvoll traktierte und angeblich »kolossal interessante« Legendeneinlage vom »Großinquisior« im 5. Buch des »Karamasoff«-Romans, aber ansonsten erfährt man auch heute noch Neues und Interessantes über Gott am besten per Dostojewski. So zum Beispiel im Brief an Nikolaj Nikolajewitsch Strachow vom 20.1./10.3. aus Florenz:

»Turgenjews Erzählung« – gemeint ist »Die Unglückliche« – »ist von einer solchen Nichtigkeit, daß man sie nicht mal dem Herrgott zeigen könnte.«

Obwohl der sonst so barmherzig ist? Und deshalb als Schlußlektorat der Erdgeschichte noch jeden Dreck wegliest?

~

Das Verlangen nach Gott oder wahlweise Humanität oder »aristokratischer« Bildung wird bei Dostojewski und zumal seinem »Dämonen«-Personal häufig assimiliert mit einem anderen Durst. »Hören Sie, Stawrogin«, schreit der sehr tückische Oberanarchist und Chefunhold Peter Stepanowitsch Werchowenskij beim Spazierengehen jenem wie besessen zu, »der Durst nach Bildung ist schon ein aristokratischer Durst.« Dagegen: »Wir werden die Trunksucht, die Klatscherei, das Denunziantentum befördern; wir werden eine unerhörte Demoralisation hervorrufen« (II, 8), plärrt der Kretin so anarchistisch wie endlos weiter, um »vollständige Gleichheit zu schaffen«.

»Er fiebert und redet irre«, erwägt der zurechnungsfähigere Nikolai Wsewolodowitsch Stawrogin, der Sohn der Generalswitwe Warwara, und erwägt, dem uferlosen »Wortgeriesel« fast andächtig weiter lauschend: »Wenn dieser Mensch betrunken ist, wo hat er denn Gelegenheit gehabt, sich zu betrinken?«

Das ist bei Russen und Dostojewski schwer zu sagen; auch ob dazu Alkohol überhaupt nötig war. Bevorzugte Individuen, aber auch mittlere Massen vollbringen da Frappantes, auch im Wechsel der Zustände. »Mehrere Individuen in höchst zweifelhaftem, durchaus nicht ballmäßigem Anzuge«, bemerkt der Ordner-Erzähler im Kapitel »Der Schluß des Festes« (III, 2), »Leute, die offenbar nur mit großer Mühe für kurze Zeit nüchtern gemacht und Gott weiß woher herangeholt waren, einige sogar aus anderen Städten«, werweiß um so den, nach einer Idee der zuständigen Gouverneurin, »demokratischen Charakter« des Balls zu akzentuieren, und der sieht meist so aus: »Beim Büfett hatte sich auch eine Anzahl von Leuten niedergelassen, die einfach vergnügt waren.«

Betrunkenheit geht mal mit, mal ohne Wein und Wodka. Immer wieder kommt bei Dostojewski, zumal im »Dämonen«-Roman, der Typus des auch (mehr oder weniger) unbetrunken Exaltierten vor, der da immerhin für sich reklamieren darf, daß er die Romane durch sein blödes Geplärr und verwandte Machenschaften sogar recht eigentlich zusammenhält:

»Er war wie ein Geblendeter, er war in Begeisterung; er fühlte seine Wichtigkeit, gewiß schwebte ihm etwas der Art vor. Jetzt verlangte es ihn, zu beleidigen, Schaden anzurichten, seine Macht zu zeigen.« (I, 5)

Die Rede war vom schon mehrfach gewürdigten Exoffizier Ignat Lebjadkin; bei dem im Zuge allgemeiner Randaliererei und fortgeschrittener Lebensgleichgültigkeit auch nicht mehr so ganz klar ist, ob er nach seiner eigenen Titulierung »Stabskapitän a.D.« ist oder nur, wie Dostojewski pointiert, »angeblicher«. Im Zusammenhang von Titelsucht waren die Russen den Deutschen im 19. Jahrhundert offenbar ebenbürtig; da kehrt Dostojewski auch immer wieder mal den komödiennahen Satiriker hervor.

~

Dostojewski und die seltsamen Folgen:

Man muß dankbar und froh sein, daß man das alles, beinahe alles nicht kennt und vermutlich nie mehr kennenlernen muß, denn es ist fast alles restlos vergessen und versunken und droht auch kaum mehr aufgerührt und aufgeführt zu werden, schwerlich auch nur mehr die aufzufüllenden Nachmittagsprogramme des Rundfunks zu verdüstern:

Offenbar gar nicht so selten ward Dostojewski wie zum Film auch zur Oper, wurden seine Romane veropert: Kein anderer als Heinrich Sutermeister hatte bereits 1948 den »Raskolnikoff« angegangen; Karl Ottomar Treibmann war es, der 1988 vor dem »Idioten« ebensowenig zurückzuckte wie Mieczysław Weinberg sowie Hans Werner Henze; mit einer Ballettpantomine (!) dieser gar.

Otakar Jeremiáš hatte 1928 nicht vor den »Brüdern Karamasoff« haltgemacht, Hans Krása nicht vor »Onkelchens Traum« und selbstverständlich Schostakowitsch nicht vor den »Dämonen« (»Vier Gedichte des Hauptmanns Lebjadkin«).

Auf Prokofjew geht recht unselig »Der Spieler« (1916/28) zurück. Aber auch die noch relativ lebendige und immer wieder hervorgeholte und veritable Oper »Aus einem Totenhaus« von Leoš Janáček, uraufgeführt 1930 und angelehnt an Dostojewskis Frühroman von 1855 ff., ist ungeachtet mancher kompositorischer Qualitäten mehr oder weniger Mißgriff. Wenn auch noch kein komplettes Mißverständnis. Denn diese romanhaften »Aufzeichnungen« aus dem sibirischen Straflager von 1849 ff., niedergeschrieben vor und nach der Hinrichtungsdrohung, sind nur in Spuren späterer und entwickelter und sozusagen reifer Dostojewski. Vielmehr allenfalls auf dem Weg dorthin. Und letztlich zwar opernfern, aber nicht so ganz ungeeignet für oratorienähnliche Musikdramatik des 20. Jahrhunderts.

Modest Mussorgski hätte, etwa im Stil der »Chowanschtschina« von 1886, unter Umständen die »Dämonen« packen können, jedenfalls 30 Prozent davon. Vor allem die geselligen Aufläufe. Hat aber nicht.

Insgesamt sollte man Dostojewski-Veroperungen gewiß möglichst rasch vergessen. Sie dürften in der Summe fast noch schlimmer sein als im Fall Kafka die Fehlgriffe durch Gottfried v. Einem, André Laporte und Aribert Reimann.

Gut eineinhalb Jahrhunderte Dostojewski-Erscheinung und vor allem -Nachruhm könnten weitgehend eine Geschichte von Fehlverständnis, Falschauslegung, ja Unfug sein. Laut Franz Blei (»Erzählung eines Lebens«, S. 239) zum Beispiel galt Dostojewski in der ersten Jahrhunderthälfte vielen mehr oder weniger als »Kriminalschriftsteller« wie ähnlich auch Balzac und

Eugène Sue oder sogar nur Paul de Kock – weniger unverdient auch als Mann der Kolportage. Immerhin mehr recht als manch hochangereiztes Schöngeistgeschwätz der ewigen Belletristikvertreter hat in diesem Betracht das schon deshalb lobenswerte dtv-Lexikon (Band 4, S. 179) von 1972: »Stofflich und stilistisch neigen (Dostojewskis) Romane, in denen er mit großer psychologischer Eindringlichkeit die Menschen schildert, zur Trivialliteratur (insbes. Kriminalgeschichte).«

Franz Bleis »Das große Bestiarium« von 1924 ergänzt, anderen Kennern und Wichtigtuern und Falschmünzenlieferanten sei er, Dostojewski, ganz auf das Stichwort »Psychologie« festgenagelt – diese sich selbst unentwegt fortfabulierende Legende geht, wie schon gestreift, auf den manchmal wirklich unseligen Reizwortgeber Friedrich Nietzsche zurück; der ja aber gar kein allzu fleißiger und kundiger Leser war, sondern mehr ein mit dem Holzhammer operierender und damit überaus erfolgreicher Lautsprecher; und der 1888 nachhaltig dies über Dostojewski in die Welt placierte: »Der einzige Psychologe anbei gesagt, von dem ich etwas zu lernen hätte« (»Götzen-Dämmerung«) – in Wahrheit war Nietzsche ein mehr beschränkter und auch Dostojewski keineswegs, sondern nur dem Gerücht nach, ein superieurer »Psychologe« (im damaligen Quodlibet-Verstand); und wetten möchte man, daß der sich brüstende deutsche Professor noch kein halbes Dostojewski-Kapitel ganz gelesen hat. Der Dichter hatte aber dem Nietzsche zumindest indirekt, dem schon kursierenden Gerücht nach, den Befund »Alles ist erlaubt« zu danken; und machte daraus allerdings etwas besonders Schönes und Plausibles, nämlich die Spezifizierung dessen im »Idiot«-Roman von 1868 und angesichts von Rogoshins höchst obskurem Herumtreiberpersonal:

»Übrigens waren sie alle etwas unsicher in der Beurteilung ihrer Macht: und ob ihnen denn jetzt wirklich alles oder nur manches erlaubt war?« –

– und genauer läßt sich das führende Leitthema der Menschen fürs 19., auch noch fürs 20. und vermutlich auch noch fürs 21. Jahrhundert schwerlich fassen und erfassen. Man denke z. B. nur an Bohlen, Madonna, Castorf, Bischöfin Käßmann, die modernen Investmentspekulationsbanker (»Masters of the Universe«), sowie Franz Josef Strauß vor allem in seinen ganz frühen und hemmungslosesten Jahren.

Nietzsche aber hatte zu Dostojewski ansonsten nur noch mitzuteilen: »Die Evangelien führen uns genau dieselben physiologischen Typen vor, welche die Romane Dostojewskis schildern« (»Der Fall Wagner«, Epilog) – und das ist nun wieder ein schon ganz besonders namenloser Blödsinn.

Dostojewski-Verfilmungen in Ost und West gab es nicht wenige; nämlich überschlägig bisher gut 200; die bisher buntest gesinnte und die wohl beste hat dieses Buch vorhin schon gestreift. Unter den Dramatisierungsbestrebungen hebt das 1958 uraufgeführte Schauspiel »Die Besessenen« von Albert Camus sich deutlich ab, dem damals auf dem Höhepunkt seiner Popularität und Wirksamkeit stehenden Franzosen; der zuletzt so vergessen wurde wie diese seine dramatische Version des »Dämonen«-Romans. Anders als in Camus' vorgängigem Philosophicum »Le Mythe de Sisyphe« von 1942 dominiert hier im Stück recht verblüffend das Komische, Alberne, Verhaute der Abläufe und des Personals der großen Romanvorlage von 1871–73. Also das durchaus in unserem Sinne spezifisch Dostojewskische. Zeigt sich Camus im »Sisyphos« noch ganz ernsthaft vor allem an Kiril(l)ows Gottesbeweis- und Selbstmordproblemen interessiert: »Der Parteigänger des logischen Selbstmords« (1959, S. 88), »der Selbstmörder tötet sich, weil er auf der metaphysischen Ebene drangsaliert wird«; denn, noch etwas rätselvoller: »Um einer Idee, um eines Gedankens willen, bereitet er sich auf den Tod vor. Das ist die höchste Form des Selbstmordes« (ebd.) usw. –

– derweil ragt jetzt im Theaterstück »Les Possédés« erstaunlich eindeutig der drollig-skurrile und gewiß nicht suizidgefährdete Schnarchsack Stepan Trofimowitsch aus der personalen Szenerie hervor, im Vereinsclub mit seinen ja auch nicht ernstlich besessenen Provinzkraudern – mehr maßvoll Aufgeregte oder auch nur Wichtigmacher und Wichtel und Zauseln denn Dämonen. In Camus muß in der Zwischenzeit so eine Art innere Literaturgeschmacksrevolte vorgegangen sein:

Stepan im Drama: »Ich besuchte fleißig die Bibliotheken. Damals hofften wir! Wir diskutierten bis zum Morgengrauen, wir bauten die Zukunft. So tapfer waren wir, hart wie Stahl, unerschütterlich wie Fels! Wir kosteten wahrhaft attische Nächte; Musik, spanische Weisen, Liebe zur Menschheit, die Sixtinische Madonna … O meine edle und getreue Freundin, wissen Sie wirklich, was ich verloren habe?«

Darauf die weniger poetische, weniger illusionsfreudige, vergleichsweise kritische Wohltäterin Warwara:

»Nein. Aber ich weiß, daß Sie nicht zwölf Stunden am Tag arbeiten konnten, wenn Sie die ganze Nacht hindurch schwatzten. Überhaupt ist das alles Geschwätz!« (S. 12)

So fährt sie, ähnlich wie im Roman, auch im Bühnenstück ihrem zwar zuweilen fouriernah französisch parlierenden, sonst aber extrem unrevolutionär disponierten zentralrussischen Freund und zuweilen Widersacher, dem ewigen liederlichen Provinzheroen Stepan, immer wieder mal harsch in die Parade. Allerdings vernimmt man bei Stepans Sohn, dem gefährlichen und genuinen Terroristen Peter Stepanowitsch Werchowenski, andere Töne; solche, die sich auch noch in der Camusschen Version schon bedrohlicher anhören:

»Wir werden dies endgültig organisieren. Wir werden die Menschen zwingen, sich gegenseitig auszuspionieren und zu denunzieren. So wird der Egoismus aus der Welt geschafft. Ab und zu ein bißchen Krawall, aber beschränkt, nur eben zum Zeitvertreib.« (S. 93)

Aber eben nur kurz.

PS. Ein Nachtrag: Auch Max Strauß, eine durchaus dostojewskifähige Figur, gehört geno- wie phänotypisch in jene Riege, der fast alles, nein, alles erlaubt ist. Bzw. erlaubt zu sein dünkt. Oder eben jedenfalls früher mal dünkte.

~

Zumindest eine komische, lustige, lachhafte Passage, einen Hauch der späteren humoristisch-gebrochenen Romanartung, gibt es aber auch schon im Dostojewskischen Frühwerk, den vorerwähnten tagebuch-, aber auch romanähnlichen »Aufzeichnungen aus einem Totenhaus«; nämlich aus einem sibirischen Zuchthaus, des Schriftstellers eigenen Straflager- und Todesurteilserfahrungen stark nachempfunden. Kurz vorm Ende des nicht schmalen Buchs, im Kapitel »Eine Flucht«, steht als zumindest vorgebliche Schreibmotivation zu lesen: »Ich wollte unseren ganzen Ostrogg und alles, was ich in diesen Jahren dort erlebt habe, in einem anschaulichen und möglichst klaren Bilde zeigen. Ob mir das gelungen ist – das weiß ich nicht.« Und, nach etlichem weiteren rhetorischen Geraune, der recht verblüffende Schwenk: »Doch wozu davon reden! … Es ist besser, ich erzähle noch irgend etwas, um nicht gar zu kurz abzuschließen« (Übersetzung: E. K. Rahsin) – nämlich das ganze Buch, und das erinnert ja nun wirklich schon sehr an das genialdümmliche »Von Seiten des Autors«-Vorwort der »Brüder Karamasoff«.

Dagegen scheint es im Frühroman »Die Erniedrigten und Beleidigten« aus dem gleichen Jahr 1861 sogar noch weniger zu lachen zu geben – mit der Ausnahme wiederum einer ganz ähnlichen Romanrahmen-Arabeske:

»Ich mache mir immerhin große Hoffnungen, und in materieller Hinsicht werden wir vollkommen gesichert sein. Wenn es mit dem Roman nichts werden sollte (...) könnte ich zum Beispiel auch Musikunterricht erteilen.«

Und, ein paar Zeilen weiter: »Ich habe auf diesem Gebiet ganz neue Ideen. Außerdem besitze ich eine ganze Menge wertvoller Kleinigkeiten, Toilettengegenstände und dergleichen, was soll ich damit? Ich werde das alles verkaufen und, was meinen Sie, wie lange wir von dem Erlös leben könnten! Und im äußersten Falle würde ich vielleicht doch noch in Staatsdienste treten.« (Übersetzung: Hermann Asemissen, 1965, S. 87 f.)

Eine äußerst konzise Berufs-, eine vorbildlich metaliterarische Lebensperspektive!

~

»Dostojevskij ist mir immer teuer gewesen; er war vielleicht der einzige Mensch, den ich über vieles hätte befragen können, und der auch in der Lage gewesen wäre, auf vieles zu antworten. Er war ein edler Mensch, von echt christlichem Geiste beseelt.«

Möglicherweise war es diese Notiz des zeitlebens rivalisierenden Leo Tolstoi aus einem Gespräch mit der Witwe Anna Grigorjewna Dostojewski im Jahr 1885 und also vier Jahre nach des Dichters Tod, welche seine Heiligsprechung als Christlichkeits-Ikone begründete oder sehr beförderte. Aber auch Annas Bericht vom letzten Lebenstag ihres Gatten, sein Wunsch, auf dem Totenbett aus dem Matthäusevangelium vorgelesen zu bekommen, aus dem ihm einst 1849 in der Strafkolonie Omsk von der Dekabristenwitwe Mme Fonvisina geschenkten Exemplar des Neuen Testaments, nämlich die Worte »Halte mich nicht zurück!« – auch dergleichen hat zur ohnehin unvermeidlichen und unkorrigierbar verfälschenden Mythosbildung nicht unerheblich beigetragen (s. Janko Lavrin, »Dostojevskij«, 1963, S. 154); schon seit seiner aus der Dresdner Zeit sich herschreibenden und offenbar extrem überinterpretierten Vorliebe für Raffaels »Sixtinische Madonna« zeichnete sich eine solche ziemlich obskure Christianisierung des Dichters ab; seine »Heimkehr in die russische Orthodoxie« (Karla Hielscher) und dergleichen allzu Probates mehr.

Probates in diesem Fall in Richtung auf eine besonders zweischneidige, eventuell ganz falsche Legende. Mag sein, daß einer auf dem Totenbettlaken aus welchen heimatlich-gemüthaften Gründen auch immer der alten und früh liebgewordenen Bibel wieder vertraut, sich seine unbequeme Lage etwas zu erleichtern: Es führt kein Weg daran vorbei, daß in Dostojewskis Briefen an Anna und viele andere Adressaten die Reizwörter »Gott« und »Christus« und »Christentum« etcetera noch weniger vorkommen als in den Romanen; auch beim Fürsten Myschkin und bei Iwan Karamasoff spielen sie keine gar zu große Rolle. Geht es bei jenem um reichlich hirnrissige Vorgänge rund um irgendwelche Schweizer Fräuleins und um seine pathische Sucht, reden, reden, reden zu wollen – so bei diesem vor allem immerzu um Geld, Geld, Geld. Wie bei seinem Verfasser, der sich selber als »Proletarier unter den Literaten« verstand und der deshalb ewig und einen Tag nach Geld gierte – wie schon gesagt nicht unähnlich, sondern fast wortwörtlich kongruent mit dem Zeitgenossen und auch sonst vielfach nicht unverwandten Richard Wagner; dem es in Briefen und sonstigen Exklamationen zu 51 Prozent Umfang auch immer nur um Geld, Geld, Geld zu tun ist. Und erst in den letzten und finanziell einigermaßen erbaulichen Lebensjahren hin und wieder vermehrt um Gott und seine wie und wo auch immer beheimatete Religion.

Wobei, in Parenthese vermerkt, es späterhin auch immer wenig hilfreich war, Dostojewski russisch-orthodoxe oder römisch-katholische oder jedenfalls biblisch-christliche Bezugssysteme gewaltsam aufzukleben – selbst die zitatlichen Ingredienzien christlicher Humordenker vom Prediger Salomo über Jesus Sirach bis hin zu notfalls halt auch Hans Küng bringen überhaupt nicht weiter und nichts ein. Und die Sprüche theologischer Pfeifen, auch im

Dostojewski-Konnex, über »christlichen Humor« und das »Lachen Gottes« und die »Geborgenheit dieses Lachens« in der christlichen Souveränität und womöglich in den Mantelfalten der Sixtinischen Madonna noch viel weniger. Dem christlichen Humorgott sei es gedankt, daß dergleichen in den letzten Jahrzehnten im Zusammenhang Dostojewski etwas zurückging; auch parachristliches Exegetengeschwafel des Typs Stefan Zweig hochunselig.

Eine andere und besonders rationalitätsferne Quelle des christlichen Gerüchts Dostojewski speist sich wohl speziell aus dem Namen des Fürsten und Idioten Myschkin. Das klingt schon recht passend nach Frömmigkeit, nach Mystik und Mysterien, nach der Jesus-Nachfolge, wenn schon nicht nach der bekannten »Imitatio Christi«, in der 1978 im Vatikan ein gleich darauf sterbender Papst las. Jedenfalls angeblich.

Und die aber bei Dostojewski und insbesondere beim Fürsten Myschkin zu behaupten ein schon ganz besonders eminenter Lügenblödsinn ist; Gott strafe Böll und seine Konsorten.

Ein wohl nie auszurottender Schmarren und Schmäh. Dichtungs-Deutung macht sich gern selbstständig. Bis hin zur völligen Autonomie vulgo Idiotie.

Umgekehrt, nicht zu vergessen, ist Dichtung-Poesie-Literatur selber etwas Autonomes, Autarkes. Notfalls sogar gegen Dostojewskis Privatmeinung. Und drum sollte man auch einer Briefstelle wie dieser, wenn sie nicht ohnehin taktisch gemimt oder ähnlich ist, nicht zuviel Gewicht beimessen:

»Die Mission Rußlands liegt im orthodoxen Glauben, im Licht aus dem Osten, welches zu der erblindeten Menschheit im Westen flutet, die Christus verloren hat. Alles Unglück Europas, alles, alles ohne Ausnahme, rührt daher, daß es mit der römischen Kirche von Christus abgekommen ist und meint, ohne ihn auszukommen.« (Brief an Apollon Maikow, 21. Oktober 1870)

Für die Romane spielen solche möglicherweise sogar ernsthaften Überzeugungen aber fast keinerlei Rolle. Es sei denn als Salbaderei des Personals, als Geschwätz.

~

»Es gibt«, schreibt Dostojewski am 1. Januar 1868 an seine Nichte Sofia Alexandrowna Iwanowa, »in der Welt nur eine einzige positiv-schöne Gestalt: Christus, diese unendlich schöne Gestalt ist selbstverständlich ein unendliches Wunder.«

Mag sein, daß der Onkel das der 21jährigen aus erziehungsgeleiteten Gründen zu Gemüte führt; mag auch sein, daß ihm grad mal selber aus Beschwörungs- oder jedenfalls Zeitvertreibsgründen nach diesem auch nicht allzu gut formulierten und andererseits auch kaum sehr überraschenden Gedanken zumut war. Schwer zu glauben, daß es dem 46jährigen Schriftsteller da schon um Mythos- und Legendenbildung, um die christliche Einkleidung seines gerade mal langsam und kaum ahnungsweise sich entfaltenden epischen Großwerks zu tun war. Mit Christus hat nämlich dieses, um es sattsam sattelfest zu wiederholen, im Kern so gut wie nichts zu tun.

Wenn Dostojewskis Brief vom Neujahrstag nun allerdings damit fortfährt, daß er Don Quichotte als die »am vollkommensten« erscheinende »von allen schönen Gestalten in den christlichen Literaturen« feiert, der »aber nur darum schön ist, weil er zugleich lächerlich ist« und somit dem Leser »das Geheimnis des Humors« als »Leser-Sympathie« offenbare, dann – ja weil dann wohl auch Christus im Zirkelschluß exemplarische humoristische Figur wäre – dann, ja dann müssen wir's unsererseits zumindest vorübergehend aufgeben, dem Dostojewskischen Humor auf die Schliche oder wenigstens näher kommen zu wollen.

Notfalls war er halt einfach ein Humorist contre toute raison, ein Humorist ohne jeden Verstand dafür.

~

An den schandbaren altbiblischen Unfug, wer »seinen Bruder Narr nenne«, der sei »ein Mörder« und schon gerichtet, an diesen Sermon der Bergpredigt hat sich der angeblich fromme und unbeugsame Gottes- und Christusmann Dostojewski immerhin und gottseidank niemals gehalten. Sondern in mehreren Romanen vielmehr ein komplettes Narrenhaus entfackelt. Womit auch jeder einzelne Narr darin erfreulich aus dem Schneider ist – und Dostojewski theologisch mit dazu.

»Das Thema meines Romans«, der gerade entstehenden »Dämonen«, ist nun zwar nach dem Evangelisten Lukas (8, 32–36), »wie diese Dämonen in eine Herde Säue fahren« (Brief an Apollon Maikow vom 21. Oktober 1870); bzw., um genau zu sein: »Die Teufel saßen im Menschen, und sein Name war Legion, und sie baten ihn, daß er ihnen erlaubte, in die Säue zu fahren« (a. a. O.); oder, um noch genauer zu sein: »Die Teufel sind aus dem russischen Menschen in eine Herde von Säuen gefahren, d. h. in die Netschajews, Serno-Solowjewitschs usw.« (ebd.) – und weil das aber von heute aus überhaupt niemand mehr verstehen kann und Dostojewski vielleicht auch nicht so ganz genau gewußt hat, was er eigentlich genaugenommen wollte, stellen wir hier lieber vorläufig fest: Wenn man schon seinen Bruder nicht Narr titulieren sollte, so darf man seine russischen Brüder von ca. 1870 immerhin »Säue« und »Besessene« nennen. Falls sich Dostojewski nicht doch noch eines Tages entschließt, seine allzu ungeordnet flutenden Gedanken ein bißchen besser zu ordnen. Und so dem »Ordner« des säuischen »Dämonen«-»Fest«-Kapitels Anton Lawrentjewitsch G***w metaliteratisch nachzufolgen, wie in der Folge die Russen wieder Christus oder Stalin oder wem auch immer.

~

Stef. Zweig, wir erinnern uns bedrückt, war ja keineswegs der einzige, der sich im Fall Dostojewski ungeniert dem deutlerisch extrem verwerflichen Schmus und Schmarren hingab. Ein paar Jahre vorher schon, am 25. Januar 1914, läßt sich in der »Neuen Freien Presse« Wiens z.B. eine Maria Wayskaja derart vernehmen:

»Das unruhige, suchende Interesse für Dostojewski, das jetzt besonders rege wird, ist eine sehr charakteristische und bezeichnende Erscheinung. Die Persönlichkeit und die Werke Dostojewskis ziehen an, rufen eine besondere und leidenschaftliche Aufmerksamkeit hervor (...) lauscht das Publikum gespannt den Worten Dostojewskis, die in die tiefste Tiefe der Seele fallen und in ihr die Gärung der Ideen hervorrufen. Sein Schaffen führt uns in die chaotischen, bodenlosen Gründe der Seele; hier sehen wir sie in dem Prozeß ihrer Verwandlungen, ihres Strebens, ihres Kampfes zwischen entgegengesetzten Prinzipien. Jedes seiner Werke hebt vor uns den Schleier von den geheimnisvollen Welten (...) Furchtlos taucht er in die unbekannten Tiefen unter, und in dem Augenblick, in dem seine Seele die höchste Ekstase erreicht, in dem ihm in der blitzschnellen, durchdringenden Empfindung seines Selbst die letzte Offenbarung wird, bricht sein nur menschlicher Organismus in den Zuckungen des epileptischen Anfalles zusammen.«

Undsofort. Allerdings reichte Dostojewski selber seinen späteren Deutobalden und Mystifizinskis und ihrem exzessiv epileptischen Brimborium zuweilen durchaus das Wasser mitsamt den Schöpflöffeln. In Wayskajas Gewäschartikel folgt zitierend der vorhin auch in diesem Buch schon erwähnte Brief Dostojewskis vom Januar 1868 an die Nichte Sofia Alexandrowna mit dem sonderlichen Gedankenkreisel Christus-Don-Quichotte-Humor – samt der etwas späteren Konklusion per Mitleid:

»Dieses Hervorbringen des Mitleids ist eben das Geheimnis des Humors.« Der Humor nämlich rufe »Sympathie infolge des furchtbaren Unglücks und der Ungerechtigkeit der Gesellschaft« wach.

Das läßt sich als humortheoretischer Ansatz schon eher hören. Obwohl natürlich deshalb noch lange nicht jeder hergelaufene Mitleid wissend bewerkstelligende reine Tor Parsifal per Umkehrschluß im Banne von Humor steht. Und diesen hervorzwingt. Und auch der furchtbarste und mitleiderweckendste aller Unglücksträger, Hiob, wohl nicht zu den leitenden Humorparadigmata zählt.

~

Es wurde schon ausschnittweise vorgestellt:

»Man betrachte zum Beispiel die zahlreichen Typen des randalierenden Russen. Es ist bei ihm nicht nur übermäßige Ausgelassenheit, deren Schrankenlosigkeit oder Frechheit einen wundernimmt oder einen durch die Tiefe des Falles einer Menschenseele anwidert. Dieser widerliche Mensch aber ist in erster Linie selber ein Märtyrer. Eine naiv triumphierende Selbstzufriedenheit ist einem Russen nie eigen, nicht einmal einem dummen. Man vergleiche einen russischen Betrunkenen mit – nun, meinetwegen mit einem deutschen: Der betrunkene Russe ist vielleicht gemeiner als der betrunkene Deutsche, doch ist dieser zweifellos dümmer und komischer als der Russe. Die Deutschen sind ein vornehmlich selbstzufriedenes, auf sich stolzes Volk. Im betrunkenen Deutschen pflegen nun diese Grundzüge des Volkscharakters an Ausgeprägtheit proportional dem Quantum des getrunkenen Bieres zuzunehmen. Der betrunkene Deutsche ist ein zweifellos glücklicher Mensch und denkt nicht daran zu weinen; statt dessen singt er selbstgefällige Lieder und ist stolz. Er kommt stocksteif besoffen nach Haus, aber er ist dabei stolz! Der russische Trinker dagegen trinkt gewöhnlich aus Kummer und weint nachher. Oder wenn er auch großtut, so ist das doch kein Triumphieren, sondern nur ein Randalieren.

In der Regel fällt ihm dann irgendeine ihm widerfahrene Kränkung ein, und er fängt an, dem Beleidiger, gleichviel, ob dieser zugegen ist oder nicht, bittere Vorwürfe zu machen. Schließlich beweist er ihm mit Nachdruck, daß er womöglich ein General sei, schimpft dabei fürchterlich, wenn man ihm nicht glaubt, bis er zu guter Letzt, um alle zu überzeugen, unbedingt nach der Polizei schreit. Aber er ist ja nur deshalb so, ruft auch nur deshalb nach der Polizei, weil er in den geheimsten Tiefen seiner betrunkenen Seele nur zu gut weiß, daß er ganz und gar kein General, sondern nur ein ekelhafter Säufer und tiefer gesunken ist als das niedrigste Vieh.«

Ob er das alles selber ganz unbekümmert glaubt (im »Tagebuch eines Schriftstellers«, Ausgabe 1977, S. 50 f.), der da immerhin schon 52jährige Fjodor Michailowitsch? Und wie das dann wohl in einem (gottseidank ungeschriebenen) Roman ausgesehen hätte, der Höhepunkt, ein Finalmatch betrunkene Russen gegen betrunkene Deutsche? Diese bei einem Heimspiel in Auerbachs Keller zu Leipzig. Zunächst legen die Deutschen vor:

»Uns ist ganz kannibalisch wohl,
Als wie fünfhundert Säuen!« (V. 2293)

Mit Recht faßt hier Mephistopheles schon mal zusammen:

»Das Volk ist frei, seht an, wie wohl's ihm geht!«

Allerdings scheint die Sache nicht auf die nichtswürdigen Suffköpfe des altdeutschen Leipzig beschränkt – der antikische Helena-Akt des »Faust« II kommt zum gleichen Ergebnis:

»Hier ist das Wohlbehagen erblich« (V. 9550) –

Jedenfalls hätte es da hinsichtlich selbstgenügsamer Dummheit inzwischen 1:0 für Deutschland gestanden. Aber, nicht erst in den »Dämonen« (II, 8) dreht dann auch der Russe voll auf. Zum Beispiel der

Unhold Peter Stepanowitsch Werchowenskij. Weniger als General denn als politischer Denker:

»Die höher Begabten müssen notwendigerweise Despoten sein und haben immer mehr zur Demoralisation beigetragen als Nutzen gebracht. Einem Cicero wird die Zunge ausgeschnitten, einem Kopernikus werden die Augen ausgestochen, ein Shakespeare wird gesteinigt: da haben Sie den Schigalewismus! Sklaven müssen gleich sein: ohne Despotismus hat es noch nie weder Freiheit noch Gleichheit gegeben; aber in einer Herde muß Gleichheit herrschen, und das ist der Schigalewismus! Ha-ha-ha! Kommt Ihnen das sonderbar vor? Ich bin für den Schigalewismus!«

Der hier zulauschende Stawrogin kommt nicht nur wegen des ihm unbekannten Schigalewismus ins Sinnieren:

»Wenn dieser Mensch betrunken ist, wo hat er denn Gelegenheit gehabt, sich zu betrinken?«

Eben. Es geht zur Not auch ohne Kognak. Den trinken im Verbund mit so ziemlich allen übrigen Mittelchen sämtliche Hochzeitsgäste der »Peinlichen Geschichte« kreuzweis und vollkommen unangefochten durcheinander – in dieser sonderlichen Idylle sind so gut wie alle immerzu betrunken, ganz ordinär und ohne Generalsrangvisionen und ohne Dostojewskis oben erörterte Differenzierung – betrunken bis knallbetrunken. Eine andere Frage stellt in den »Dämonen« (I, 5) 200 Seiten früher und inmitten des wie üblich uferlosen »Wortgeriesels« der gleichfalls fast jederzeit und schon wie hinfällig und doch auch wieder kraftvoll betrunkene Hauptmann a. D. Lebjadkin dem diesmal nüchternen Peter Stepanowitsch:

»Peter Stepanowitsch! Wenn die Ehre der Familie und die Schande, die das Herz nicht verdient hat, in einem aufheulen, ist dann – ist dann wirklich der Mensch schuldig?«

So »brüllt« er, und er weiß auch auf Peters Rückfrage, ob er, Lebjadkin, vor kurzem dem Nikolai Wsewlodowitsch Stawrogin »gedroht« habe, prompt die richtige Antwort:

»Das – war mehr der Wein, Peter Stepanowitsch.«

Und dergleichen bei Dostojewski mehr und in allen Tonlagen und allen Romanen mehr als genug und ohne allzu theoretisch-spekulativen nationalcharakterlichen Überbau. Nein, das Match Deutschland-Rußland wird schon letzten Endes hochverdient 1:1 oder vielmehr mit einem haushohen 0:0 ausgehen.

~

Über einen Brief an die Ehefrau Anna aus Bad Ems (21. Juli 1876) kommt es aber dann doch noch überraschend zur Klärung des nimmermüden Unterschieds zwischen Russen und Deutschen, zumal beider Humorvorlieben resp. -ansprüche. Erstaunlich, daß der zum drittenmal an der Lahn kurierende Dichter seiner zu Hause weilenden Gemahlin nichts Liebevolleres oder immerhin Erotisierenderes vorzutragen hat als ein Berliner Reiseerlebnis dergestalt, daß sich eine schön gekleidete Dame, »allem Anschein nach eine Engländerin«, beim Aufsuchen »eines gewissen Örtchens« offenbar schon unter Hochdruck in die Abteilung »pour Hommes« verirrt, daraufhin weit ausholend die Hände überm Kopf zusammenschlägt, »alles sah, d.h. buchstäblich alles« und dann aber »ohne Hast und nicht ohne Würde den Raum (verließ)«.

Dostojewski kann sich kaum genugtun: »Ich weiß nicht, ob sie noch in für die Frauen gegangen ist« oder auf der Stelle vor Keuschheit gestorben – »bemerkenswert ist jedoch, daß niemand lachte, die Deutschen verharrten alle in finsterem Schweigen, während man bei uns bestimmt vor Begeisterung losgegrölt und gebrüllt hätte«.

Fazit: 1:0 also für die deutsche Zivilität – 1:0 aber für den russischen Humor oder was das halt sein mag.

~

Ohne Ernst gäbe es keine Komik, so die bekannte Platitüde Oscar Wildes. Bei Dostojewski hat es so viel und oftmals wie selbstgenügsame Komik, daß der genaue und beflissene Leser den komplementär notwendigen Ernst, das Rührende und Herzergreifende auch, manchesmal zu vermissen meint; etwa auch im endlos wirbelig-aufgekratzten »Fest«-Kapitel der »Dämonen«.

Neuerdings lassen Komiker sich gern nachsagen, daß sie eben nichts als Komiker sind und sein wollen. Im romanepischen Fach ist solch anscheinend bescheidener, selbstbeschränkender Anspruch jedoch fast undenkbar, inhärent paradoxal – und innerhalb der literarischen Hochkomik wohl auch noch nie erfolgreich passiert. Ein Roman kann vermutlich nur einmal mit dieser Reduktion, bloß komisch sein zu wollen, antreten, und dann niemals wieder: Seine wenn auch allzeit ungeschriebenen Gesetze und Prämissen erheischen wohl den Antagonismus, den »Ernst«.

Und, für die noch gründlicheren, systemfreudigen Leser, die es noch etwas genauer wissen wollen:

In einem seinerzeit, in den 1960er Jahren, angeblich berühmten sogenannten Lach-Seminar fragte sich und seine Studenten der Professor Adorno (zit. nach: »Wandel und Institution des Komischen«, 2013): »Wie weit liegt dem Lachen als sozialem Phänomen überhaupt noch Komisches zugrunde? Wie weit sind die Reaktionen so vorfiltriert, daß über Phänomene gelacht wird, bei denen es eigentlich gar nichts zu lachen gibt (zum Beispiel im Kino), während über das wirklich Komische nie gelacht wird?«

Die schwer kritisch-theoretische Frage einem auf so was aber längst nicht mehr hinhörenden Deus absconditus ins Ohr – sie gilt allerdings, ausreichend dialektisch, auch umgekehrt: Die Leute wissen z.B. in aller Regel gleichfalls nicht, warum sie bei »schweren«, »ernsthaften« Romanen allzeit willfährigst in die Knie gehen. Oder warum sie bei bestimmter oder unbestimmter sinfonischer Konzertmusik, bei der Opera seria, immer so prätentiös, bedeutend, betreten, belämmert, »romantisch« (Bertolt Brecht) dreinschauen.

Adorno entging selber der Dialektik nur halb. Er war zwar ein fast jederzeit anregender, zumindest gewitzter und amüsanter Ernstler = Philosoph; unter den Namen »Dapsul von Zabelthau«, »Hektor Rottweiler« und (er ließ da nichts mehr aus) »Castor Zwieback« aber ein schändlich, ein gottserbärmlich unbegabter, unwürdiger Satiriker, Humorist, Komiker.

Tja.

~

»Um das vielbeschworene Schicksalsjahr 1913 herum arbeitet Georg Lukács im Umkreis Max Webers an einem großen Werk zu Dostojewski. In Dostojewski fand Lukács eine neue Wirklichkeit verkörpert, eine ›Seelenwirklichkeit‹ jenseits der verderbten gesellschaftlichen Konventionen und jenseits auch des Solipsismus des bürgerlichen Individuums. Diese neue Wirklichkeit breche jetzt, auf dem Höhepunkt der ethisch-metaphysischen Krise der Gegenwart, in die Wirklichkeit ein und rufe zur Entscheidung: So Lukács' geschichtsphilosophische Pointe (...) In den Werken Dostojewskis zeichne sich eine ›neue Welt‹ ab (...) nennt Lukács Dostojewski den ›ersten naiven Dichter – im Sinne des Schillerschen Wortgebrauchs – nach der Sentimentalität von Jahrhunderten‹. Den Helden Dostojewskis kann die Problematik des modernen Menschen, seine Zerrissenheit und Sinnsuche, nur als ›naturalistisches Chaos‹ erscheinen; sie selbst sind längst jenseits davon.«

»Wir können nur staunen«, faßt die FAZ (6.11.2013) mit Recht zusammen. Für Wissenschaftssatire als Fertigsatire hat er also auch noch, nicht viel anders als Goethe, vorgesorgt, der alte Russe. Und auch über die kann man sogar beinahe lachen.

Aber während Stefan Zweig von seinem eigenen Dostojewski-Schmarren 114 Seiten lang wenigstens kein einziges Wort glaubte, meinte es dieser Lukács offensichtlich ganz ernst.

Die Geistesgeschichte ist schon ein schweres Purgatorium.

Dies aber immerhin habt zum Troste: »Vom Dostojewski-Projekt blieb fast nichts übrig.« (FAZ)

~

»Neuübersetzungen von Klassikern sind zu einer eigenen Sparte des Literaturmarkts geworden«, heißt es im Frühjahr 2013 in einer linken deutschen Kulturzeitschrift. »Grund dafür ist nicht die Verfeinerung des Publikumsgeschmacks, sondern die totalisierte Warenförmigkeit der Weltliteratur.« Auch der Kritiker Magnus Klaue kann die entsprechende Begeisterung nicht nachempfinden und verspürt hier eher so etwas wie eine »Konjunktur« der »Anpassung (schon) eingedeutschter Vorlagen an zeitgenössische Lektüreerwartungen«. Oder es ist halt einfach Aktivismus in der ohnehin überaktiven Literaturbetriebsamkeit; ut aliquid fiat.

Im Fall Dostojewski sind die Erwartungen an die allseits hochgelobten Neuübertragungen der Swetlana Geier sozusagen besonders inadäquat. Denn anders als etwa beim exemplarischen Stilisten Flaubert, bei dem sich die Neuversionen jetzt beinahe schon die Klinke in die Hand geben, vielleicht auch anders als bei Tolstoi oder Tschechow, bringen die angeblichen stilistisch-idiomatischen Vergenauerungen im Fall Dostojewski Zugewinn höchstenfalls da, wo sie ein gewisses mystisch-frömmelndes Moment, das die Deutschen ja gerade diesem Russen eineinhalb Jahrhunderte lang aufgeklebt haben, endlich korrigieren: endlich vom etwas theologisch-moralisch-pathetisierenden Titel »Schuld und Sühne« weg zur sachlich-neutraleren Version »Verbrechen und Strafe«.

Allzugroß sind die Zugewinne an Exaktheit, Weltstimmigkeit, werkatmosphärischer Aura usw. darüber hinaus wohl kaum. In mindestens zwei Einzelfällen aber doch. In Swetlana Geiers Neuübersetzung des »Idioten« von 1868 heißt es 1996 bzw. in der 7. Auflage 2007 auf S. 737:

»Dann habe sie vorgeschlagen, Karten zu spielen, und zwar Schafskopf, aber da habe sich das Blatt gewendet; der Fürst beherrsche das Schafskopfspiel so virtuos wie ein Professor.«

Und sodann S. 869:

»Sie erzählten, Nastassja Filippowna hätte jeden

Abend mit Rogoshin Schafskopf gespielt: Préférence, Whist, Trumpf, sämtliche Spiele, und daß die Karten erst in allerjüngster Zeit in Mode gekommen wären, weil Nastassja Filippowna immerfort geklagt hätte, es sei ihr langweilig ...«

Zuvor hatte es in deutschen Übersetzungen fast immer so restlos wie ratlos »Karten spielen« geheißen; und die Präzisierung Geiers hat ja nun wirklich das Verblüffende, daß auch in St. Petersburg und sogar in der russischen Provinz nicht anders als im Bayerischen dies unvergleichlich schöne Blatt gedroschen wird; immerhin eine plausible und konstruktive Alternative zu diesem ewigen Roulette, das zwar eine Babuschka im »Spieler«-Roman zu begeistern vermag, aber wo man ja doch nur immerzu »alles, alles verspielt«. (Brief Dostojewskis an Anna vom 22. Mai 1867 und vielfach sonst)

Jetzt müßte nur noch, von Geier oder wem auch immer, das etwas befremdliche »Schafskopf« ins richtige und süddeutsche verbindliche »Schafkopf« nachverfeinert werden, dann wäre ja bereits von daher die Geiersche Neuübertragung voll legitimiert. Gegen das Verdikt einer »totalisierten Warenförmigkeit« lebt auf: la différence!

Und wenn dann noch wiederum bei Geier in der Neuübersetzung der »Brüder Karamasoff« in einem Provinzstädtchen namens »Viehhofen« (Karl Nötzel übersetzte noch »Viehtreibe«) ebenfalls und auf S. 896 dieses mitgeteilt wird: »Auf dem Tisch lagen Spielkarten, man hatte Schafskopf gespielt« – dann rundet sich abermals die russisch-deutsche Spielpassion zudem über die Assoziation Viehhofen-Vilshofen (F.J. Strauß etc.) zur warenförmigkeitsüberwindenden Identität.

Einer Unio mystica, die akkurat 111 Jahre später Gerhard Polt reziprokisch ergänzt und sprachlich leicht nachkorrigierend zum Weltverbund erweitert, indem er einen gewissen Wirt Buzifal berichten läßt, ein Kamerad von ihm habe im Schützengraben am Dnjepr beim »Schafkopf« Pech gehabt; denn nach einem »Pfeifer« habe es ihm »auf einmal den Kopf runtergerissen, der sitzt ohne Kopf da, net«, und dabei »hat er ein ausgezeichnetes Blatt ghabt, er hätt das Spiel glatt gewonnen« –

– aber auch so wäre hiermit das von Katharina der Großen begonnene, von Willy Brandt 1970 abgezeichnete und von Dostojewski aber vorher schon abgesegnete deutsch-russische Einigungswerk spätestens von Polt glatt ratifiziert, oda?

~

»Ein befremdlicher Zeitgenosse muß er schon gewesen sein, dieser Fjodor Michailowitsch«, mutmaßt Thomas Mann im schon mehrfach gestreiften und gelobten »Neue Rundschau«-Aufsatz vom September 1946 betont jovial; und unterstreicht in der Folge, daß Dostojewski »auch das Ernsteste, Böseste, Abgründigste in einem höchsten Sinn amüsant macht«, nämlich mit »phantastischer Komik« eindeckt. Aber auch der ja nicht ganz unbekannte und einigermaßen einflußreiche Nobelmann Thomas Mann kann mit seinen damals ziemlich neuartigen Lesebefunden in Richtung auf des Russen »Lustigkeit des Geistes« nichts ausrichten – das nicht zuletzt per Stefan Zweig 1920 diktierte abstruse, ja obszöne Bild vonwegen »Gipfel des Selbsterkennens« und »großer Überschreiter allen Maßes« usw. usf. bleibt und blieb das herrschende – im Grunde bis zum heutigen Tag.

Wenn überhaupt noch eins existiert. Die Deutungshoheit im Fall Dostojewski ist heutzutage entweder eingeschlafen, oder sie liegt halt nach wie vor, mehr erahnbar als hörbar, in den Händen und Mündern irgendwelcher Christen, Russophilen, Problemspätexistentialisten, Schamanen, Zweigs und die Nasen gewaltig hochtragender Banausen. Ein Ende, eine Wende ist nicht abzusehen – aber wir wollen uns gegen die ewig Dämmernden wie gegen die unverbrüchlichen Quatschköpfe, die es sich bei ihrem Unverstand wohl sein lassen, ihrem letztlich fast immer auf den lesefaulen Sprücheklopfer Nietzsche zurückzuführenden Sermon als Ondit-Deutung: wir, die Klügeren, wollen uns aber doch immerhin ein bißchen wehren.

Thomas Mann hat mit dem »großen Humoristen« die Richtung signalisiert – aber: »dieser Gekreuzigte«? Was oder wen hat Mann da wohl gemeint? Daß Dostojewski halt doch in der identitätswilligen Nachfolge Jesu Christi schrieb, ja lebte? Daß auch er sein Kreuz, sein Päckchen zu tragen hatte? Daß er sich, zumal von den unermüdlichen Homburger und

Baden-Badener Spielverlusten, oft wie geschlaucht = gekreuzigt fühlte? Er, dieser befremdliche Heilige und darüber hinaus des faustischen und speziell östlichen »Chaos wunderlicher Sohn«?

Vielleicht hat sich Thomas Mann ja aber auch gar nichts dabei gedacht, bei seinem »Gekreuzigten«. Sowenig wie die Dostojewski-Großdeutung seit 1881, seit 1900 und seit 1945 je irgendwas Genaueres oder wenigstens Handfestes.

~

Franz Kafka in einem Brief an Felice Bauer, hier akkordierend Fontane zitierend: »Ich bin so unsentimental wie möglich, aber es ist ganz gewißlich wahr, daß zahllosen Menschen, alten und jungen, das Herz vor Gram, Sehnsucht und Kränkung bricht.«

Möglich, daß, wie bei Kafka und Fontane, auch bei Dostojewski an diesen Befund keine relativierende, harmonisierende, auflösende Komik mehr heranreicht. Solche Niederlagen muß unsere Wiederentdeckung des humoristischen Dostojewski ungeschmälert in Kauf nehmen. Aus der Erzählung »Aufzeichnungen aus dem Untergrund (Kellerloch)« von 1863/64 – der Beginn des 1. Teils:

»Ich bin ein kranker Mensch … Bin ein schlechter Mensch. Bin ein abstoßender Mensch. Ich glaube, ich bin leberleidend. Übrigens habe ich mir von meiner ganzen Krankheit noch nie auch nur die geringste

Vorstellung machen können und weiß nicht einmal mit Sicherheit, was in mir nun eigentlich krank ist. Ich lasse mich nicht kurieren, habe das noch nie getan, obschon ich vor den Ärzten und der Medizin alle Achtung habe. Zudem bin ich noch übertrieben abergläubisch, oder sagen wir: abergläubisch genug, um die Medizin als Wissenschaft zu achten (...) Nein, mit Verlaub, ich mag mich aus Bosheit nicht kurieren. Nun, das zum Beispiel werden Sie bestimmt nicht zu verstehen belieben. Nun, ich aber, ich kann das verstehen. Ich werde Ihnen freilich nicht erklären können, wen ich in diesem Fall mit meiner Bosheit schikanieren will; ich weiß auch vorzüglich, daß ich selbst den Ärzten nichts damit ›verpatzen‹ kann, wenn ich mich von ihnen nicht behandeln lasse, – oh, ich weiß es selbst am allerbesten, daß ich mit alledem nur mir allein schade und sonst niemandem. Und dennoch: wenn ich mich nicht kuriere, so geschieht das doch nur aus Bosheit. Also, das Leberchen ist krank? Na, dann mag es doch von mir aus noch kränker werden! Ich lebe schon lange so, – an die zwanzig Jahre. Jetzt bin ich vierzig. Früher war ich Beamter, jetzt bin ich es nicht mehr.« (Übersetzung: E. K. Rahsin)

Das Humoristisch-Komische, laut Hegel und anderen nicht allein ein Ferment des Epischen, sondern für die epische Poesie die konstitutive Weltverfassung, es ist halt auch nichts unverbrüchlich Ewiges. Sondern neigt sich im Extremfall gegen Null, negiert sich schließlich selbst. Nicht hin zu irgendeiner Ambivalenz; sondern, auch es der Dialektik unterworfen, dahin, daß die Welt am Ende nur noch zum Weinen ist. Es wurde vorn schon zitiert: »Es lebt im Volke ein Kummer, der keine Worte hat: er verkriecht sich in sich selbst und schweigt.« (Karamasoff, I, 2)

~

Manche Leser, hört man unken, glauben uns, also mir, noch immer nicht, daß Fjodor Michailowitsch Dostojewski aus durchaus elementar niedrigsituierten Gründen zum vielleicht gerade deshalb höheren Gelächter, ja richtiggehend zum Lachen ist. Noch dies, daß Dostojewski mit seiner drunter und drüber gehenden »Peinlichen Geschichte« dem Karl Valentin, zumal dessen »Firmling«, im Zweifelsfall näher ist als sagen wir Tolstoi und Schiller zusammen. Und doch kommt diesbezüglich schon das Placet richtiggehend als Stimme von oben angedonnert: Selbstverständlich starben Dostojewski und Karl Valentin am gleichen Tag, dem in Deutschland wie in Rußland 9. Februar.

~

In einer Art Satzungserklärung führt die 1990 gegründete Deutsche Dostojewskij-Gesellschaft e.V. (DDG) auf, man habe sich einem Schriftsteller gewidmet, der auch das deutsche Kultur- und Geistesleben »in ganz besonderer Weise geprägt und mit seinen ›polyphonen Romanen‹ (Bachtin) erzähltechnische Meisterwerke geschaffen hat, die Generationen von Lesern fasziniert und in Bann gezogen haben«.

Das kann man aber auch anders sehen, schon die ersten drei Zeilen enthalten drei, wenn nicht vier unverfrorene Falschinformationen, zumindest fragliche Deutungen. 1. ist, wie vorne schon breiter dargelegt, der Michail Bachtin ein typischer Professorzausel, wie er halt nicht nur in Deutschland, sondern auch in Rußland allzeit sein Auskommen hat, um die geistige Welt mit seinem Trübsinn zu überziehen. 2. ist vornehmlich seine an Dostojewski mit aller Gewalt festgestellte »Polyphonie« eine Platitüde, eigentlich ein Blödsinn, weil ja wohl so gut wie alle nennenswerten Romane im weiteren und sogar engeren Sinn »vielstimmig« sein müssen, im halbwegs verbindlichen Sinne jedenfalls des musikalischen Terminus technicus. 3. hat Dostojewski »Meisterwerke« nun gerade nicht geschrieben, nein, kein einziges meisterliches Werk, sondern vielleicht geniale, aber meist mehr als fehlerhafte Romane. Und 4. ist auch insofern sehr die Frage, ob »Generationen von Lesern« ihn je halbwegs richtig ersprießlich gelesen haben; geschweige denn »fasziniert«; und nicht ganz zu schweigen von der zumal heute drohlich ihr Haupt hochreckenden Zusatzfrage, ob sie ihn denn überhaupt gelesen haben. Und sich das nicht nur eingebildet haben.

Die DDG wird da eventuell umdenken müssen.

~

Sehe jeder zu, wo er bleibe. Sofern diesem Buch ungeachtet aller Bemühungen seines Verfassers kein Erfolg darin beschieden sein sollte, auch noch den letzten der noch immer zögerlichen potentiellen Dostojewski-Leser dafür zu gewinnen, daß die vielleicht dominante und schon weniger vielleicht beste Seite dieses sehr eigenartigen Russen sein manchesmal auch eigenwillig regelferner, anarchischer Humor sei, dann möge das im allerletzten Anlauf versuchen und auch bewerkstelligen die Introduktion des »Dämonen«-Romans (hier in der Übersetzung von E.K. Rahsin); die Vor- und Frühgeschichte des überaus ehrenwerten und vor allem über die Maßen herzigen Stepan Trofimowitsch Werchowenskij; eines ganz besonderen und zumindest angeblich »politischen Charakters« und einstmals ewig »Verfolgten«, ja »Verbannten«; seine hier bereits kurz gewürdigte wissenschaftliche Arbeit über die hanseatische Bedeutung der deutschen Stadt Hanau (ein verborgener Reflex von des Dichters Homburg-Aufenthalten?) und, mehr noch, seine künstlerische Pioniertat, die so klandestine wie extrem hanebüchene Fortschreibung von Goethes »Faust«-II-Dichtung künstlerisch noch über Friedrich Theodor Vischers zehn Jahre ältere Version hinaus – alles treulich und traulich berichtet von Stepans gutem und nur ein bißchen bösartigem Freund Anton Lawrentjewitsch G***w; dem zuweilen freilich etwas verblüffend, ja wurschtig als Augenzeuge sich dünn machenden Erzähler des dicken Romans:

»Seine Vorlesungen über die Araber jedoch stellte er deshalb ein, weil ein von ihm geschriebener Brief mit der Darlegung irgendwelcher ›Umstände‹ irgendwie von irgendwem (offenbar von einem seiner reaktionären Feinde) aufgefangen worden war, woraufhin irgendjemand irgendwelche Erklärungen von ihm verlangt hatte. Ich weiß nicht, ob das wahr ist, aber außerdem behauptete man, daß gerade damals in Petersburg eine riesige, gesetzwidrige und staatsfeindliche Gesellschaft, bestehend aus nahezu dreißig Mann, aufgespürt worden sei, eine Gesellschaft, die das Staatsgebäude beinahe erschüttert hätte. Man sagte, sie hätten nichts Geringeres vorgehabt, als Fourier zu übersetzen. Und ausgerechnet zur selben Zeit mußte dann noch in Moskau eine Dichtung Stepan Trofimowitschs beschlagnahmt werden, ein Poem, das er schon sechs Jahre zuvor in Berlin geschrieben hatte, als ganz junger Mensch, und dessen Abschriften, unter der Hand weitergegeben, bei zwei Liebhabern der Dichtkunst und einem Studenten gefunden wurden. Ein Exemplar davon liegt jetzt auch in meinem Schreibtisch: erst im vorigen Jahre erhielt ich es von Stepan Trofimowitsch persönlich, in eigenhändiger neuester Abschrift, mit autographischer Widmung und in prachtvollem rotem Saffianeinband. Diese Dichtung ist übrigens nicht ohne Poesie, ja, sie ist nicht einmal ohne ein gewisses Talent verfaßt, ist allerdings etwas sonderbar, aber damals (d.h. in den dreißiger Jahren) wurde oft in dieser Art geschrieben. Das Thema des Poems wiederzugeben, macht mir freilich Schwierigkeiten, denn, wenn ich die Wahrheit sagen soll: ich habe es überhaupt nicht verstanden. Es ist irgend so eine Allegorie in lyrisch-dramatischer Form, die an den zweiten Teil des ›Faust‹ erinnert. Die Dichtung beginnt mit einem Chor der Frauen, dann folgt ein Chor der Männer, darauf ein Chor irgendwelcher Kräfte, und zum Schluß der Chöre tritt ein Chor von Seelen auf, die noch nicht gelebt haben, aber doch gar zu gern auch mal leben möchten. Alle diese Chöre singen von etwas sehr Unbestimmtem, größtenteils von irgendeinem Fluch, aber sie singen es wie mit einem Schimmer überlegenen Humors. Doch plötzlich verwandelt sich die Szene und es beginnt ein ›Fest des Lebens‹, auf dem auch die Insekten mitsingen; dann tritt eine Schildkröte auf mit allerhand lateinischen sakramentalen Worten, und es singt irgend etwas, wenn ich mich recht erinnere, sogar ein Mineral, also ein sonst doch schon völlig lebloser Gegenstand. Überhaupt singen alle ununterbrochen, reden sie aber einmal miteinander, so ist es mehr ein unbestimmtes Schimpfen, aber wiederum wie mit einem Schimmer höherer Bedeutung. Schließlich, nach einem abermaligen Szenenwechsel, sieht man eine wildromantische Gegend, in der zwischen Felsen ein zivilisierter junger Mann umherirrt und irgendwelche Kräuter ausreißt, an denen er dann saugt. Auf die Frage einer Fee, warum er das tue, antwortet er, er suche, weil er ein Übermaß von Leben in sich fühle, Vergessenheit, und diese Vergessenheit finde er im Safte dieser Kräuter; sein Hauptwunsch aber sei: möglichst bald den Verstand zu verlieren (ein Wunsch, der vielleicht schon überflüssig ist). Darauf erscheint plötzlich auf einem schwarzen Pferde ein Jüngling von unbeschreiblicher Schönheit, und ihm folgen in fürchterlicher Menge alle Völker. Der Jüngling stellt den Tod dar, und die Völker lechzen alle nach ihm. Und zum Schluß, in der allerletzten Szene, erscheint plötzlich der babylonische Turm, und irgendwelche Athleten bauen ihn nun schon zu Ende und singen dazu einen Sang der neuen Hoffnung, und wie sie die höchste Spitze vollenden, da läuft der bisherige Beherrscher des, sagen wir meinethalben, des Olymps in komischer Weise davon, und die Menschheit, die jetzt endlich begreift, beginnt sofort, indem sie sich seines Platzes bemächtigt, ein neues Leben mit vollkommen neuem Durchschauen der Dinge. Dieses Poem also wurde damals für gefährlich befunden. Im vorigen Jahr schlug ich Stepan Trofimowitsch vor, es nunmehr drucken zu lassen, da es in unserer Zeit doch eine ganz ungefährliche Dichtung sei, aber er lehnte den Vorschlag mit sichtbarem Mißbehagen ab. Die Auffassung, daß es sich um ein vollkommen ungefährliches Werk handle, gefiel ihm offenbar gar nicht, und diesem Umstande schreibe ich auch die gewisse Kühle zu, die seinerseits mir gegenüber volle zwei Monate andauerte. Doch siehe da! Plötzlich, und fast zur selben Zeit, als ich ihm vorschlug, das Werk hier drucken zu lassen, wurde unser Poem *dort* gedruckt, d. h. im Ausland, und erschien in einem der revolutionären Sammelbände, ohne daß Stepan Trofimowitsch überhaupt etwas davon erfahren hatte. Er erschrak zunächst nicht wenig, stürzte zum Gouverneur, entwarf einen hochedlen Rechtfertigungsbrief für Petersburg, las ihn mir zweimal vor, schickte ihn dann aber doch nicht ab, da er, wie sich herausstellte, gar nicht wußte, an wen er ihn senden sollte. Kurz, er regte sich einen ganzen Monat lang auf, doch ich bin überzeugt, daß er dabei in den verborgensten Tiefen seines Herzens ungemein geschmeichelt war. Von dem ihm zugestellten Exemplar des Sammelbandes trennte er sich überhaupt nicht mehr, ja, er schlief fast mit ihm, am Tage aber versteckte er es unter der Matratze, weshalb er das Mädchen kaum noch das Bett aufbetten ließ, und obschon er Tag für Tag ein gewisses Telegramm erwartete, schaute er doch sehr von oben herab. Das Telegramm kam aber nicht. Da söhnte er sich auch mit mir wieder aus, was wiederum von der großen Güte seines sanftmütigen, nicht nachtragenden Herzens zeugt.« (I, 1)

Und aber ungerührt von solchen reichlich zweischneidigen Eröffnungen geruht Stepan, es sodann wieder langsamer angehen zu lassen, gibt gleich drauf erneut seinem »heftigen Drang zum Champagnertrinken« nach und, wie schon einmal berichtet, »trumpft würdevoll mit Cœur«.

Hinweis für die Leser

Idee und Inhalt dieses Buchs gehen zurück auf einen gemeinsam von Bernd Eilert und mir getätigten Aufsatz über den noch immer unbekannten und verkannten Humoristen Dostojewski, zuerst 1971 für die Zeitung, erweitert 1974 fürs Radio. Nahe lag es, diesen Text als Grundlage zu nehmen und einzelne Teile sinngemäß oder auch wörtlich für dieses Buch 40 Jahre später zu übernehmen.

Zitiert wurde nach verschiedenen älteren und neueren und mir z. T. liebgewordenen Übersetzungen; kleine Abweichungen untereinander sind hier kaum sehr beachtlich. Das Problem der divergierenden Namensschreibungen – vom Autor Dostojewski bzw. Dostojevskij angefangen und zumal die mehr oder weniger vielen deutsch-russischen Hilfsakzente betreffend – wurde einfach möglichst negiert. Mit der erträglichen Folge so mancher Inhomogenität. So gut wie aussichtslos ist es, vor allem unter den gesprochenen Vornamen und Koseformen – etwa zwischen »Alescha«, »Aljescha« und »Aljoscha« – Einheitlichkeit stiften zu wollen. Akkuratheitsapostel seien dahin beschieden, daß die Sache für das Thema dieses Buches ja nicht gar so wichtig ist.

E. H.